《诗经》时代的日常生活

罗军凤 著

西安交通大学出版社
XI'AN JIAOTONG UNIVERSITY PRESS

图书在版编目(CIP)数据

《诗经》时代的日常生活 / 罗军凤著. --西安：西安交通大学出版社，2025.6
ISBN 978-7-5693-3239-1

Ⅰ. ①诗… Ⅱ. ①罗… Ⅲ. ①《诗经》-诗歌研究 Ⅳ. ①I207.222

中国国家版本馆 CIP 数据核字(2023)第 090716 号

书　　名　《诗经》时代的日常生活
　　　　　《SHIJING》SHIDAI DE RICHANG SHENGHUO
著　　者　罗军凤
责任编辑　柳　晨
责任校对　赵怀瀛
封面设计　任加盟

出版发行　西安交通大学出版社
　　　　　(西安市兴庆南路 1 号　邮政编码 710048)
网　　址　http://www.xjtupress.com
电　　话　(029)82668357　82667874(市场营销中心)
　　　　　(029)82668315(总编办)
传　　真　(029)82668280
印　　刷　西安五星印刷有限公司

开　　本　787 mm×1092 mm　1/16　**印张**　12.75　**字数**　229 千字
版次印次　2025 年 6 月第 1 版　　2025 年 6 月第 1 次印刷
书　　号　ISBN 978-7-5693-3239-1
定　　价　88.00 元

如发现印装质量问题，请与本社市场营销中心联系。
订购热线：(029)82665248　(029)82667874
投稿热线：(029)82668531　(029)82665371

《诗经》在先秦被称为《诗》或《诗三百》。《诗》的结集与两项制度有关。

一是献诗制度。《国语·邵公谏厉王弭谤》："故天子听政，使公卿至于列士献诗，瞽献曲，史献书，师箴，瞍赋，蒙诵，百工谏，庶人传语，近臣尽规，亲戚补察，瞽、史教诲，耆、艾修之，而后王斟酌焉，是以事行而不悖。"士大夫献诗，都有美刺、讽谏的功能，是西周礼乐制度的重要内容。

二是采诗制度。《诗经》收录十五国风，共160首。十五国风，即十五个地方的民歌。这些诗歌何以编入《诗经》？汉人有"采诗"之说。

《公羊传》何休注："男女有所怨恨，相从而歌，饥者歌其食，劳者歌其事。男年六十，女年五十无子者，官衣食之，使之民间求诗。乡移于邑，邑移于国，国以闻于天子。故王者不出牖户，尽知天下所苦，不下堂而知四方。"《汉书·艺文志》记载："故古有采诗之官，王者所以观风俗，知得失，自考正也。"

从各地采集的诗歌经由乐师统一整理，便在朝廷、宗庙等多种场合演奏。汉人所说周代采诗制度，反映出周初礼乐制度的大端，显现出礼乐彬彬的景象。对于周代采诗制度的记录，出自汉代文献，而非西周典籍，故不能完全肯定就是真的，但是周人采诗之说在后世影响很大。汉武帝设乐府采诗并在朝廷演奏就是受此影响。

十五国风，集中于中原。《邶风》采自最北的区域，到达今河北北部。《邶风》《鄘风》《卫风》都是卫地的民歌。《王风》《郑风》《桧风》《陈风》采自王畿洛阳、郑国、桧国、陈国，均在今河南境内。《齐风》《曹风》采自齐、曹两国，在今山东境内。《豳风》《秦风》大抵在陕西境内。《豳风》是周人早期定居豳地(今陕西省彬州市、旬邑县一带)产生的民歌，是《诗经》中产生年代最早的诗歌。《秦风》是秦的民歌。周王室东迁之后，秦人接管了周原来的领地，如岐山、丰镐等地，建立秦国。《秦风》采集于秦地，与《豳风》有时间先后的差别。《唐风》《魏风》是采集于晋地的诗歌。《周南》《召南》采自最南的区域，其地域范围在江汉汝水之间，现今陕西南部、河南南部，以及二者的中间地带——湖北的西北部，都在“二南”的区域范围之内。相传西周建国，以河南陕县为界，周公治理陕县以东，即殷商旧地；召公治理陕县以西地域，即周的发祥之地。周公、召公所管理区域的最南端，就是《周南》《召南》的采集地。十五国风最南部采集地，止于汉江流域和淮河流域。故十五国风体现的是西周至春秋时期的中原文化。

古人云：“六经皆史”。包括《诗经》在内的六经，都可以当作先秦时期的史料来看待。现今的传世文献中，西周的史料不多，一部分西周史料赖《诗经》得以保留。在《诗经》里，我们不难看到西周至春秋时期的日常生活。举凡农业、祭祀、宴飨、战争、田猎、弋射、朝觐、行役、婚姻、交通、风俗民情等资料，都藉《诗经》得以观其大旨。借助现今考古文物，我们可以更直观地了解《诗经》时代先民的生活场景、风俗信仰以及地域文化。

孔子云，读《诗》“多识于草木鸟兽之名”，草木鸟兽，不仅仅带有自然属性，在古代注疏体系里，草木鸟兽都有其礼乐文化的内涵。不仅仅草木鸟兽，《诗经》中出现的器物、车马、服饰，无不体现了礼乐文化的内涵。器物、车马、服饰，不仅仅带有物质属性，它们本身就是礼乐文化的符号。通过草木鸟兽、车马、服饰、器物，我们可以发现周代礼乐文化之大端。

本书分上下两编。上编以地域为顺序，讲述各地的历史及风俗；下编按照题材分类，以名物为核心，阐述《诗经》的礼乐文化内涵。

目录

CONTENTS

上编　春秋历史及地域风俗

第一章　周人的祖先 3

一、周人迁徙与周人三祖/3

二、周人三母/8

三、建都丰镐/10

第二章　《周南》《召南》17

一、《周南》《召南》地域范围/17

二、《周南》《召南》的教化色彩/17

三、《周南》《召南》的解读关键——名物/18

第三章　《卫风》《邶风》《鄘风》27

一、卫国的地望/27

二、卫国民歌与淇河/27

三、卫国的历史与诗歌/28

第四章 《郑风》 39

一、郑国的历史/39

二、《郑风》的特色/40

三、郑国的婚恋诗歌/41

第五章 《齐风》《魏风》《唐风》 46

一、齐国的历史与齐地诗歌/46

二、魏国的历史及晋地诗歌/49

第六章 《秦风》 52

一、秦人的起源/52

二、秦九都八迁/53

三、《秦风》尚武/53

第七章 《陈风》《豳风》 61

一、春秋早期陈国的历史风俗及诗歌/61

二、西周早期豳地的历史与风俗/63

下编 典章名物制度

第八章 祭祀 71

一、周人祭祀用具/71

二、祭祀乐舞/73

三、周人祭祀皆有尸/74

第九章 分封、朝觐、赏赐 86

一、诸侯朝觐，天子赏赐/86

二、诸侯上朝，辨色而入/95

第十章 宴飨 99

一、飨礼助以侑币/100

二、燕礼以明君臣之道/102

三、燕礼以明亲亲之道/104

四、燕礼以明朋友之道/107

第十一章 射礼 110

一、射礼的形式/110

二、射礼的礼仪/111

第十二章 舞蹈 117

一、巫女之舞蹈/117

二、舞师之舞蹈/119

第十三章 服饰 123

一、天子诸侯服饰/123

二、卿大夫服饰/127

三、女子服饰/137

第十四章 车马 142

一、男子与车马 /142

二、女子与车马/145

第十五章 婚姻 148

一、婚姻形态/148

二、婚姻观念/151

三、婚姻礼仪/157

第十六章 战争 163

一、战争的车服之盛/163

二、战争与日常生活的背离 /174

第十七章　田猎 178

一、天子田猎的盛况/178

二、作为军事演习的田猎/181

第十八章　行役 188

一、周代交通/188

二、行役之时令/191

上编

春秋历史及地域风俗

第一章

周人的祖先

一、周人迁徙与周人三祖

殷商在东方建立政权的时候，周人始祖居住在西边，与戎狄杂居，接受商的管治。因战乱与戎狄的关系，周人几次迁徙。周人初始在有邰(今陕西省武功县)居住，在夏朝末年迁徙至豳地(今陕西省彬州市、旬邑县一带)，居十世，又迁往周原，定居岐山之下。发展壮大之后，才向东扩展，灭商而后迁都丰镐(今陕西省西安市西南)。故周人的迁徙是指灭商之前经历了三个主要居住地，即有邰、豳、岐(见图 1－1)，从而产生了三个有名的祖先，即后稷、公刘、古公亶父。

1. 后稷

后稷名弃，居有邰。

周人的始祖为后稷，周人祭天之时，配祭后稷，足以证明后稷在周人心目中的地位。这个习俗直到汉代仍然保留。据《大雅・生民》，后稷发明了农业，播百谷以利于民，"即有邰家室"，带领子孙在武功定居，祭祀祖先，场面热闹，已经颇有礼乐文化的基础。《水经注・渭水》云："渭水又东迳斄县故城南，旧邰城也，后稷之封邑矣。"《元和郡县志》云：武功县"古有邰国，尧封后稷之地"。

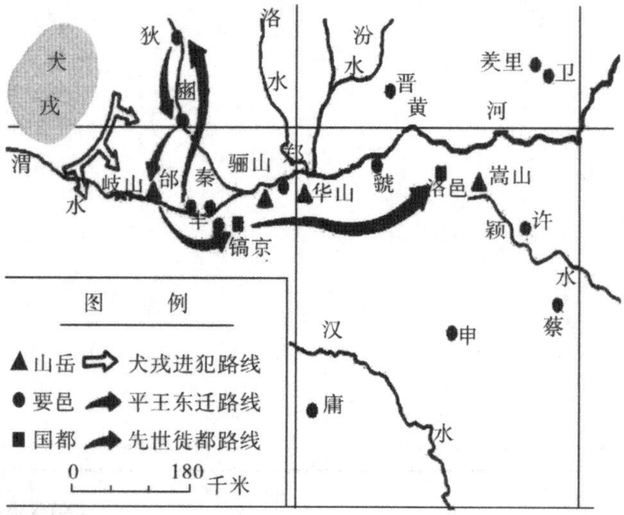

图 1－1　周人迁徙图

《大雅· 生民》记载了后稷传奇的出生经历。

厥初生民，时维姜嫄。生民如何？克禋克祀，以弗无子。履帝武敏歆，攸介攸止。载震载夙，载生载育，时维后稷。

后稷的母亲是姜嫄，她虔诚地祭祀、祈祷，最终感动了上苍，于是踩上了上帝的大脚趾印，而怀孕生子。《郑笺》云："时则有大神之迹，姜嫄履之，足不能满。履其拇指之处，心体歆歆然，其左右所止住，如有人道感己者也，于是遂有身。""履帝武敏"显然是远古氏族社会只知其母而不知其父这一习俗的遗留。据《毛传》，姜嫄祭祀郊禖，故幸运得子。而郊禖，是古代帝王求子之神。当四五月燕子飞来之时，"以大牢祠于郊禖，天子亲往，后妃率九嫔御"(《毛传》)。据陕西省岐山县当地的民间传说，古时的女子都要祭祀郊禖求子，就在去祭祀的路上，姜嫄踩上上帝的脚趾印而怀孕生子。这可以与《毛传》配合，得到姜嫄生子的细节。

姜嫄生子还算顺利，但是姜嫄"以为不祥"(《史记 · 周本纪》)，抛弃了他，故名"弃"。

诞置之隘巷，牛羊腓字之。诞置之平林，会伐平林。诞置之寒冰，鸟覆翼之。鸟乃去矣，后稷呱矣。实覃实訏，厥声载路。

隘巷、平林、寒冰，都不能绝后稷之生，他反而得到牛羊、人、鸟的护翼，如有神助。"姜原以为神，遂收养长之"(《史记 · 周本纪》)。

而后稷播种百谷，又如有神助，长势喜人。他种植的植物有秬、秠、穈、芑，皆天赐嘉种。秬，黑黍，周人用来制作酒醪。秠，一稃二米，产量可喜。稃，米糠。《说文解字》：𪏰，“黑黍也。一稃二米以酿也”。故秬和秠都用来酿酒。穈，赤粱粟。芑，白苗粟。《尔雅》郭璞注：虋，今之赤粱粟；芑，今之白粱粟，皆好谷。四种谷物收获之后，便可祭祀上帝了。

诞我祀如何？或舂或揄，或簸或蹂。释之叟叟，烝之浮浮。载谋载惟，取萧祭脂。取羝以軷，载燔载烈。以兴嗣岁。

卬盛于豆，于豆于登，其香始升。上帝居歆，胡臭亶时。后稷肇祀，庶无罪悔，以迄于今。

【训诂】

揄：抒臼。

羝：公羊。

軷：道祭。出必告道神，为坛而祭为軷。

臭：气味。

亶：确实。

这是祭祀的直接描写。舂米、簸糠、蹂黍、淅米、蒸米、焚香，将祭物放于豆、登，洋溢着喜悦。萧（艾蒿）放在祭牲之脂中受热，而其香始大，连同黍米的香气一同让上帝享用，上帝也禁不住感叹“胡臭亶时”：这么香，诚然正是时候啊。上帝非常满意，故周人能得上帝之福佑。

《大雅·生民》描述的是各种可见的动作以及先后顺序。至于祭祀的具体内涵、意义，在《毛传》《郑笺》中有较为细致的描写。在酒、米准备好之后，后稷便择定日子祭祀上帝。祭祀时煮米，其香气上升至墙面及屋顶，焚烧香料与之汇合。这个时候，就要在道路上祭神。《毛诗正义》：“出必告道神，为坛而祭为軷。”祭祀道神，需堆土为坛，再“取羝以軷，载燔载烈”。杀公羊，其体用于祭神，“燔烈其肉为尸羞焉”（《郑笺》）。

用香味祭祀上帝之后，再给上帝献上各种食物。豆，用来盛放菹和醢，植物性食物制成的腌菜是菹，肉类食物制成的酱是醢。登，是瓦制的豆，用来盛放肉，而且是未经调味的肉，即“大羹”（见图 1-2）。

古人祭祀的级别越高，所使用的器具越质朴，这是追思祖先的一种方式。《尔雅翼》卷四：“萧艾虽非恶物，然要之庶人所服，比之兰蕙芳草，君子所服，则有间矣。”用木制的豆、瓦制的登当器物，盛放无味的大羹。秬、秠所酿的酒为鬯，《说文解字》：“鬯，以秬酿，郁草芬芳，攸服以降神也。”也是颇为低级的酒。

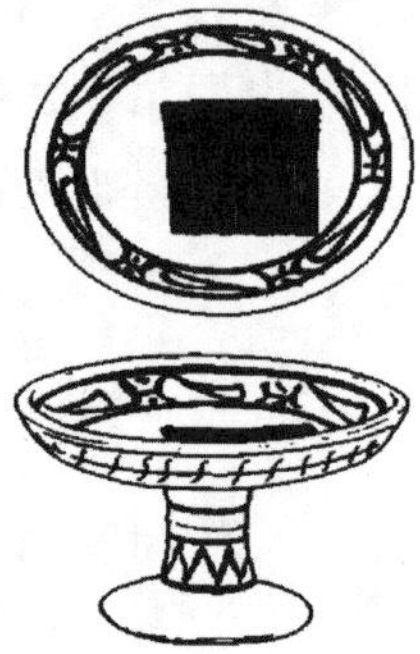
（a）湖南长沙楚墓出土的陶豆（盛肉）

（b）湖南长沙楚墓出土的陶豆（盛鱼）

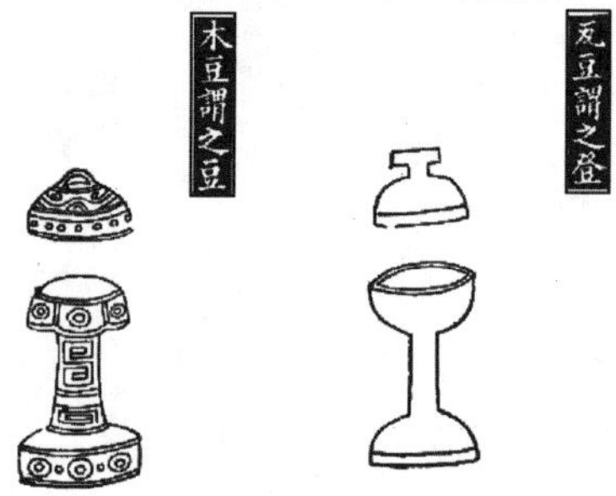

（c）豆与登

（d）战国错金夔纹豆（山西博物院）

图 1－2　豆

据《毛传》，姜嫄是高辛氏帝喾之妃，周人祭祀的上帝是帝喾。这是将祖先当作神来祭祀，已脱离商代祭祀自然神的模式。

2. 公刘

相传后稷是帝喾的后代，后稷播百谷，民受其利。尧时封于邰（今陕西武功），子孙世承其业，至夏代末年，公刘失其职，迁于豳地。

周代以前，华夏和夷狄没有明显的地理疆界，往往华夷杂居。《后汉书·西羌传》云："后桀之乱，畎夷入居邠、岐之间。"邠，又作豳。周在夏代中期以前，一直处戎狄之间，即与少数民族杂居。夏末，康王失国，废稷之官，不复务农。公刘失其稷之官，迫于戎狄，离开邰而迁于豳。《毛传》曰："公刘居于邰，而遭夏人乱，迫逐公刘。公刘乃辟中国之难，遂平西戎，而迁其民邑于豳焉。"《史记·匈奴列传》亦云："而公刘失其稷官，变于西戎，邑于豳。"豳，在现今陕西彬州、旬邑一带。当地有公刘雕塑。

公刘虽处戎狄之间，但复修后稷之业，务耕种。公刘从漆水南渡渭水，至南山取材木为用（《史记·周本纪》正义），于是有蓄积，百姓多归附。周道从此兴。

《大雅·公刘》

笃公刘，于胥斯原，既庶既繁，既顺乃宣，而无永叹。陟则在巘，复降在原。何以舟之？维玉及瑶，鞞琫容刀。

笃公刘，逝彼百泉，瞻彼溥原。乃陟南冈，乃觏于京。京师之野，于时处处，于时庐旅，于时言言，于时语语。

《大雅·公刘》所赞颂的是公刘在豳地建立都城的情景。首先是视察地形，此处有高山、平原、河流，适合人们居住。而百姓在此定居下来，建筑房屋，互相交谈，远离了奔波流浪之苦，特别有归属感。

《豳风》是豳地的歌谣，也是周人发祥地的民歌，是西周初年的作品，最可以见周人的风气，尤其是《豳风·七月》以完整再现周人一年四季的活动著称，被称为上古时期温暖的乡村生活画卷(详见第七章)。

3. 古公亶父

古公亶父是公刘的九世孙，文王的祖父。古公亶父带领周人迁都岐下，今陕西省岐山县。《史记·周本纪》云："古公亶父复修后稷、公刘之业，积德行义，国人皆戴之。"

《孟子·梁惠王下》记载古公亶父之时，戎狄入侵，故不得已西迁的一段故事："昔者太王居邠，狄人侵之。事之以皮币，不得免焉；事之以犬马，不得免焉；事之以珠玉，不得免焉。"皮币、犬马、珠玉，都不能满足戎狄之心，戎狄所要的是地与民。百姓都愿一战，但是古公亶父认为没有胜算，"民欲以我故战，杀人父子而君之，予不忍为"(《史记·周本纪》)。于是，他带领一部分人离开豳地，度过漆水、沮水，跨越梁山，来到了岐下。豳人举国随之西迁。《鲁颂·闷宫》称赞古公亶父云："后稷之孙，实维大王，居岐之阳，实始翦商"，即说明周人从迁徙岐下开始，大力发展农业，有了灭商的物质基础。周从古公亶父时，实力逐渐强大。

《大雅·绵》

绵绵瓜瓞。民之初生，自土沮漆。古公亶父，陶复陶穴，未有家室。

古公亶父，来朝走马；率西水浒，至于岐下。爰及姜女，聿来胥宇。

周原膴膴，堇荼如饴。爰始爰谋，爰契我龟；曰止曰时，筑室于兹。

【训诂】

瓞：小瓜。

土：又作杜，水名。

率：循。

聿：无实义。

胥：相，看。

堇荼：苦菜。

“民之初生，自土沮漆”，周人早先居住在杜水和沮漆水流域。土，《齐诗》作杜，水名，在豳地。沮、漆，皆水名，在豳地，有上游下游之别，沮水入漆水，故漆水又称沮漆水，入渭。《史记·周本纪》言古公亶父“去豳，度漆、沮，逾梁山，止于岐下”。《绵》用瓜瓞起兴，谓周人从豳地迁居岐下，就像瓜瓞一样绵绵不绝，周人从沮水、漆水流域沿着渭河一直向西，“率西水浒”，方来到岐山脚下。

周人刚迁居岐山，生活条件相当简陋，居住在土穴之中，“陶复陶穴，未有家室”。《毛传》：“未有寝庙，亦未敢有家室。”现今陕西省岐山县凤雏村的建筑遗迹，当是周人的宗庙建筑，建制与北方的四合院非常相似，是一个三进院落，入门处有照壁，有东西厢房，带两个庭院。中心建筑是堂，堂后是室。这是周人迁居岐山之后兴建的礼仪性建筑。古公亶父刚来岐下之时，尚未有此等建筑。虽然条件简陋，但古公亶父得民心，众多民众跟随他来到岐下。太王古公亶父迁都的岐山，沃野千里，适合发展农业。周原种植的苦菜，也如饴糖一样甘甜。于是，周人开始谋划，经过占卜，在周原始建宗庙、宫室。

周原是周文化的发祥地和灭商之前周人的聚居地，其中心在今陕西省宝鸡市扶风县、岐山县一带，东西长达70千米，南北宽约20千米。20世纪50年代后期起，中国科学院考古研究所、北京大学、西北大学、陕西省文物管理委员会、陕西省考古研究院等单位先后在此调查、试掘。

周原是公元前11世纪到前8世纪的大型古遗址，出土了大量卜骨和卜甲，以及大量珍贵的青铜器。周原是现今周代青铜器出土的主要地区。

二、周人三母

周人三祖，特指三次建都的始祖，即后稷、公刘、古公亶父。而周人三母，指古公亶父及其子其孙三代人的妻室，即古公亶父之妻太(大)姜、西伯侯季历之妻太(大)任，以及文王姬昌之妻太(大)姒。

1. 太姜

《大雅·绵》记载了古公亶父和姜氏一起察看地形、屋宇的事迹。

古公亶父，来朝走马；率西水浒，至于岐下。爰及姜女，聿来胥宇。

夫妇二人是在一个清晨，骑马来到岐下的。他们沿着渭河一直往西走，就到了岐山下。他们来此查看房屋。此章第一句便抓取了一个典型场景，二人骑马飞奔同时来到岐山下，表现出先声夺人的力量。和古公亶父一起骑马而来的姜女，是一个有胆识、有担当的女子，是丈夫的左膀右臂。

据郭沫若《中国古代社会研究》，太姜是古代母姓氏族部落的首领。刘向《列女传》称："太姜者，王季之母，有吕氏之女，太王娶以为妃。生太伯、仲雍、王季。贞顺率道，靡有过失。太王谋事迁徙，必与太姜。君子谓太姜广于德教。"太姜不仅帮助丈夫迁都、建城，而且教育子女有方，古公亶父的家业由此兴盛，进而至于部族兴盛。

2. 太任

太任是季历(王季)之妻。古公亶父最喜欢三儿子季历，欲把王位传给季历，于是大儿子太伯、二儿子仲雍都去了南方，建立了吴国，太伯为吴首任诸侯。季历为商朝牧师，娶商贵族任氏为妻，称太任。

《大雅·大明》叙太任嫁周的故事："挚仲氏任，自彼殷商，来嫁于周，曰嫔于京。乃及王季，维德之行。大任有身，生此文王。"此故事从后代的视角追溯太任从远方殷商来到周地，嫁与王季，繁衍子孙的经历。没有过多的铺排，尽用简省的笔墨交代一段往事，仅有"维德之行"一句评价。但其中因果分外清楚：因为太任有德行，故能生文王，而此文王，就是《诗经》奉为德行典范的人王，周人的礼仪教化皆源自文王。

刘向《列女传》补充说明了太任在教育子孙方面的先进观念："太任者，文王之母，挚任氏中女也，王季娶为妃。太任之性，端一诚庄，惟德之行。及其有娠，目不视恶色，耳不听淫声，口不出敖言，能以胎教。溲于豕牢，而生文王。文王生而明圣，太任教之，以一而识百，君子谓太任为能胎教。"太任重视胎教，而"目不视恶色，耳不听淫声，口不出敖言"，也是儒家所称许的君子之德行。

3. 太姒

太姒是文王之妻。《大雅·大明》记载了文王与太姒的婚姻。

天监在下，有命既集。文王初载，天作之合。在洽之阳，在渭之涘。

文王嘉止，大邦有子。大邦有子，伣天之妹。文定厥祥，亲迎于渭。造舟为梁，不显其光。

有命自天，命此文王，于周于京。缵女维莘，长子维行，笃生武王。

文王素闻太姒有贤名，在渭水河边、洽川之北，与太姒一见钟情，《诗经》称二人是"天作之合"。太姒是莘国的长女，莘国就在洽阳一带。《郑笺》："天为将命文王君天下于周京之地，故亦为作合，使继大任之女事于莘国。莘国之长女大姒，则配文王。”《诗经》又称“大邦有子，伣天之妹”，文王娶大邦莘国的女子为妻，这个妻子如天上而来，亦有上天之安排。《诗经》在文王婚姻上，显示出“天命”和“天意”。一方面，佳人难得；另一方面，佳人注定与文王婚配。这都是周代商之后为周所做的舆论宣传。

在娶妻之前，文王也跟当时人一样，必先占卜。占卜之后，“文定厥祥”，意即占卜之时的龟甲纹路显示祥兆，于是亲迎于渭。春秋时代，尚无桥梁，文王造舟为梁，意即联舟为桥，让迎亲的车马通过。这座浮桥为文王所建，自然光辉荣耀。至此，文王留下“亲迎于渭”的美名，成为经学家乐于称道的往事。因婚姻关系娶女掌祭祀、敬祖先，故儒家特别重视“亲迎”之礼。

《大雅·思齐》赞颂太姒追随太姜、太任，故子孙兴盛，家族兴旺。

> 思齐大任，文王之母。思媚周姜，京室之妇。大姒嗣徽音，则百斯男。

太姒向文王之母太任学习，又继承古公亶父之妻太姜的好品德，故太姒能继承周室夫人的美好品行，所以子孙繁盛。

《列女传·母仪传》：“太姒者，武王之母，禹后有莘姒氏之女。仁而明道，文王嘉之，亲迎于渭，造舟为梁。及入，大姒思媚太姜、太任，旦夕勤劳，以进妇道。太姒号曰文母，文王治外，文母治内。太姒生十男：长伯邑考、次武王发、次周公旦、次管叔鲜、次蔡叔度、次曹叔振铎、次霍叔武、次成叔处、次康叔封、次聃季载。太姒教诲十子，自少及长，未尝见邪僻之事。及其长，文王继而教之，卒成武王、周公之德。君子谓太姒仁明而有德。《诗》曰：‘大邦有子，伣天之妹。文定厥祥，亲迎于渭。造舟为梁，不显其光。’又曰：‘太姒嗣徽音，则百斯男。’此之谓也。”

太姒最引以为傲的子嗣，当属武王、周公。文王与太姒的恋爱故事至今仍在陕西洽阳一带流传，当地人认为《周南·关雎》便是吟诵文王与太姒的爱情。这种观点多少受了《毛诗》的影响。《毛诗》小序认为《关雎》“咏后妃之德也”，后人即将此后妃实指文王之妻太姒。

三、建都丰镐

1. 营建丰镐

《大雅·文王》“周虽旧邦，其命维新”，用“天命”解释周代商而兴起的合理性。商纣王亦曾沉迷于“天命”，不惧周之兴起，最终，周人以周的“天命”替代了商的“天命”。《大雅・皇矣》《大雅・大明》《大雅・绵》等诗讲述古公亶父迁都岐下，至文王伐密伐崇、武王伐纣的历史，连贯在一起，堪称周族史诗。

西周在沣河边建都，丰、镐二京分别在沣河西、东两岸。秦咸阳、汉长安也位于沣河、渭河交汇处，汉、唐时的昆明池也是引沣河水形成的。

文王建丰京，丰京在沣河之西。武王建镐京，镐京在沣河之东。沣河发源于西安市长安区沣峪，流至咸阳市，汇入渭河，全长 78 千米，绕西安之西。沣河也曾经有过泛滥，传说大禹平定了洪患。《大雅・文王有声》：“丰水东注，维禹之绩。”据陕西考古调查结果，丰京在今西安市鄠邑区秦渡街道附近，镐京在今长安区斗门街道一带(见图 1－3)。但丰镐二城城墙遗址罕有发现。

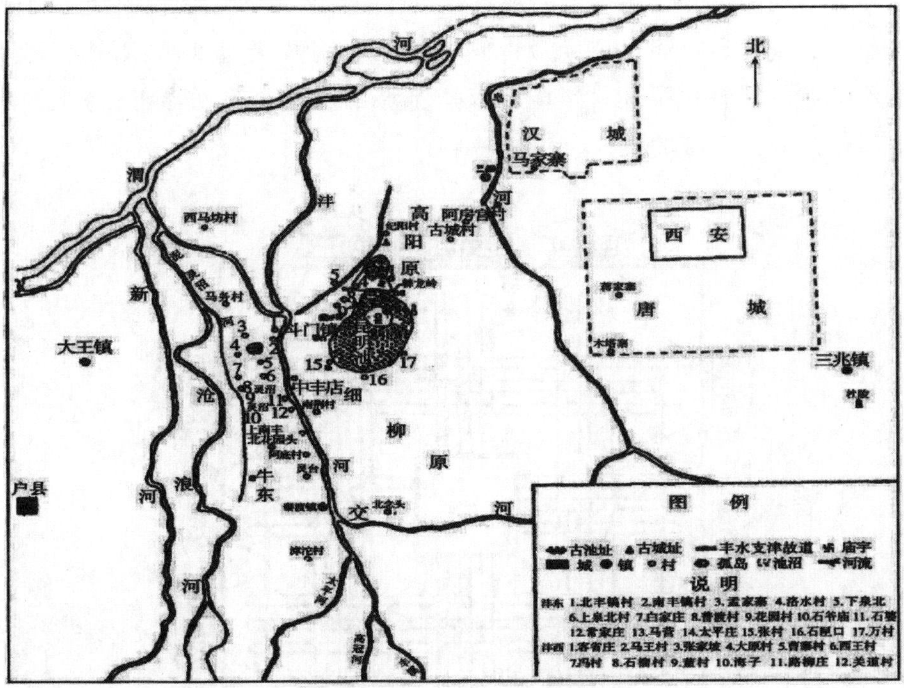

图 1－3　丰镐遗址

资料来源：胡谦盈．丰镐地区诸水道的踏察：兼论周都丰镐位置[J]．考古，1963(4)：188－197.

文王初始被商王封为西伯，意即称霸于西戎，此时文王仍在岐山一带。后来文王伐密、伐崇。文王“三分天下有其二，以服事殷”(《论语・泰伯》)。伐崇之后，国力强大，文王谋划东迁，在沣河边建丰城。武王灭商，觉丰城不够大，故建镐城。据《三辅黄图》记载，秦始皇嫌咸阳宫太小，欲建阿房宫。在选址的时候，来到沣河岸边。他认为此地有周文王和武王八百年基业，是风水宝地，所以选在沣河边建阿房宫。现今阿房宫遗址只剩下夯土台，全无宫殿遗迹。

在汉代，镐京所在之地有众多大大小小的湖泊。《史记》记载，汉武帝时，丰镐之地积涝，汉武帝将众多低洼地带以及湖泊疏浚连通，建昆明池，训练水军，以图攻打云南古滇国。在挖池的时候，曾经挖出许多黑炭，很有可能是镐京建筑遗迹。

曹魏之时，为了纪念周文王与周武王，建立了镐京观。现今镐京观遗址是清代所修道教寺院，与文王、武王无涉。现今阿房宫遗址据镐京观仅有 6 千米路程。

今长安区马王街道有西周车马坑博物馆，当是丰京的郊区范围之内。西周车马坑是西周贵族墓葬，里面埋葬了两辆车，一辆车是两匹马拉，另一辆车由四匹马拉，当是战车，马的装饰豪华。战车的车舆底下压着一个人，当是车夫，显示出西周时期的墓葬仍用殉人的现象，但已完全抛弃了大规模的殉人制度。

文王、武王营建丰镐，现今考古发掘未见丰镐城墙遗址。《周礼·考工记》是对周代都城的理想化描述，影响到汉唐都城的营建。不妨参考《考工记》的记载，可以略知周代都城的模样(见图 1-4)。

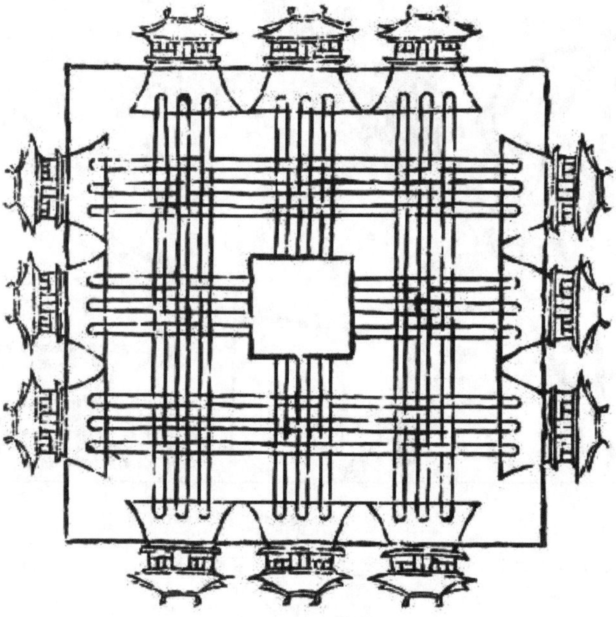

图 1-4 《考工记》都城图

《周礼·考工记》:“匠人营国。方九里，旁三门。国中九经九纬，经涂九轨。左祖右社，面朝后市，市朝一夫。”

它是一座方形的城，即方九里之城。其总体布局为城的每面有三个城门。有南北向的街道九条，东西向的街道九条，即九经九纬。经涂九轨，指一条东西向的路可容纳九辆车并排行走。左祖右社，指祖庙建在东边，社稷坛建在西边，左右对称。面朝后市，指朝廷要建在王宫南面，或指宫殿大门向南，市场要建在王宫北面，即朝廷在前，市场在后。市朝一夫，指市场的大小如一夫之地，即方百步。一步按 1.4 米计，方百步即指东西、南北各长 140 米左右。

据说这种布局是最理想的制度，即"左者，人道所亲，故立祖庙于王宫之左；右者，地道所尊，故立国社于王宫之右；朝者，义之所在，必面而向之，故立朝于王宫之南；市者，利之所在，必后而背之，故立市于王宫之北。"（宋王与之《周礼订义》引长沙易氏之说）

《大雅·灵台》记叙了文王营建灵台的情景。

> 经始灵台，经之营之。庶民攻之，不日成之。经始勿亟，庶民子来。
> 王在灵囿，麀鹿攸伏。麀鹿濯濯，白鸟翯翯。王在灵沼，於牣鱼跃。

本诗的主旨在于文王营建灵台，而民众、鸟兽皆来归附。《毛诗》小序曰："《灵台》，民始附也。文王受命，而民乐其有灵，德以及鸟兽昆虫焉。"《郑笺》："天子有灵台者，所以观祲象，察气之妖祥也。文王受命而作邑于丰，立灵台。"

灵台，一说是礼仪建筑，是周王宣政、观览星象的地方，是丰城的核心；一说是高台建筑，其用途在于游览观光。按照礼制，都城之外即帝王苑囿，帝王在其中田猎。从诗中所言灵囿、灵沼来看，灵台周围分布苑囿、池沼，符合都城的要求，所以灵台应该是都城的礼仪建筑，而不仅仅是一个供园林游览的高台建筑。《灵台》首章便申说灵台的修建依靠"庶民"，他们在很短时间建成。"庶民攻之，不日成之"，完全是夸张之辞。一则说明庶民的热情拥护，一则说明文王没有过度征发徭役。民众乐于服役，不以服役为苦，这足可以看出周文王的美政。灵台建好之后，庶民就像子民依附君父一样，都来庆祝，这也是文王美政的体现。

灵囿，处灵台之外，里面生养着鸟兽。白鸟翯翯，肥硕健壮，母鹿亦壮美肥大，有子子孙孙无穷尽的意思。灵沼，分布在灵囿里，有水的地方，鱼儿在跳动，言得其所。动物聚集在灵囿、灵沼，亦象征着政治的和谐。在古人的观念里，王者能调和自然风雨，农稼获取以及动物的繁衍都受益于王者行仁政。薛君《韩诗章句》说："文王圣德，上及飞鸟，下及鱼鳖。"诚如《郑笺》所言："文王立灵台，而知民之归附。作灵囿、灵沼，而知鸟兽之得其所。"

文王之台、囿、沼皆以"灵"名之，称为"三灵"。《毛传》："神之精明者称灵"，"灵囿，言灵道行于囿也"，"灵沼，言灵道行于沼也"。台、囿、沼皆有文王之灵道，而所谓灵道，即文王受命于天，得天之助。天子有灵台，观天象，"所以考天人之心，察阴阳之会，揆星辰之证验，为万物获福无方之元"（《白虎通义·灵台》)。诸侯不能观天文，故无灵台。据《春秋公羊传》之说，灵台在国之东南二十五里。

《左传》中有“灵台”的记载：僖公十五年，“晋饥，秦输之粟；秦饥，晋闭之籴。故秦伯伐晋。……秦获晋侯以归。……乃舍诸灵台。”这个灵台是否就是周文王所建灵台，还需考证。《三辅黄图》卷五：“周灵台，高二丈，周回百二十步。”《三辅黄图校证》：“周文王灵台，在长安(指汉长安城)西南四十里。”宋敏求《长安志》：“台高二丈，周回百二十步。”今西安市长安区灵沼乡街道阿底村南一千米，有周文王灵台遗址。

灵台建成以后，在辟廱演奏钟鼓之乐，以示庆祝。儒家的观念里，音声之道与政通，故奏钟鼓之乐亦是仁政的表达。辟廱在国之西郊，依照天圆地方的概念建成，其建筑是四方形，建筑外有圆环形状的水池(见图1-5)。“辟”即璧的意思，象璧圆以法天。蔡邕《蔡中郎集》卷十《明堂月令论》：“取其四面周水，圆如璧，则曰辟廱。……水环四周，言王者动作法天地，德广及四海，方此水也。”天子辟廱四周皆有水，而诸侯不得有辟廱，类似的建筑只能设一半的水，故称“泮宫”(见图1-6)。

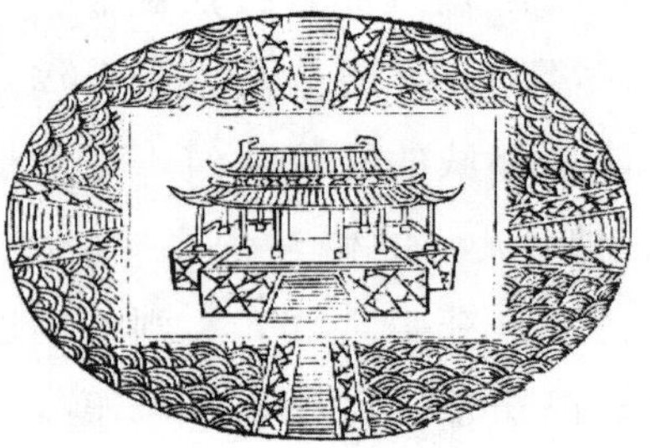

图1-5　辟廱

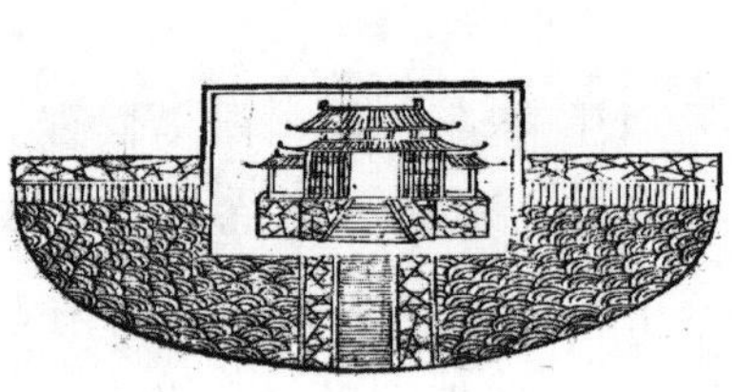

图1-6　泮宫

资料来源：郑之侨《六经图》卷十二，清乾隆八年(1743年)铅山鹅湖书院述堂藏版。

文王时的辟廱，已合乐行礼。至后代，辟廱定为天子之太学，天子在此宣政、策命、会见使节、春射秋飨，尊事三老五更，示天下以孝道，辟廱成为国家重要的礼仪性建筑。《大雅·文王有声》“镐京辟廱”，《郑笺》云：“武王于镐京行辟廱之礼，自四方来观者，皆感化其德，心无不归服者。”

虡业维枞，贲鼓维镛。於论鼓钟，於乐辟廱。

於论鼓钟，於乐辟廱。鼍鼓逢逢，矇瞍奏公。

乐器有鼓有钟，亦有镛，镛即大钟。鼓蒙以坚硬的鼍皮，敲起来嘭嘭作响。钟则需悬挂。虡(jù)，指悬挂钟磬的木架。直立的杆叫虡，而横在上的板叫栒。业，大版，设于栒上，刻画以为饰。不言虡栒，而言虡业，是因为栒上之业精美夺目。枞，崇牙，指悬挂钟磬的木架上端所刻锯齿。此诗对典礼的描述，集中于礼乐之器的陈设，一切皆以礼乐制度作为支撑，显现出对礼乐的归附之情。

2. 周的血缘政治

周人治国以血缘亲情为主，平时以宴乐和睦兄弟。《大雅·板》是周公的后代凡伯讽周厉王违背祖先旧制，不用股肱之臣。周人建立了宗族制国家，周天子当用公卿、诸侯及宗室之贵者为藩垣，以之为王室之辅弼，不当疏远之。西周末年，王族内部不和，故《大雅·板》反复申说宗族兄弟的好处。

价人维藩，大师维垣，大邦维屏，大宗维翰。怀德维宁，宗子维城。无俾城坏，无独斯畏。

敬天之怒，无敢戏豫。敬天之渝，无敢驰驱。

藩，篱笆。翰，通“幹”，主干。城，城墙。藩、垣、屏、翰，皆为防御性工事。价人，即披甲之人，指掌管军事的公卿。大师，即太师，是天子三公。大邦，指周的分封诸侯国。大宗，指宗族、王族的嫡系；宗子，则指大宗之嫡子。《板》之意，掌管军事的公卿、一国之三公，是这个国家的藩墙。国家分封的诸侯大国、周王的嫡系宗族，与王室血缘关系最为紧密，他们是兄弟，是国家的主干。人有德行故能安宁，嫡系子孙才是国家的城池。诗人劝谏厉王“无俾城坏，无独斯畏”。城坏，指宗族背叛，而只剩厉王一个人“独”处。当厉王处于只身之独的境地时，这就是最为可怕的事。厉王这样做会遭到天的责备的。当天怒天变之时，就是惩罚厉王之时。故诗人劝厉王敬天之意，不要“戏豫”“驰驱”，自行纵恣，无所顾忌。

《板》的宗旨在于，劝谏“王当用公卿、诸侯及宗室之贵者为落藩垣屏翰，为辅弼，无疏远之”(《毛诗》)。诗人用上天作为威权的来源，指出不如此便会遭上天恼怒责罚。这里，体现周人以理性的思考来扭转西周末年宗室分崩离析的局面。

当西周晚期，王族内部成员勾结夷狄，进犯王族的时候，召穆公(召虎)作《小雅·常棣》，劝谏兄弟和睦。《左传·僖公二十四年》：“召穆公思周德之不类，故纠合宗族于成周而作诗，曰：‘常棣之华，鄂不韡韡。凡今之人，莫如兄弟。’”诗中反复申说的，是兄弟的情谊，兄弟的情谊大于朋友，“凡今之人，莫如兄弟”，这动用的是手足情深的情感力量。

常棣之华，鄂不韡韡。凡今之人，莫如兄弟。

死丧之威，兄弟孔怀。原隰裒矣，兄弟求矣。

脊令在原，兄弟急难。每有良朋，况也永叹。

兄弟阋于墙，外御其务。每有良朋，烝也无戎。

“常”与“棠”通，“常棣”即“棠棣”。此诗用“常棣之华”作起兴，用一根藤上并列的棠棣之花作为比喻，同一宗族的同姓兄弟就如此花，不仅来源于同一母体，而且一荣俱荣、一损俱损。

当人有死丧、急难，都是兄弟在奔波。而与此形成对比的，是朋友不会做任何事。故“凡今之人，莫如兄弟”。兄弟虽在院墙之内争斗，但是在外侮之前，应该一致对外。故合宗族而宴飨，众兄弟在礼仪中一泯生疏，重归于好。

第二章

《周南》《召南》

一、《周南》《召南》地域范围

《诗经》为何以《周南》《召南》开篇？依据《毛诗》大序，《周南》《召南》体现的是文王之教化，而此教化不见于《卫风》之后各地风诗。“《关雎》《麟趾》之化，王者之风，故系之周公。南，言化自北而南也。《鹊巢》《驺虞》之德，诸侯之风也，先王之所以教，故系之召公。《周南》《召南》，正始之道。”（《毛诗》大序）。孔子曾让他的儿子读《周南》《召南》。《论语·阳货》记载孔子对伯鱼说：“女为《周南》《召南》矣乎？人而不为《周南》《召南》，其犹正墙面而立也与？”

二、《周南》《召南》的教化色彩

《周南》虽是周公管治的最南地域的诗歌，但受文王教化浸染最为深厚，《关雎》《麟之趾》体现的就是“王者之风”。《召南》则体现的是诸侯之教化，亦是文王教化之遗留，这是因为召公推行文王教化。《周南》《召南》虽然系之于周公、召公，但其文化皆推溯至文王。文王，实即周代礼乐制度的代名词。《毛诗》大序

“尊文王”的思想与《春秋公羊传》的思想不谋而合。《春秋公羊传》以文王为“周始受命之王”，故周代礼乐教化始自文王。

三、《周南》《召南》的解读关键——名物

1.《周南·关雎》

《毛诗》小序：“《关雎》，后妃之德也。”孔子评价：“《关雎》乐而不淫，哀而不伤。”

关关雎鸠，在河之洲；窈窕淑女，君子好逑。
参差荇菜，左右流之；窈窕淑女，寤寐求之。
求之不得，寤寐思服；悠哉悠哉，辗转反侧。
参差荇菜，左右采之；窈窕淑女，琴瑟友之。
参差荇菜，左右芼之；窈窕淑女，钟鼓乐之。

所谓“乐而不淫，哀而不伤”，是指男子虽单相思而未落入癫狂，因幻想而解脱相思的苦痛，发于情而止乎礼，体现了中庸之道。

在儒家的思想体系里，雎鸠被赋予了“贞洁”之美名。《毛传》曰：“关关，和声也。雎鸠，王雎也，鸟挚而有别。”《郑笺》曰：“王雎之鸟，雌雄情意至然而有别。”《毛传》指出雎鸠对待伴侣情意真挚，但又谨守男女有别，这是礼的规定。《郑笺》进一步申发了《毛传》之意。汉代学者薛君《韩诗章句》说：“雎鸠贞洁慎匹。”与《毛传》《郑笺》并无二致。

另有一种解释将雎鸠理解为鱼鹰。《尔雅·释鸟》：“雎鸠，王雎。”指雎鸠体型颇大。郭璞注：“雕类，今江东呼之为鹗，好在江渚山边食鱼。”《禽经》：“王雎，雎鸠，鱼鹰也。”《现代汉语词典》：“鹗，鸟，背部褐色，头、颈和腹部白色。性凶猛。在树上或岩石上筑巢，常在水面上飞翔，吃鱼类。通称鱼鹰。”生性凶猛的雎鸠与儒家思想体系中的雎鸠差别颇大。而至于雎鸠究竟指何鸟，仍存疑问。如果称鱼鹰是雎鸠，那么雎鸠“关关”的叫声不知因何而起。程俊英《诗经译注》“关关”：“水鸟相和的叫声。”鱼鹰的叫声显然不若“关关”之动听。闻一多《诗经通义》“关关雎鸠”：“ 鸠之为鸟，性至谨慤，而尤笃于伉俪之情。”高亨《诗经今注》：“雌雄有固定的配偶，古人称为贞鸟。”都承接传统，采用《毛传》《郑笺》的释义。现今有学者认为雎鸠是红腿斑秧鸡，其飞行能力退化，常在水边觅食，发出“关关”的叫声。此鸟在湖北房县常见，湖北房县所属的鄂西北正

是周南、召南交界的地带。雎鸠理解为红腿斑秧鸡，可备为一说。

荇菜在春秋时是常见的蔬菜，加粱曲和盐腌一下，用美酒渍之，便做成菹。在儒家的思想体系里，荇菜被赋予了特殊的意义。它被视为后妃为祭祀而准备的食物，出现在宗庙里。《毛传》："后妃有《关雎》之德，乃能共荇菜，备庶物，以事宗庙也。"那么，采摘荇菜，供给祭品，便成为后妃的责任。故《关雎》一诗中"参差荇菜，左右流之"的女子，其身份便很有可能是王后。

《毛传》："荇，接余也。"颜之推《颜氏家训》："荇菜，是水有之，黄花，叶似蓴。"(元胡一桂《诗集传附录纂疏》卷一引李樗语)此物在民间常见，凡有水的地方皆易生荇菜。朱熹《诗集传》描述荇菜的样貌："根生水底，茎如钗股，上青下白，叶紫赤，圆径寸余，浮在水面。"荇菜对水质的要求较高，虽过去是常见的植物，现今荇菜已经退出日常饮食清单(见图 2-1)。

图 2-1 荇菜

诗中的琴瑟、钟鼓，前者出现在堂，后者出现在庭院，二者皆为贵族生活中所有。琴瑟是贵族生活中待客的常用器物，每有朋友造访，便鼓瑟弹琴；夫妻日常生活也常有琴瑟相伴，故将琴瑟和谐比喻夫妻相处之道。而钟鼓等大型乐器，普通百姓家断不能置备，这样的钟鼓，用于社会上层祭祀、结婚典礼等重要场合，这同样不是普通百姓所妄想的。

如果撇开中国传统注疏，采摘荇菜的姑娘，追求姑娘的男子，身份、地位皆不可定，若有任何引申，皆无实据。《关雎》只可界定为一首青年男女间单相思的歌，难以说出更多的精义。而在中国传统阐释体系里，《关雎》的含义却是笃定无疑的。一个贵族男子幻想着迎娶的女子在婚后主持祭祀。因为只有王后才能使用荇菜祭祀，这对青年男女甚至被认为是周文王及其妻太姒，似乎也不是空空来风。《关雎》藉忠贞有礼的鸟——雎鸠表达“乐得淑女以配君子”的夫妇人伦之道。

2.《周南·卷耳》

采采卷耳，不盈顷筐。嗟我怀人，置彼周行：
陟彼崔嵬，我马虺隤。我姑酌彼金罍，维以不永怀！
陟彼高冈，我马玄黄。我姑酌彼兕觥，维以不永伤！
陟彼砠矣，我马瘏矣。我仆痡矣，云何吁矣！

朱东润《中国历代文学作品选》：“就篇中‘仆’‘马’‘金罍’‘兕觥’诸词语来看，此诗所写人物，似是贵族而非一般人民。”仆人和诗中出现的人物，提示这个人是贵族，金罍、兕觥是了解此篇诗义的关键。

首先看金罍。罍是青铜酒器，为贵族所用。《毛传》：“人君黄金罍。”所谓黄金罍，当是罍有黄金装饰。《郑笺》指出黄金罍用于飨燕：“臣出使，功成而反，君且当设飨燕之礼，与之饮酒以劳之。”人君飨燕之时，金属制的罍一般置于阼阶之东，金罍的敞口上搁置一柄长勺，供主客饮酒之用。

其次看兕觥。《说文解字·角部》：“觵，兕牛角，可以饮者也。从角黄声。”这就是一种用犀牛角做成的酒杯。《郑笺》：“觥，罚爵也。飨燕所以有之者，礼自立司正之后，旅酬必有醉而失礼者，罚之亦所以为乐。”意谓在飨燕的旅酬阶段，有因失礼而被罚酒的人，需用觥喝酒。

觥本并不专为罚酒而制。《毛诗正义》引《韩诗》云：“觥亦五升，所以罚不敬。”因为觥的容量较大，所以用来作为罚杯。《豳风·七月》“朋酒斯飨”“称彼兕觥”，可知周人用犀牛之角制作酒杯。1959年，山西省石楼县桃花者村出土了一件被称为“龙形觥”的青铜器，属商代晚期方国文化系列。所谓龙形觥，实际上是外形为鳄鱼的觥，从它的器形来看，仍然保留了牛角的形状（见图2-2）。这与殷商常见的觥形器不大相同。无论是乡饮酒礼上的兕觥，还是人君飨燕礼上的兕觥，都是酒杯，其器型已不可考证，但可知的是容量较大。

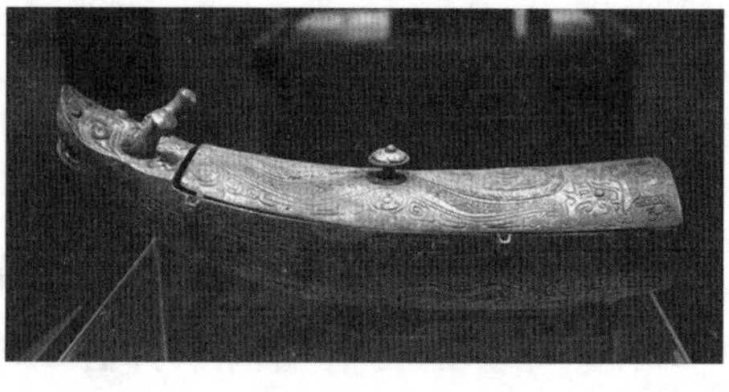

图2-2　龙形觥（山西博物院）

《周南·卷耳》是一个带着仆人和车马行役在外的男子安慰自己“酌彼金罍”“酌彼兕觥”，由此忧伤得以稍解。金罍、兕觥皆非行役在外的人所携持，这些礼器皆用于人君的飨燕场合。当臣子行役归来，人君在宗庙飨臣子，将金罍(见图 2-3)陈设在阼东，君臣酬酢。飨礼之后，人君又设燕礼，燕礼上旅酬以尽兴。诗人行役在外，却想象自己能从罍中取酒，又捧着大大的罚杯喝酒至醉。原本陈列在宗庙庭堂的金罍、兕觥出现于行役途中，由实有的礼器变为主观意识中存在的器物，金罍、兕觥由人君礼器变为臣子消遣个人内心忧思的器物。君臣相见时的欢宴变为行旅途中的困顿、忧愁。诗人带着疲累的马和忧病的仆人一起登上高山长吁短叹的情景，展演了诗人在此情境之下的真实情感。诗人改变了金罍、兕觥器物的存在形式、性质、功用以及与此礼器相应的礼容，这首诗的情感因之从公共礼仪场合的庄重、和谐的气氛中逸出，而变得私密、内隐。

(a)火龙纹罍（陕西历史博物馆）

(b)皿方罍（湖南博物院）

图 2-3 罍

此行役之人因何而醉？全因为思念。此诗用“花开两朵，各表一枝”的手法，第一章描写思妇思念着行役在外的人，从第二章起，描写出行在外的征人的思念。男子的忧伤，等不到行役归还之日，唯有在幻想中享用归还之时才有的酒醴。

3.《周南・芣苢》

采采芣苢，薄言采之。采采芣苢，薄言有之。
采采芣苢，薄言掇之。采采芣苢，薄言捋之。
采采芣苢，薄言袺之。采采芣苢，薄言襭之。

芣苢，又称车前草，因常生长在车前马蹄印中，故称车前草。《毛传》：车前，“宜怀任焉”。这是周人的民间信仰，诗因此而有赞颂“后妃之美”“妇人乐有子”的意思。至于这种观念是否有科学的依据，则另当别论。

此诗在三章的重章叠韵之中，表现了妇女采摘的乐趣。全诗十二句，只换了六个动词，便把她们采摘芣苢时的连续动作以及由少积多的情况描写出来了。同时，从轻快的节奏中，也表现出采集者劳动的欢乐。方玉润《诗经原始》："读者试平心静气涵泳此诗，恍听田家妇女，三三五五，于平原绣野、风和日丽中，群歌互答，余音袅袅，若远若近，忽断忽续，不知其情之何以移，而神之何以旷，则此诗可不必细绎而自得其妙焉。"有人疑惑，《芣苢》如此重复言之，有何意味？这是不懂得民歌重章叠句的妙处，以后人对诗歌的评判标准绳之于春秋时期诗歌，只有削足适履之讥。

4.《周南·螽斯》《周南·麟之趾》

《周南·螽斯》《周南·麟之趾》这两首诗有相似的主旨，都是祝福公室子孙的，一个祝福公室子孙繁盛，一个祝福公室子孙有为。二诗都从侧面体现了公室的稳定和强大，故诗序说《周南》是文王教化施于周南的结果。

《周南·螽斯》

螽斯羽，诜诜兮。宜尔子孙，振振兮。

螽斯羽，薨薨兮。宜尔子孙，绳绳兮。

螽斯羽，揖揖兮。宜尔子孙，蛰蛰兮。

这首诗借螽斯起兴，赞公室子孙繁衍壮大。螽斯，蝗类。因蝗类繁衍能力强，故藉之以赞喻公室多子多福。

螽斯羽，指蝗虫的羽翼，当它们密密匝匝地聚在一起，故有"诜诜"之多；摩擦羽翼而发出声音曰"薨薨"；拥挤在一起，故有"揖揖"的样态。

《周南·麟之趾》

麟之趾。振振公子，于嗟麟兮！

麟之定。振振公姓，于嗟麟兮！

麟之角。振振公族，于嗟麟兮！

公子，是诸侯之子；公姓，是与公同姓，与诸侯同宗；公族，与诸侯同祖，凡和公室有血缘关系的都称为公族。由公子到公姓，再到公族，是诸侯人口由近及疏、逐渐扩大的过程，而诗人的赞颂则一声高过一声。

诗以麟起兴，颂公族之子孙宽厚如麟。公曰麟，母曰麒，若泛指，则称麟。《说文解字》："麒，仁兽也，麋身牛尾一角；麟，牝麒也。"麟是中国古代幻想出来的仁兽。刘向《说苑》：麟"含仁怀义，音中律吕。行步中规，折旋中矩。择土而践，位平然后处。不群居，不旅行。纷兮其有质文也，幽间（闲）则循循如也。"麟就是君子的代名词。

这首诗从麟的脚趾，逐次过渡到额头、麟角，取视线逐步上移的视角，很有可能是见物起兴，先看到脚趾，后看到额头、麟角，麟可能是高于水平视线的一件雕塑。又由这一只麟作比，赞颂公子、公姓、公族皆如麟一样，“振振”有德。公子是人君之子，公姓是同姓之人，公族是同族之人，以人君为中心，组成一个远近亲疏交织的宗族社会。在一个政权刚刚建立之时，寄望于公族人口繁盛，政权安定。诗人赞颂公子、公姓、公族，体现出对这个政权的拥护。

麟是仁兽，只在天下太平时才出现。《宋书》：黄帝时，“麒麟在囿”；《毛诗草木鸟兽虫鱼疏》：“王者至仁则出”；《礼记·礼运》：“天不爱其道，地不爱其宝，人不爱其情，……凤凰、麒麟皆在郊棷”。

《左传》记载，鲁哀公十四年，哀公获麟。鲁国君臣不识此物，让孔子来辨认。孔子在得知为麟之后，感伤而泪下。鲁哀公之时是乱世，麟而被施以绳网，寓意天下不太平。《史记》三家注引服虔注曰：“麟非时所常见，故怪之，以为不祥也。仲尼名之曰‘麟’，然后鲁人乃取之也，明麟为仲尼至也。”

北京故宫内，西有螽斯门，是清代后妃居住之地。与螽斯门对应的是麟趾门，是皇子居住之地。螽斯门和麟趾门的起名皆源自《诗经》，寓意皇族子孙后代昌盛。台北故宫博物院有一件翠玉白菜玉雕，碧绿的白菜叶上趴着两只螽斯(见图 2-4)，推测是光绪帝瑾妃的陪嫁物，借“螽斯”寓意多子多福。

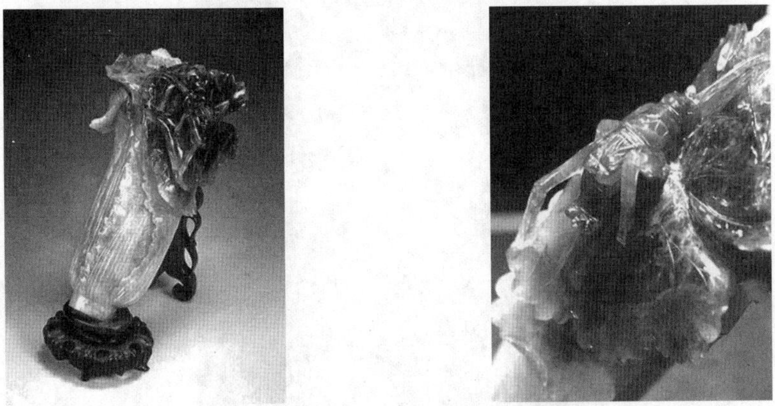

图 2-4 翠玉白菜(台北故宫博物院)

5.《召南·甘棠》

《召南》是召公治理区域的最南端。召公名奭，谥康，被封于燕，是文王之子，武王之弟，历文王、武王、成王、康王四代。召公在历史上有廉洁之名。

《毛诗》小序云：“《甘棠》，美召伯也。召伯之教，明于南国。”

蔽芾甘棠，勿翦勿伐，召伯所茇。
蔽芾甘棠，勿翦勿败，召伯所憩。

蔽芾甘棠，勿翦勿拜，召伯所说。

芾，音 fèi。茇，音 bá，草舍。败，伐也。说，通“税”，休憩。

甘棠，即杜梨，又称棠梨。落叶乔木，夏日开黄花，花形似桂。其果棕色，似樱桃而小，尝之有梨之口味，但口感干涩，水分较少。诗中的甘棠树，召公曾经在树下处理民间诉讼。《郑笺》云：“召伯听男女之讼，不重烦劳，百姓止舍小棠之下而听断焉。国人被其德，说其化，思其人，敬其树。”朱熹《诗集传》云：“召伯循行南国，以布文王之政，或舍甘棠之下。其后人思其德，故爱其树而不忍伤也。”不忍伤树，歌咏之，即《甘棠》之诗。

今陕西岐山周公庙有召公、姜太公陪祀。召公殿之前立《甘棠图》碑。《甘棠图》即来源于《召南·甘棠》。清道光二十五年(1845 年)岐山县令李文瀚偕幕僚在召亭故地访古，见甘棠古树，有感于召公之懿德。清代文人出游常绘图、题诗，李文瀚绘制了甘棠图，并撰写图记。道光二十七年(1847 年)，岐山邑人武澄得此画作，勒刻上石。此碑在 1981 年以前立在召公殿前，后改迁至岐山县博物馆(见图 2-5)。今召公殿前的碑上仍有一幅小型甘棠图，似是前者的仿作。

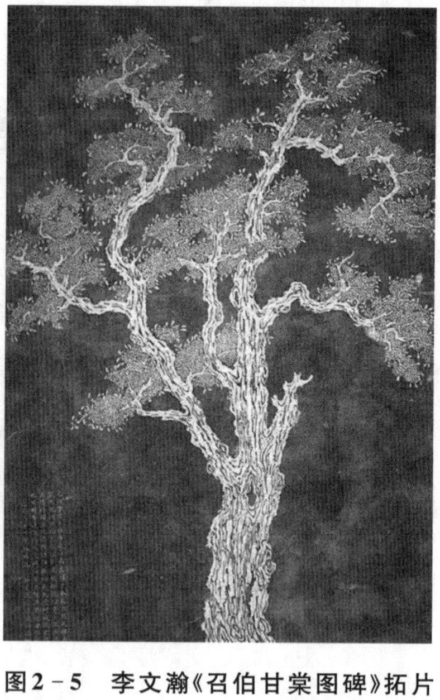

图2-5　李文瀚《召伯甘棠图碑》拓片

后世凡仁政之人皆比之于召公。江苏江都有一个小镇名邵伯镇，小镇的取名与东晋名臣谢安有关。谢安带领百姓修建了一条大堤，解除了邵伯镇一带的水患，老百姓感念他的功德，称这道堤为召(邵)伯埭。后来小镇亦改名为邵伯镇，又有人栽下一棵甘棠树，直到现在，这棵甘棠树仍然是邵伯镇的一处景点。

6.《召南·鹊巢》

《鹊巢》是成语“鹊巢鸠占”的来源，但与“鹊巢鸠占”的意义无关。《鹊巢》是说巢已建好，这是个非常合适的时机，就要大张旗鼓把新娘迎娶回来了。

维鹊有巢，维鸠居之。之子于归，百两御之。
维鹊有巢，维鸠方之。之子于归，百两将之。
维鹊有巢，维鸠盈之。之子于归，百两成之。

御，音 yà，同“迓”，迎接。

鹊建好了巢，鸠就要住进去。这个女子要出嫁，我要百辆车来迎接她。有能力动用百辆车来迎接新娘的，只能是公侯之家。故这首诗写的是公侯迎亲。

鸠到底是什么鸟？《毛诗》小序：“《鹊巢》，夫人之德也。国君积行累功以致爵位，夫人起家而居有之，德如鳲鸠，乃可以配焉。”将鸠理解为鳲鸠，即布谷鸟。《曹风·鳲鸠》曰：“鳲鸠在桑，其子七兮。”传说中布谷鸟对待下一代非常公平，故《毛诗》小序说“德如鳲鸠”，方可以为婚姻。《诗三家义集疏》引《齐诗》：“鹊以复至之月始作室家，鳲鸠因成事，天性如此也。”与《毛诗》一样，《齐诗》也将鸠理解为鳲鸠。姑娘出嫁，住进夫家，男娶女嫁，人之天性，如鸠居鹊巢一般。故“维鹊有巢，维鸠居之”，是一只鸟住进了另一只鸟筑好的巢，后来的鸟并没有强行侵夺之意，而是将以己之德，打理操持这个家。

如果“鹊巢鸠占”用来指代婚姻，颇难理解的是巢中原有鹊，不同类的鸠住了进来。但此诗仅指迎娶的那一刻，即女方迁居男方的那一刻，其关注点不在“鸠”，而在“居”。《郑笺》：“鹊之作巢，冬至架之，至春乃成。”这是就鹊巢的建筑而言，筑巢完工与初春娶亲的时间正好相合。陈奂《诗毛氏传疏》：“古人嫁娶在霜降后，冰泮前，故诗人以鹊巢设喻。”人们在秋冬间准备婚事的过程，犹如鹊筑巢，故首句言“维鹊有巢”，开篇即言巢已建好，该迎接新娘了，其后接“之子于归，百两御之”，非常顺畅、自然。

“鹊巢鸠占”，《毛诗》和《齐诗》都没有把鸠理解为杜鹃，故今人从杜鹃的角度讲巧取豪夺，则是出于臆想，偏离了诗歌的原义。

7.《召南·野有死麇》

野有死麇，白茅包之。有女怀春，吉士诱之。
林有朴樕，野有死鹿。白茅纯束，有女如玉。
舒而脱脱兮！无感我帨兮！无使尨也吠！

野有死麇，是众人共同狩猎的猎物。白茅，纯净之物，将所分鹿肉捆束起来，这是为礼而来，可以送给心中那个中意的“如玉”的姑娘。春秋时的婚姻有礼仪规定，婚礼有六义：纳采、问名、纳吉、纳征、请期、亲迎，具备礼仪程序的婚姻，才是正常的婚姻。但礼同时规定，若遇凶荒，物质条件不充分，则杀礼。此诗的男子，分鹿肉以充纳征，显然用杀礼。

“有女怀春，吉士诱之”，指春天里，青年男女互相吸引，“有女如玉”则指女子品德贞洁。二人相会，女子告诫男子“舒而脱脱兮，无感我帨兮，无使尨也吠”，让他动静不要太大，不要动她的佩巾，不要让那只多毛的狗惊叫起来。本是常见的会面情景，但在历史上被附加了太多道德伦理的意义。朱熹《诗集传》云：“此章乃述女子拒之之辞，言姑徐徐而来，毋动我之帨、毋惊我之犬，以甚言其不能相及也。其凛然不可犯之意盖可见矣！”将道德说教加之于男女自由恋爱的场景中，如此解诗，背离了诗的原义。

《说文解字》：“尨，犬之多毛者。”尨又引申为杂色、杂乱。段玉裁《说文解字注》：“牛白黑杂毛曰牻。”《左传・闵公二年》“衣之尨服”，杜注：“尨，杂色。”《左传・僖公五年》“狐裘尨茸”，杜注：“尨茸，乱貌。”诗歌中出现的狗只是一只普通的狗，并非一只宠物狗，从一个侧面体现出这对青年男女的身份地位。

第三章

《卫风》《邶风》《鄘风》

一、卫国的地望

约公元前1042年，周公平定武庚叛乱，将原武庚治下的殷遗民分封给自己的弟弟康叔。康叔建立卫国，其都城在殷商故都朝歌，今河南淇县。

今《诗经》中的《邶风》《鄘风》都是卫国的民歌。因为卫地的民歌较多，故将其分为三个部分，以此与其他地方的国风保持大致相似的篇幅。卫、邶、鄘三地民歌以朝歌为界，其东为鄘风，其北为邶风，其南为卫风。

二、卫国民歌与淇河

淇河(见图3-1)，古称淇水，发源于山西陵川方脑岭棋子山，流经辉县市、林州市和鹤壁市，至浚县淇门村注入卫河，全长167千米。

淇河曾经孕育了殷商文明，是中国北方少有的直到现今仍在使用的河流。淇河与古俱来，与诗同行。卫地民歌与淇水有关的诗歌共39篇，其中《邶风》19篇、《鄘风》10篇、《卫风》10篇。

图 3－1 淇河

卫国人在淇水边生活，淇水见证了他们的喜怒哀乐。卫国女子约男子在桑中会面，在淇水送别。《鄘风·桑中》："爰采唐矣？沬之乡矣。云谁之思？美孟姜矣。期我乎桑中，要我乎上宫，送我乎淇之上矣。"《卫风·氓》中被男子抛弃的女子在婚前恋爱时期也是在淇水送别："送子涉淇，至于顿丘。"河水从来不是恋情的阻隔。淇水是卫国出嫁女子的思念，女子看到叮咚的泉水流向淇河，勾起了她对卫国的思念，《邶风·泉水》："毖彼泉水，亦流于淇。有怀于卫，靡日不思。"淇水因诗而获得了文化生命。

三、卫国的历史与诗歌

卫国多荒淫的君主，如卫后庄公、卫宣公、卫懿公，这在卫地民歌中多有反映；而春秋初期的卫武公曾帮助周王室东迁，则被后人称颂。卫地民歌中也有许多贵族女子，如端庄的庄姜、狠毒的宣姜、爱国的许穆夫人。与郑国民歌多普通男女恋歌不同，卫地的民歌多被认为是为上层贵族所作。

1.《卫风·硕人》

齐国的庄姜嫁给卫庄公，诗歌叙述她高贵的出身、美丽的容貌、高大的随从，以及迎亲路上生机勃勃的景象。

据《左传》记载，隐公三年，"卫庄公娶于齐东宫得臣之妹，曰庄姜，美而无子，卫人所为赋《硕人》也"。《毛诗》小序叙述的事件大体相同："《硕人》，闵庄姜也。庄公惑于嬖妾，使骄上僭。庄姜贤而不答，终以无子，国人闵而忧之。"《卫风·硕人》用庄姜的庄严、迎亲队伍的壮盛，表达对庄姜的推崇和爱戴，同时对现实中庄姜的处境给予深深的悲悯和同情。

硕人其颀，衣锦褧衣。齐侯之子，卫侯之妻。东宫之妹，邢侯之姨，谭公维私。

手如柔荑，肤如凝脂。领如蝤蛴，齿如瓠犀。螓首蛾眉，巧笑倩兮，美目盼兮。

硕人敖敖，说于农郊。四牡有骄，朱幩镳镳，翟茀以朝。大夫夙退，无使君劳。

河水洋洋，北流活活。施罛濊濊，鳣鲔发发，葭菼揭揭。庶姜孽孽，庶士有朅。

庄姜被称为“硕人”，《郑笺》：“硕，大也。言庄姜仪表长丽佼好，颀颀然。”春秋时人以健硕高大为美，不管男女，都可以“硕人”称之。《邶风·简兮》中那个跳舞的男子也称“硕人”，是一个“西方美人”(来自西方周的美人)。所谓“硕人”，亦即“美人”。男子的高大健硕显示出勇武的气概，女子的健硕则往往与她的生育能力联系在一起。《唐风·椒聊》是一首婚赞歌，祝福女子“硕大无朋”“硕大且笃”，繁衍子孙后代，如椒聊之实，繁衍昌盛。

庄姜“衣锦褧衣”，褧衣，就是加于锦衣上的缯衣，用薄纱制成。内穿锦衣，锦衣之上再加缯衣，这就是当时出嫁女子的服饰。缯衣的作用，一是遮挡风尘，另一是因锦衣太过鲜艳，而加缯衣稍事遮掩。衣锦褧衣，出嫁的新娘穿得非常庄端得体，这是无可訾议的。

庄姜出身高贵，大国齐侯的女儿，齐国太子的妹妹，父亲、哥哥都是诸侯；自己嫁给卫侯，将做卫国诸侯夫人，而妹妹，一个嫁给邢侯，一个嫁给谭公，也都是诸侯夫人。如此颇费笔墨地铺陈，无非是说庄姜高贵的身份，其尊严不可侵犯。即便是受宠的嬖妾，亦不能遮掩庄姜的高贵。历数庄姜的出身，实际也是卫国人对庄姜抱不平的一种方式。

庄姜是最早在文学史上留下容貌描述的贵族女子。诗歌用众多比喻描摹出她的样貌：手像初生的柔软的荑草，皮肤如凝冻的动物油脂，脖子像天牛的幼虫，牙齿像整齐排列的葫芦籽，额头像螓一样较为宽广，眉毛像飞蛾的触角一样。这样的直接描写，后世颇为罕见。清代陈森《品花宝鉴》说出了直接描写之难：“形容的美人得体，又要人人合眼称妙者，莫如卫庄姜《硕人》之诗。先曰：‘硕人颀(其)颀，衣锦褧衣。’这两句，就写得光华射目。‘领如蝤蛴’至‘美目盼兮’，便字字形容绝妙，不著一衬帖语，不用一假借语，正所谓咏月咏月满，写花写花开，扫去烘云托月之法，是为最难。”《硕人》描摹女子美貌的句子，如“肤如凝脂”“手如柔荑”已成为后世的常用词语，但是谁又能否认《硕人》在女性描写方面的开创之功呢。女子容貌的最生动一句“巧笑倩兮，美目盼兮”，写出了女子的可爱。倩，露齿而笑，可见她爽朗；盼，眼波流转的样子，可见她灵动。因为有这两句，美人活了。与自然界的一切生物一样，美人活泼生动，她有一个自由的灵魂，美丽的眼睛，还有灿烂的笑容。这是后世文学作品中深闺哀怨的女子身上所没有的特点，尤其让人惊艳。

至于庄姜所用的车马，一定要一丝不苟地说明，因为车马与女子的身份紧密相关，其礼数不可逾越。《硕人》："硕人敖敖，说于农郊。四牡有骄，朱幩镳镳，翟茀以朝。"镳，马衔之外的铁，在马口两旁。古用朱丝缠铁，故曰朱幩。翟，山鸡的羽毛。茀，车上的蔽体，为避免让人看见，春秋时期，女子乘车一般需要遮蔽。

翟茀，指用羽毛装饰的车，为王后、公侯夫人及大夫夫人所乘，羽毛的装饰视身份等级而定。《周礼·春官·巾车》：王后之五路，重翟、厌翟、安车、翟车、辇车。王后出嫁时乘重翟；上公夫人厌翟；侯伯夫人翟车，如果是摄盛，方可用厌翟。重翟，指羽毛互相重叠。厌翟，厌，其义为"压"，指羽毛有一半压在前一片羽毛之上，其密度不及重翟。翟车，指羽毛依次排列，不重压。重翟车前后皆饰翟羽，厌翟车前一面饰翟羽。

齐国的庄姜出嫁到卫国，乘坐的马车由四匹强健的马拉着，车上装饰羽毛。《毛诗正义》："曰'翟蔽以朝'，谓诸侯夫人始来，乘翟蔽之车，以朝见于君，以盛之也。此翟蔽盖厌翟也。"按照庄姜作为诸侯夫人的身份，其上朝所乘之车当为安车。所谓安车，是无蔽之车，是王后朝见于王所乘之车。庄姜朝于卫侯，理当用无蔽的安车。但是结婚新来是个例外。《郑笺》指出，结婚之时，卫国国君之夫人庄姜朝见卫侯，其车用厌翟。厌翟，较其舆服等级高一等，以示贵盛（见图 3－2）。

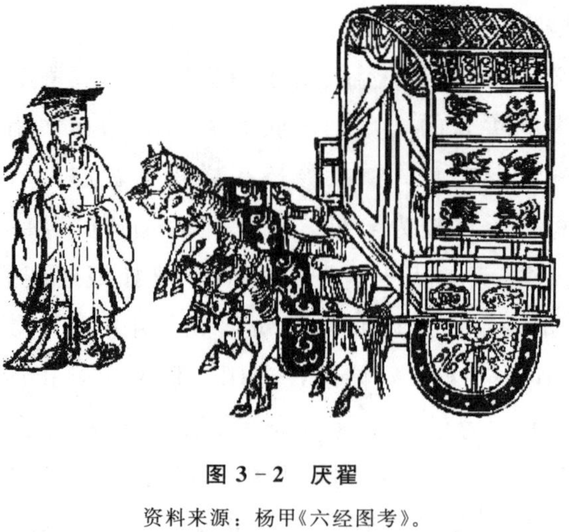

图 3－2 厌翟

资料来源：杨甲《六经图考》。

庄姜正是乘厌翟之车上朝。依据《毛传》，夫人上朝，在正寝，《左传》所谓“内宫之朝”，与大夫上朝在路寝不同。正寝，即夫人之寝。君、夫人皆有听政之朝。陈奂《诗毛氏传疏》：“君每日朝群臣于外以听政，后夫人每日朝群妾于内以治事。……其制前为君路寝，次君燕寝，次夫人正寝，次夫人燕寝。”夫人对迎接她的大夫说：“大夫夙退，无使君劳。”大夫们早早退朝吧，不让国君过于劳累。诸侯夫人初嫁到卫国，对卫侯表现出亲厚之意。

从齐国到卫国，经过黄河。黄河北流而去，水声哗哗。岸边渔民撒开渔网，呼呼作响；网上的鱼有鳣有鲔，活蹦乱跳；岸边的芦苇高大茂密，多么富有生活气息！随庄姜陪嫁的庶姜、庶士也个个服饰华美，身形高大。

“庶姜孽孽，庶士有朅”，庶姜，指陪嫁的同姓女子，一般是其他同姓诸侯国送来陪嫁的女子，论身份，可能是侄女或妹妹。《公羊传·庄公十九年》：“诸侯娶一国，则二国往媵之，以侄娣从。侄者何？兄之子也。娣者何？弟也。诸侯一聘九女。”杜预《春秋释例》：“古者诸侯之娶嫡夫人及左右媵，各有侄娣，皆同姓之国，国三人，凡九女。参骨肉至亲，所以息阴讼。息阴讼，所以广继嗣也。”

庶士，《毛传》认为是齐国随同的大夫，未尝不可。若说是齐国大夫，则是送嫁的娘家人，终究还是要回来的。至于女子出嫁，也有身份低微的男子作为奴仆随同出嫁。如秦穆公向晋国娶穆姬的时候，晋国将百里奚作为陪嫁之臣(仆役)送给秦国。百里奚中途逃跑了，秦穆公很着急，于是发布寻人启事，若能将百里奚归还秦国，则得五张羊皮的赏赐。就这样，百里奚从楚国被人送回。百里奚在秦国任事，于是有了“百羖大夫”的美誉。庄姜出嫁之时“庶士有朅”，在随行队伍中也有随嫁仆役。

庄姜出身尊贵不可欺，庄姜美丽不可无视，庄姜车马贵盛，礼节上显现威严；庄姜的随从高大威猛，不可怠慢。卫人为庄姜辩护，对她所受的待遇更多了一份悲悯。《邶风·柏舟》相传也是为庄姜而作，这种观点有其合理性。庄姜“威仪棣棣，不可选也”，这八个字，一直是《卫风·硕人》埋藏的一条暗线，串起各个章节。较之《柏舟》的抑郁，《硕人》更多明亮和活泼。

武汉博物馆收藏了一面东汉铜镜(见图 3－3)，其背面的铭文是《卫风·硕人》：(罗福颐《汉鲁诗镜考释》，《文物》1980 年第 6 期)

石人姬姬，衣□缎衣，夷侯之子，卫侯之妻，东宫之妹，荆侯之夷，登公惟私，手如□凄，肤如凝脂，领如□夷，齿如会师，□首□麋，畴吺睬兮，美目瞑兮，石人轫轫。税于农郊，四牡有乔，带□耕耕，□□□朝，大夫宿艮，寠使君劳，河水洋洋，北流。

经金石学家罗福颐先生考证，与《卫风·硕人》略有差异，内容为失传多年的《鲁诗》。

图3-3　鲁诗铭文重列式神兽镜(武汉博物馆)

2.《邶风·新台》

该诗讽刺卫宣公将儿媳宣姜占为己有。

《左传》记载，桓公十六年，卫宣公与父亲的小妾夷姜私通(据《史记》，夷姜不是小妾，而是宣公夫人："宣公爱夫人夷姜")，生太子伋。太子娶妻，未入室，宣公见其面貌姣好，占为己有，为太子伋另娶他女。宣公在黄河边置新台，让宣姜居住在那。"国人恶之"，而作《新台》(《毛诗》小序)。

宣姜嫁给卫宣公以后，生公子寿及公子朔。宣姜与公子朔合力构陷太子伋，为自己的孩子争太子之位。据《左传》《列女传》等文献记载，卫宣公使太子伋出使齐国，却暗地里命刺客杀之于边境。宣公给太子一杆白旄旗，而告诉刺客见有持白旄的人，就杀掉他。这个阴谋叫公子寿知道了，就来劝阻太子伋。公子寿是公子朔的哥哥，同是宣姜的儿子，但是比起公子朔，公子寿仁爱很多。太子伋却拒绝了公子寿的好意，还是要出使齐国，公子寿于是先拿着白旄走了，埋伏在边境的刺客杀了公子寿。这时，太子伋也赶到了，他对刺客说自己才是太子伋。刺客又杀了太子伋。宣公顿失两子，卫人伤之，为之作《二子乘舟》。有感太子伋与公子寿的仁义，民间多有戏曲故事流传。

新台有泚，河水弥弥。燕婉之求，籧篨不鲜。
新台有洒，河水浼浼。燕婉之求，籧篨不殄。
鱼网之设，鸿则离之。燕婉之求，得此戚施。

新台建在黄河岸边，光鲜漂亮，这是宣姜的居所。按照礼仪，宣姜应该是嫁给太子伋的，却没有料到嫁给了卫宣公。诗中出现"籧篨""戚施"，用以比喻卫宣公。所谓"籧篨""戚施"，一个只能仰不能俯，一个只能俯不能仰，身体机能不全，用以指卫宣公，可能有很多附会，最为核心的一点是：此人外表上并无君主之相，并不匹配宣姜。一方面讽刺卫宣公，另一方面讽刺宣姜没有眼光。

西汉刘向辑《列女传》，评议宣姜："卫之宣姜，谋危太子，欲立子寿，阴设力士。寿乃俱死，卫果危殆，五世不宁，乱由姜起。"所谓五世，指卫宣公、卫惠公、卫懿公、卫戴公、卫文公。卫国从宣公时起，陷入嫡庶争位、北狄入侵、重建卫国的困境，经历了内乱、亡国，至文公始宁。将这一切归之于宣姜，而不论卫宣公，正是"女人祸水"观的延续，表现出对女性的偏见。

3.《鄘风·载驰》

该诗为许穆夫人所作。卫国灭亡，许穆夫人前往漕地吊唁，经学者考证，当时的卫君是卫文公，系许穆夫人的哥哥。许穆夫人是中国文学史上第一个留下姓名的女诗人。《卫风·竹竿》《邶风·泉水》，朱熹认为也是许穆夫人所作，方玉润《诗经原始》认为依据不足，今从之。

《鄘风·载驰》

载驰载驱，归唁卫侯。驱马悠悠，言至于漕。大夫跋涉，我心则忧。
既不我嘉，不能旋反。视尔不臧，我思不远。
既不我嘉，不能旋济。视尔不臧，我思不閟。
陟彼阿丘，言采其虻。女子善怀，亦各有行。许人尤之，众稚且狂。
我行其野，芃芃其麦。控于大邦，谁因谁极？
大夫君子，无我有尤。百尔所思，不如我所之。

卫文公之所以在漕地建都，是因为卫国经历了亡国。卫国原在黄河之北，新建都城漕在黄河之南。卫国灭亡，还得从卫懿公爱鹤一事说起。卫懿公就是宣姜一直想要扶上位的公子朔的儿子。

公子朔在齐国的帮助下当上了国君，即卫惠公。卫惠公立三年而出亡，出亡八年复入，在位三十一年，出亡在外的时间颇多，因齐国的帮助，回卫国主政。其子懿公立，狄攻卫，兵畔。大敌当前，兵士不合作，大臣放言："君好鹤，鹤可令击。"《史记·卫康叔世家》原来卫懿公喜好鹤，给鹤乘卿乘坐的轩车（见图 3-4），天下人愤怒。北狄入侵之时，就发生了兵士不合作的事件。卫懿公身亡，卫国只剩 730 人，逃到黄河岸边，在宋桓公的帮助下，在黄河南岸的漕地重新建立卫国。齐桓公、宋桓公等人帮助卫国重建城墙。卫国继任者为卫戴公、卫文公。

卫文公在漕地之时，许穆夫人欲回国吊唁，但被许国臣子百般阻挠。许穆夫人于是作《鄘风·载驰》。卫戴公、卫文公是许穆夫人的兄弟，而帮助卫国的宋桓公的夫人，是许穆夫人的姐妹。这两个卫侯、两个诸侯夫人的母亲是卫宣

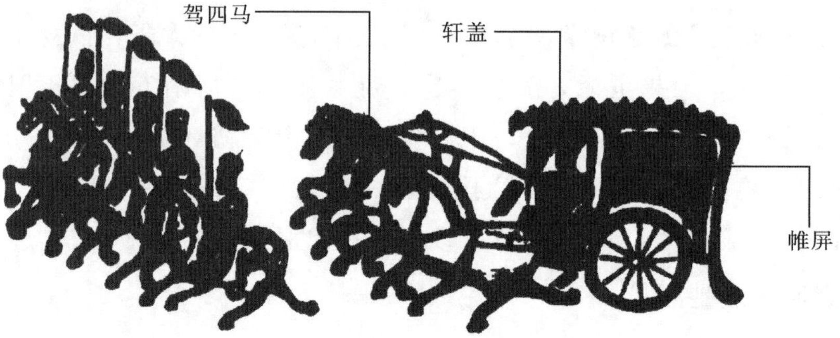

图 3-4　轩车

姜。宣姜在卫宣公死后，又在齐国的主导下，嫁给了公子昭伯，即太子伋的庶兄。宣姜与公子昭伯生卫戴公、卫文公、宋桓夫人、许穆夫人。女子在丈夫死后，又嫁给丈夫前任夫人的儿子，这是将妇女作为财产，在男性的两代之间继承，这种婚姻状态在当时是准许的。因为这个原因，卫宣公娶父亲的小妾夷姜，昭伯娶卫宣公夫人宣姜。

据《列女传》记载，许穆夫人在出嫁之前，曾有齐国人来说媒，但是卫侯拒绝了这门亲事，而在许穆夫人自己却是非常认可这门婚事的。她认为，她嫁给齐国，齐大而近，一旦卫国有难，可以找齐国帮忙，而许国相离较远，国力又弱，两相比较，嫁给齐国更为合适。从这段故事可以看出，许穆夫人是有相当的胆识的。

无奈许穆夫人嫁给许国国君，卫国灭亡什么忙也帮不上，许穆夫人要回国吊唁，许国大夫却百般阻挠，让人不明所以。其实也不难理解，按照当时的礼制，女子归宁(回娘家)，即回归其出嫁前的本宗。现在，卫国已经灭亡，卫国宗庙不复存在，本宗何在？宗庙尽毁，百姓被迫迁离原来的聚居地，卫国何在？许国大夫认为，许穆夫人没有回国的必要，所以跟在她的身后，爬山蹚水，极力阻止。在许穆夫人眼里，许国人对自己横加指责，是他们一众人幼稚而偏狂(许人尤之，众稚且狂)，她所要做的事是要积极赢取大邦的支持(控于大邦，谁因谁极)，所以她祈愿“大夫君子，无我有尤”。在国家危难之时挺身而出，这是许穆夫人爱国精神的明证；而寻求大国支持，体现出许穆夫人不同于常人的胆识。

许穆夫人走在田野，看到野外麦子生长茂盛。“我行其野，芃芃其麦”，此芃麦与《王风・黍离》中的黍离一样，成为亡国的象征，而许穆夫人则成为文学史上第一位爱国女诗人。

4.《卫风·淇奥》

瞻彼淇奥，绿竹猗猗。有匪君子，如切如磋，如琢如磨。瑟兮僩兮，赫兮咺兮。有匪君子，终不可谖兮。

瞻彼淇奥，绿竹青青。有匪君子，充耳琇莹，会弁如星。瑟兮僩兮，赫兮咺兮。有匪君子，终不可谖兮。

瞻彼淇奥，绿竹如箦。有匪君子，如金如锡，如圭如璧。宽兮绰兮，猗重较兮。善戏谑兮，不为虐兮。

【名物】

充耳：指从帽上垂下来的玉石，因刚好悬在耳边，可以塞进耳朵(以示君子不听谮言)，故名充耳。

琇：像玉一般的石头。

弁：指武帽，一般由白色鹿皮制成(见图 3-5)。《仪礼·士冠礼》服注：皮弁，“以白鹿皮为冠”。天子服皮弁，以日视朝。周代冠礼，先加缁布冠，次授以皮弁，最后授以爵弁。《周礼·弁师》郑玄注：“爵弁者，制如冕，黑色，但无缫耳。”

圭：上尖下方(见图 3-6)。周礼，诸侯受圭于天子。圭显示男子的身份是诸侯。

重较：较，车厢两边的横木(见图 3-7)。重较，两根横木。重较可以用来倚身，有重较的车子是卿以上的官员乘坐的。

图 3-5 弁

图 3-6 西周玉圭(山西博物院)

【训诂】

奥：水流弯曲的地方。

瑟：矜庄貌。

僩：威武。

咺：光明，显耀。

会：指帽子的缝。

箦：言茂盛如积聚(《毛传》)。

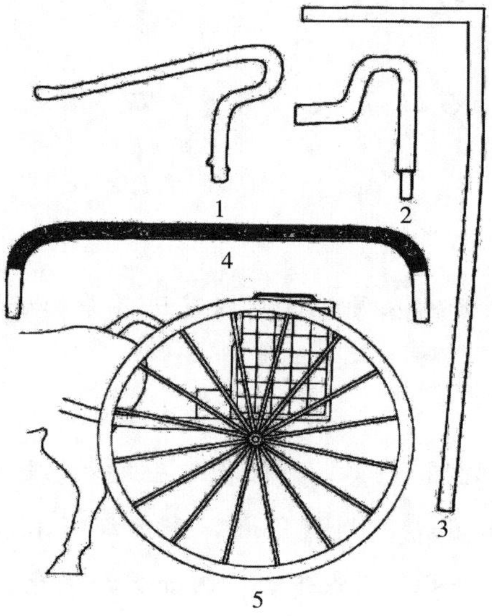

1. 春秋铜较(河南浚县出土)
2. 战国铜较(河南淮阳出土)
3. 秦代铜较(如皇陵兵马俑坑出土)
4. 汉代错金铜较(河北满城出土)
5. 在车輢上装较的木车模型(甘肃武威出土)

图 3-7　较

资料来源：孙机《中国古舆服论丛：增订本》，文物出版社。

颂美女子的名篇是《卫风·硕人》，而颂美男子的作品莫过于《卫风·淇奥》。《淇奥》对男子的服饰、仪态有非常详细的描写，又将男子与各种名物联系起来，以示其身份与才能。

首先，男子的服饰、车马能显示其尊贵的身份。“充耳琇莹”，指制作充耳的玉石晶莹剔透。“会弁如星”，指白鹿皮制的帽子，帽缝处缀有明亮的宝石，像星星一样闪亮。弁是男子战争或狩猎时所戴的帽子，帽子上垂下充耳，寓意不进谗言而明辨是非，象征着美好的品德。这位男子所乘坐的车有“重较”，这种车只有卿以上级别的人才能乘坐，如诸侯、天子，而普通的大夫是不能乘坐的，在春秋时期，能乘坐这样车的人应该有极尊贵的身份。

其次，以比喻显示男子品德之尊贵。“如切如磋，如琢如磨”，就是用来指男子有如玉般的品德。具体说来，治骨曰切，治象曰磋，治玉曰琢，治石曰磨。将这几个动词联在一起，实指男子经过最高的打磨，有如玉般的品质。男子如玉，是儒家对男子的最高赞赏。“有匪君子”，其中的“匪”通“斐”，是指君子文采斐然，有如玉器被打磨之后光彩夺目。这个文采，一般表现为由内而外的礼的修养，也表现为待人接物的言辞应对，如果是君子，必有礼的修养与合于礼的言辞。

《礼记·玉藻》："古之君子必佩玉。""君子无故玉不去身。君子于玉比德焉。"作为礼法，佩玉按照玉和佩带的颜色分为不同的等级："天子佩白玉而玄组绶，公侯佩山玄玉而朱组绶，大夫佩水苍玉而纯组绶，世子佩瑜玉而綦组绶，士佩瓀玟而缊组绶。孔子佩象环五寸而綦组绶。"

再次，名物表示男子的贤能，是国之重器。"如金如锡，如圭如璧"，金，闻一多《风诗类钞》主张为铜，还说："古人铸器的青铜，便是铜与锡的合金，所以二者极被他们重视，而且每每连称。"金锡，指青铜器，是祭祀祖先时所用的礼器。此诗又将男子比喻成圭和璧，圭是诸侯方能用的玉器，璧则是朝会、祭祀或出使他国使用的礼器。这些比喻是说，男子是国家之门面，是族群祭祀时的核心，也如出使他国聘问时使用的宝贝那样重要，于内于外皆堪重用。

另外，本诗用以起兴的景物"绿竹"，一般也被认为是男子品行的象征。绿竹猗猗，修长而美，正如男子颀长的身材。

用来形容男子的词语，都与"火"相关，显示出一种威严。"瑟兮僩兮，赫兮咺兮"，赫、咺，皆因有火而具温度之意。《左传》记载，文公七年，有人问赵盾和赵衰各是什么样的为人，晋人答曰："赵衰，冬日之日也；赵盾，夏日之日也。"冬日之阳温和，而夏日之阳严厉。《淇奥》中的美男子戴着武帽（弁），有火一般的炽热，更接近夏日之阳，自带一种威严，这与他的服饰、身份相适应。

然而，这个男子却没有一板到底，他还有亲和的一面，即末句"猗重较兮。善戏谑兮，不为虐兮"。他倚在车上，和人开着开玩笑，显示其"宽绰"、平易近人的一面，这样的男子不用身份威压身边的人，就是这样的男子，成为女子终生不可忘之人。

如上，《淇奥》里完美无瑕的男子是谁呢？《毛诗》认为这首诗是颂美郑武公之作。《毛诗》小序："《淇奥》，美武公之德也。有文章，又能听其规谏，以礼自防，故能入相于周，美而作是诗也。"《毛诗正义》："作《淇奥》诗者，美武公之德也。既有文章，又能听臣友之规谏，以礼法自防闲，故能入相于周为卿士。由此故美之而作是诗也。""听规谏""以礼自防"，大概是从诗中"充耳"一词引申而来；而"文章"，则从切磋、琢磨而来。郑武公因助平王东迁有功，被封为周王卿士，故郑武公虽为诸侯，仍服卿之服装。入春秋后，郑武公之子郑庄公世袭周王卿士之职，但是周桓王却废掉了郑庄公这个职位，而任命虢公为王卿士。至晋献公灭虢，便再没有任周王室卿士的记载。

9.《邶风·燕燕》

燕燕于飞，差池其羽。之子于归，远送于野。瞻望弗及，泣涕如雨。
燕燕于飞，颉之颃之。之子于归，远于将之。瞻望弗及，伫立以泣。
燕燕于飞，下上其音。之子于归，远送于南。瞻望弗及，实劳我心。
仲氏任只，其心塞渊。终温且惠，淑慎其身。先君之思，以勖寡人。

《毛诗》小序："《燕燕》，卫庄姜送归妾也。"《郑笺》："庄姜无子，陈女戴妫生子名完，庄姜以为己子。庄公薨，完立，而州吁杀之，戴妫于是大归。庄姜远送之于野，作诗见己志。"庄姜的事迹可以与《左传》记载的"州吁弑其君"参看。《左传·隐公三年》："卫庄公娶于齐东宫得臣之妹，曰庄姜，美而无子，卫人所为赋《硕人》也。又娶于陈，曰厉妫，生孝伯，早死。其娣戴妫，生桓公，庄姜以为己子。公子州吁，嬖人之子也。有宠而好兵，公弗禁，庄姜恶之。"后州吁弑桓公，桓公之生母戴妫即大归。《燕燕》即为庄姜送戴妫而作。

因为有此历史背景，《燕燕》之诗被寄寓了家国之悲。清王士禛《分甘余话》："许彦周以为可泣鬼神。合本事观之，家国兴亡之感，伤逝怀旧之情，尽在阿堵中。黍离、麦秀未足喻其悲也，宜为万古送别诗之祖。"后人甚至认为其悲情要胜过《黍离》。《燕燕》中的"远望"，亦成为经典的文学意象，为后人所继承。陈继揆《读风臆补》谓"瞻望弗及，伫立以泣"，"送别情景，二语尽之，是真可以泣鬼神矣。张子野短长句云：'眼力不如人，远上溪桥去。'东坡送子由诗云：'登高回首坡垅隔，惟见乌帽出复没。'皆远绍其意。"

这首诗里出现的起兴"燕子"，在春日的阳光照耀之下，羽毛闪亮，它们上上下下欢快地飞着、叫着，这是一幅明亮的春景图，但就是在这样的季节庄姜送走了戴妫。用乐景写哀，莫此为甚。

这首诗因为分别情意深厚，而"远送于野""远送于南"。据周礼，邑外为郊，郊外为野，野在城邑一百里以外了。而南，指非常遥远的地域，更在野之外。送人于百里之外，不合人之常情，也不是礼所规定，《毛传》便有"过礼"之说，亦即超过了礼所规定的数，这个说法是可信的。

也有人把这首诗理解为国君送远嫁的妹妹，也是可行的。为什么是国君，因为末尾"寡人"这个词，一般是男性诸侯自称。而妹妹远嫁，父母只送到门外台阶之上，不出院门，作为哥哥，也只送到十里之外。远送于野仍不舍惜别，可见兄妹情意之深。

第四章

《郑风》

一、郑国的历史

郑国的始祖郑桓公是周宣王的弟弟，被封于郑(在现今陕西省渭南市华州区)，处王畿之内，与周王室关系密切。周幽王被犬戎杀死在骊山之下，周王室自身不保，不再能提供庇护，于是郑国开始寻找更为安全的地方。《国语·郑语》记载郑桓公曾咨询周史官："桓公为司徒，……问于史伯曰：'王室多故，余惧及焉，其何所可以逃死?'史伯对曰：'……其济、洛、河、颍之间乎！……若前华后河，右洛左济，主芣、騩而食溱、洧，修典刑以守之，是可以少固。'"

济、洛、河、颍，勾画了一个范围，在此范围之内，溱洧两条河水之间，可以居于此间。唐杜佑《通典·州郡典》："春秋时，郑国……有溱洧二水，祝融之墟，黄帝都于有熊，亦在此也，本郐国之地。"《说文解字》："郑徙溱洧之上，今新郑是也。"

溱洧水边原有郐国，郑国灭郐而居其地，处溱洧之间。郑又灭虢国，吞并其土地，建都"新郑"，所谓"新"，与王畿之内的郑相区别。通过考古发现，新郑是春秋早期较大较繁华的城市之一，这从一个侧面说明郑国在春秋早期是一个强大的国家。郑武公因为帮助周平王东迁，有功于王室，于是成为周王室的卿士。郑庄公继承王室卿士的特权，调动周王军队，东征西讨，在春秋早期俨然成为一个“春秋小霸”。

溱水和洧水在新郑城南交汇，平常是郑国青年男女聚会的地方。《郑风》中多首诗歌涉及溱洧之水，溱洧水边因有众多文化遗存，而成为今河南境内的文化遗迹。《郑风·溱洧》：“溱与洧，方涣涣兮。”“溱与洧，浏其清矣。”《毛诗正义》：“溱、洧，郑两水名。涣涣，春水盛也。”“浏，深貌。”描写溱洧交汇之处，每到春天，春水广阔而清深，映照着聚会的青年男女。

溱洧之水，其实也阻碍人们的出行。春秋晚期，子产听郑国之政，用他自己所乘之车渡人于溱、洧。《孟子》评价子产：“惠而不知为政。岁十一月，徒杠成，十二月，舆梁成，民未病涉也。君子平其政，行辟人可也，焉得人人而济之？故为政者，每人而悦之，日亦不足矣？”(《孟子·离娄下》)徒杠，可供徒步行走的小桥。舆梁，可供车辆行走的桥。孟子以为子产本可以不用把自己所乘之车借给他人用，只要他修桥，便可以惠及一方百姓。子产之所以未修桥，恐怕未如孟子所料，而是当时没有修桥的技术。纵观《诗经》，没有一首诗写到过桥。

二、《郑风》的特色

《左传·襄公二十九年》记载吴公子季札来鲁国观乐，叔孙穆子为之歌《郑》，曰：“美哉！其细已甚，民弗堪也，是其先亡乎?”季札第一反应是“美”，但是他所说的“美”，并非“善”。所谓“美”，即曲调、配乐、歌声等音乐外在形式的美，其特征在“细”，大抵是就其音乐的节奏细密而言。而所谓“善”，则是指音乐对人的性情的约束、调节，即音乐里面所包含的礼乐教化意义。据学者观点，诗的礼乐教化是与人本身的性情相悖的，故季札预言郑因音乐而亡，实即认为郑国不守礼乐教化而亡。

《论语》曾经记载孔子“郑声淫”“放郑声”的观点。放置于上下情境，“郑声”的对立面是“雅乐”“韶舞”。颜渊问为邦，子曰：“行夏之时，乘殷之辂，服周之冕，乐则韶舞。放郑声，远佞人。郑声淫，佞人殆。”孔子明确提出“恶郑声之乱雅乐也”。

雅乐、韶舞传承自古代，其音乐特点是节奏缓慢，常用在宗庙祭祀、招待宾客的场合。而郑声是郑国采自民间的音乐，是当时的流行音乐。郑都黄河之南，“据天下之中，河山之会，商旅之所走集也。商旅集则货财盛，货财盛则声色矮”(《诗古微》)。可以推想，郑国音乐处于春秋时期流行音乐的前沿。郑国亦有久远的音乐传统。在河南出土的贾湖骨笛，用仙鹤的翅骨做成，可奏出七声齐备的下徵调音阶，是九千年前先民使用的乐器。相较笨重的钟鼓等礼乐器，贾湖骨笛吹出的曲调是悠扬生动的。有这样的经济、文化基础，春秋时期郑国的音乐是极为动听的音乐之一。但是这种音乐与古乐大不相同，对于孔子复古之礼乐的理想来说是一种障碍。因其大为流行，孔子才有“放郑声”的政治观点。

到战国时期，礼乐进一步崩坏。魏文侯曾经跟孔门弟子子夏讨论过郑声的问题。《礼记·乐记》记载，魏文侯问于子夏，曰：“吾端冕而听古乐，则唯恐卧。听郑卫之音，则不知倦。敢问古乐之如彼，何也？新乐之如此，何也？”《汉书·礼乐志》有相似的记载：“至于六国，魏文侯最为好古，而谓子夏曰：‘寡人听古乐则欲寐，及闻郑、卫，余不知倦焉。’子夏辞而辨之，终不见纳。”战国时，郑卫之音愈益受到更多的喜爱，即便不被孔子、子夏等人看好，也挡不住它最终流行的趋势。

在秦灭六国之前，秦国统治上层对郑卫之音也是颇为追捧的。李斯《谏逐客书》谓郑卫之音取代了秦地音乐而大为流行：“夫击瓮叩缶、弹筝搏髀，而歌呼呜呜快耳者，真秦之声也；郑卫桑间、韶虞武象者，异国之乐也。今弃击瓮叩缶而就郑卫，退弹筝而取韶虞，若是者何也？快意当前，适观而已矣。”

秦国本地的音乐较为古朴、原始，故秦人祭祀，取韶、虞、武、象等周人祖先祭祀的音乐，至于娱乐，则取郑卫桑间、濮上所流行的民间歌曲。李斯说明秦国音乐的现状，是想劝秦王嬴政取益于六国之文化，而除逐客之令，最后秦王采纳了他的建议。

三、郑国的婚恋诗歌

《郑风》以民间采集的婚恋诗歌为主，一般不涉及春秋时期郑国的政治、经济、军事等，但无一不体现出郑国男女恋爱的自由浪漫，同时也体现了美好的思想情感，绝非孔子所云“郑声淫”所能概括的。孔子的“郑声淫”针对郑地音乐的细密，而未对郑国民歌的思想内容作否定性的评价，这是需要特别警醒和加以注意的。

1.《郑风·溱洧》

在修禊的风俗背景之下，郑国一对青年男女自由恋爱、私定终身。

溱与洧，方涣涣兮。士与女，方秉蕑兮。女曰：“观乎?”士曰：“既且。”“且往观乎?”洧之外，洵讦且乐。维士与女，伊其相谑，赠之以勺药。

溱与洧，浏其清矣。士与女，殷其盈矣。女曰：“观乎?”士曰：“既且。”“且往观乎?”洧之外，洵讦且乐。维士与女，伊其将谑，赠之以勺药。

首章前两句描绘修禊的风俗。春水浩荡，水边满是青年男女，每个人都手持兰花(蕑，一种香草，亦称兰，但不是现在的属兰科的兰花)。兰花用以沾水，以祓除一身的不祥。这种风俗来源于上古的修禊节。祓，祓除病气；禊，修洁净身。《周礼·春官·女巫》：“女巫掌岁时祓除衅浴。”郑玄注：“岁时祓除，如今三月上巳，如水上之类。衅浴，谓以香熏草药沐浴。”上古修禊节，人们来到水边修身、祈福，都要做汤沐浴，洗浴的水需要加香料。祓禊，是通过洗濯以除去凶疾的祭祀仪式。修禊节，就是在三月时令于水边祭祀、沐浴。这个祭祀仪式后来简化成一种风俗，就跟郑国溱洧水边的风俗一样，不再洗浴，而变成沾水拂身，水中洗浴的香薰变成手中的兰花。兰花沾水，祓除不祥，就是一个简单的象征性的动作，而这个节日却成为一个轻松自由的青年男女的节日，借这个节日，青年男女自由恋爱，抒发心中的情意。

在众多青年男女中，诗歌聚焦在其中一对青年男女身上。女子主动邀约男子往远处观赏风景。男子看起来质实、憨厚，他首先回答说自己去过了，后来又经不住女子的盛情邀约，一同前往。他们互相嬉戏，说着俏皮的话，互赠芍药，私定终身。

2.《郑风·出其东门》

郑国常有民间男女聚会的情景，与《溱洧》的聚会相似的是《出其东门》。在一个士女出游的季节，东门之外，美女众多。但是在诗人的心里，早有心上人。

出其东门，有女如云。虽则如云，匪我思存。缟衣綦巾，聊乐我员。

出其闉阇，有女如荼。虽则如荼，匪我思且。缟衣茹藘，聊可与娱。

东门，在春秋时期的许多国家都是热闹的地方，有很多浪漫的爱情故事发生。第二章的闉阇，特指东门附近的地方。闉，曲城。阇，指城台。作者远望东门之外，“有女如云”“有女如荼”，用“云”和“荼”比喻女子，二者有个共同特点，皆潇洒轻盈，如正处青春年华的女子。但是诗歌里出现了一个转折，唯“缟衣綦巾”“缟衣茹藘”才能给自己以慰藉。元刘瑾《诗传通释》评价：“此诗却是个识道理人作。郑诗虽淫乱，然此诗却如此好。”

缟衣綦巾，历来有多种解释。缟衣，素色的绢不加染制做成的衣服。綦巾，据《毛传》，是苍艾色的佩巾，而茹藘则是染成红色的佩巾。茹藘，俗称茜草，其根可制作红色染料。女子身上的佩巾，即指垂于身前、腰下的佩巾，又称“蔽膝”。诗中所提的两种佩巾虽颜色不一，但都是贫贱者所服。《说文解字》又提出“缟衣綦巾”为“未嫁女所服”。

3.《郑风·将仲子》

男子攀墙爬柳，想要在晚上约会，而女子谨守礼义，颇为顾忌。

将仲子兮！无逾我里，无折我树杞。岂敢爱之？畏我父母。仲可怀也，父母之言，亦可畏也！

将仲子兮！无逾我墙，无折我树桑。岂敢爱之？畏我诸兄。仲可怀也，诸兄之言，亦可畏也！

将仲子兮！无逾我园，无折我树檀。岂敢爱之？畏人之多言。仲可怀也，人之多言，亦可畏也！

女子所爱恋者是仲子。仲即排行第二，仲子可理解为小二哥。当仲子攀爬里墙、院门，和姑娘私相会面，女子的担心却很多：“畏我父母”“畏我诸兄”“畏人之多言”。从畏惧父母、兄弟，到畏惧周围人，代表了她的内心拒斥着不合礼义的举动。

女子的心情随男子物理距离的远近而变化。

首先，这个男子要爬里墙。为什么要爬墙，显然是因为里邑关了门，不让进去了。春秋时期，无论国中还是野外，人们居住的区域称为“里”。《尔雅·释言》：“里，邑也。”郭注云：“谓邑居。”《尔雅·释名》：邑，“人聚会之称也”。邑为民居所聚，民居有多少，故邑有大小。在国中，二十五家为一里，里有巷，巷口有闾，闾即里门，一里之人聚居于此里门之内。在野外，一邑之民有四井三十二家聚于一处，如果地势偏，则或三井，或二井为邑。里邑皆有里门。到了夜晚，里巷实行封闭管理，里门锁上了，故男子要见姑娘，必须爬过里墙。里墙外面，是“树杞”，杞是生于潮湿地带的灌木，它生长在里墙外的沟渠边，里墙内的人家的生活废水都通过沟渠排到外面，小伙爬里墙的时候，一定要跨过这些树杞。

接着，这个男子要爬过院墙。院墙外面种着桑树，各家各户都种桑树于院墙外，《豳风·七月》里说“遵彼微行，爰求柔桑”，便是沿着院墙外的小路采桑。陶渊明《桃花源记》中一个村庄里有“良田美池桑竹之属”，桑树和人的生活起居的场所非常接近。

最后，这个男子要爬过庭院中的檀树才能和这个女子见面。檀树是重要的经济作物，其质地坚硬，古代用檀树做车轮，所以檀树一定要种在庭院里面。

当这个男子攀墙爬树，走过自家庭院，这个女子是惊慌的。不仅自家父母、兄弟可能知道，周围人也可能知道，所以她内心是抗拒的，但是在言语上，却仍表现出对仲子的爱。

4.《郑风·山有扶苏》

一个女子打趣她见到的人是狂傲不羁的“狡童”，没有帅气的容貌。

山有扶苏，隰有荷华。不见子都，乃见狂且。
山有桥松，隰有游龙。不见子充，乃见狡童。

诗中所提子都，是春秋时期有名的美男子。《孟子》：“至于子都，天下莫不知其姣也。不知子都之姣者，无目者也。”第二章出现的子充，《毛传》：“良人也。”故子都和子充一样，都不含贬义。子都，是郑国大夫公孙阏。公孙阏，字子都，其后代以“都”为氏。《左传》记载了子都的一件事，由此可见他的性格是阴险狠毒的。

隐公十一年，郑庄公出兵伐许，战前在郑国宗庙分发兵器。子都和同是大夫的颍考叔为了一辆战车争斗。颍考叔扛起车辕就跑出去了，子都拔下门口的戟，就赶了出去，走到十字路口，却不知颍考叔的去向，于是怀恨在心。伐许之役，颍考叔率先举郑国的旗登上了许国城墙，这时，子都唯恐颍考叔争得功劳，他在城墙脚下放了一支冷箭。颍考叔从城墙上掉下来，死了。

战后，郑庄公佯装不知道这件事，他让郑国军队出豭(猪)、犬、鸡，以此诅咒射杀颍考叔的人。颍考叔虽然争得了车，却丢掉了性命，子都并没有因此受到惩罚。颍考叔和子都的故事流传到后来，演化为民间戏曲、故事。在这些戏曲、故事中，子都无一不受到良心的谴责，最后民众的正义假手于鬼神，让子都在众目睽睽之下跳踉而死。

此诗的兴句是诗经中的套语，用以表示男女爱情。“山有扶苏，隰有荷华”，扶苏，指大树枝柯四布，生于山上，而山下的湿地中，生长着美丽的荷花。“山有桥松，隰有游龙”，高大的松树生于山上，山下的低洼之处生长着紫色的游龙草。一高一低，一阳一阴，一刚一柔，两相对比，常用于爱情诗的起兴。另外，《邶风·简兮》：“山有榛，隰有苓。”《秦风·车邻》：“阪有漆，隰有栗。”这都是相似的句法。

5.《郑风·子衿》

青青子衿，悠悠我心。纵我不往，子宁不嗣音？
青青子佩，悠悠我思。纵我不往，子宁不来？
挑兮达兮，在城阙兮。一日不见，如三月兮！

青年学子心有所恋而不得见，心生怨语。这对青年男女相会的场合在城阙。阙，缺。所谓城阙，即南城阙处。《诗三家义集疏》："古诸侯之城三面皆重，设城台，惟南方之城无台，其城缺然。"所谓重，即重城，内城和外城两重城台，如两亭相对。《公羊传·定公十二年》何注："诸侯轩城。轩城者，缺南面以受过也。"女子登上城墙，城墙上并无高阙。她希望在这个地方不期然而遇见那个青年学子。

这个青年学子的装扮非常典型。"青青子衿，悠悠我心"，《毛传》："青衿，青领也，学子之所服。"《郑笺》："礼，父母在，衣纯以青。""青青子佩，悠悠我思"，《毛传》："佩，佩玉也。士佩瓀珉而青组绶。"学生的衣领是青色，佩玉的丝带也是青色。

从衣服来判定一个人的身份，是绝无问题的。这件衣服也并不具备个性，只是礼乐文化中的一个符号。学子所穿衣服，不仅代表他的身份，也代表一种礼仪。而这种服饰的仪式特征，是需要在学校里得以体现的。当《子衿》这首诗歌里的男子着此衣服出现在城阙，于是出现一种错位。故《毛诗》小序批评郑国的学校已经废弛："《子衿》，刺学校废也。乱世，则学校不修焉。"《郑笺》："国乱，人废学业，但好登高。见于城阙，以候望为乐。"

《郑风》中多男女恋爱的诗歌，配以郑地流行音乐，自春秋以来便多受人欢迎。

第五章

《齐风》《魏风》《唐风》

齐国的原住民是古东夷人，东夷人有独特的文化传承。夷，从大从弓，从构形来看，古东夷人善射。历史上东夷一直与商冲突不断，商代末年，为了应对东夷的叛乱，商出动了大量军队，为周武王攻克商都创造了条件。

周封姜太公到齐国，姜太公马不停蹄日夜兼程，来到齐国。《史记·齐太公世家》："太公至国，修政，因其俗，简其礼，通商工之业，便鱼盐之利，而人民多归齐。"齐地受东夷文化影响较深，与中原诸侯国的文化不大相同。姜太公在齐地本有文化的基础上，推行简化的礼，发展工商业，开发东海的鱼盐之利，故齐国富有，老百姓都归附政府了。三个月之后，姜太公就到成周述职，表示齐地已经治理，再无后患。而鲁国在鲁地全面推行礼乐教化，用了三年时间，才到成周向周王述职。故齐鲁相邻，但是其文化迥然有别，鲁地风俗淳朴，齐地风俗尚利，这些特点从立国初期就形成了。

一、齐国的历史与齐地诗歌

齐襄公与同父异母的妹妹文姜私通。文姜嫁给鲁桓公，婚后仍跟随鲁桓公回齐国，文姜与齐襄公私通之事被鲁桓公知道，鲁桓公表示出怨恨之气，文姜将此事告诉齐襄公。据《左传》记载，桓公十八年，在一次飨礼上，齐襄公与鲁桓公饮酒将其灌醉，让力士公子彭生送鲁桓公上车并杀了鲁桓公。鲁人讨要说法，齐襄公只好杀公子彭生以谢罪。

据古代注疏，《齐风》有多篇诗歌讽刺齐襄公与文姜淫乱。《齐风·南山》："南山崔崔，雄狐绥绥。"《郑笺》："雄狐行，求匹耦于南山之上，形貌绥绥然。兴者，喻襄公居人君之尊，而为淫泆之行，其威仪可耻，恶如狐。""鲁道有荡，齐子发夕"，《毛诗》小序说："《载驱》，齐人刺襄公也。无礼义，故盛其车服，疾驱于通道大都，与文姜淫，播其恶于万民焉。"《郑笺》："襄公既无礼义，乃疾驱其乘车以入鲁境，鲁之道路平易，文姜发夕，由之往会焉，曾无惭耻之色。"

鲁桓公死后，文姜并无收敛。文姜之子鲁庄公即位，身为人君，不能制止文姜，故《齐风》中又有些诗篇被传讽刺鲁庄公。《齐风·敝笱》："敝笱在梁，其鱼鲂鳏。"《郑笺》："喻鲁桓微弱，不能防闲文姜，终其初时之婉顺。"《毛诗》小序："《猗嗟》，刺鲁庄公也。齐人伤鲁庄公有威仪技艺，然而不能以礼防闲其母，失子之道。"

1.《齐风·载驱》

用盛服出现的车马讽刺当事人不守礼仪。鲁桓公死后，文姜仍然无收敛，干脆住在鲁国边境，便于与齐襄公约会。《载驱》记齐襄公入鲁境，车马饰盛，随从众多，疾驰在通道大都，不避人眼目。

载驱薄薄，簟茀朱鞹。鲁道有荡，齐子发夕。
四骊济济，垂辔沵沵。鲁道有荡，齐子岂弟。
汶水汤汤，行人彭彭。鲁道有荡，齐子翱翔。
汶水滔滔，行人儦儦。鲁道有荡，齐子游敖。

薄薄，疾驱声。

"簟茀朱鞹"，为诸侯之路车。《小雅·采芑》："路车有奭，簟茀鱼服"，簟，席，其纹饰为方纹。簟茀，指用席作蔽体。朱鞹，红色的皮质物，一般认为是装饰物，一说在舆前，一说在车顶。《毛传》："诸侯之路车，有朱革之质而羽饰。"李巡："舆前以革为饰"。清陈元龙《格致镜原》引清陈奂《诗毛氏传疏》："唯路车前后皆有蔽，其后蔽以竹为之，无饰，《诗》谓之簟茀。其前蔽亦以竹为之，覆之以染朱革，而又饰之以羽。"程俊英《诗经译注》认为朱鞹是车盖，为红色的皮革制成。如上所述，作为装饰的皮革的位置，分歧颇多。陕西雍城故址出土的诸侯车马蔽体皆由细文席构成，所谓朱鞹是车厢之内、顶部所覆盖的红色皮革。据此可以纠正朱鞹在舆前之误，此朱鞹与所谓装饰也相去甚远。《白虎通义》云："天子大路，诸侯路车，大夫轩车，士饰车。"轩车的蔽体在两旁，前后无蔽，故又谓之藩车。《说文解字》："轩，曲辀藩车。"即轩车是曲辕的藩车。现今鲁国的道路上来了一辆路车，四周皆有遮蔽，其尊贵不同凡响。随着车轮在地上滚动发出声响，人们看到了诸侯车马的气度。车马进入鲁境，从车马行进的方向可以断定他就是齐襄公。

"四骊济济"，四匹黑色的马，非常壮美。诸侯车马，非常讲究。这四匹马全都是黑色，显示出"物色之盛"，以此呈现出美感，表现出诸侯的身份和地位。

"垂辔沵沵"，沵沵，众多的样子。历来这句话很少有解释，大概这是古人驾车时的常态，故没有解释的必要。长长短短的缰绳不是拉紧的状态，而是放松的状态，这是说这四匹马排列整齐，步调一致，正在匀速向前跑。"垂辔沵沵"用静止的状态说明马车的速度和动态，颇有趣味。

迎接他的没有士大夫，但是"齐子"却为之发动，且内心岂弟(《毛传》："乐易")。"齐子发夕"，《毛传》："自夕发，至旦。"文姜从晚上出发，整整一夜在路上行驶。她不是一个人悄悄地来去，她有大量车马随行人员跟从。"汶水汤汤，行人彭彭"，"汶水滔滔，行人儦儦"，她带领大量随从走在滔滔汤汤的汶水河边，从不遮蔽眼目。

《载驱》用盛服出现的车马讽刺当事人不守礼仪。盛装的诸侯车马行驶在一个错误的空间，作为诸侯的齐襄公不应该出现在鲁国境内。迎接诸侯的不是外交使节或诸侯士大夫，而是一个已婚女子。总而言之，作为礼仪的车马离开了它的本有位置，被挪用到男女私会的空间里，诗歌在名物的错位中表达出讽刺：一切都不合礼仪，乱了套。车马等名物的挪用，出于当事人主观意图，造成了恶的传播效果。

2.《齐风·敝笱》

新娘子出嫁的情景却被认为不守礼。

敝笱在梁，其鱼鲂鳏。齐子归止，其从如云。
敝笱在梁，其鱼鲂鲊。齐子归止，其从如雨。
敝笱在梁，其鱼唯唯。齐子归止，其从如水。

作为梁上的渔篓，以捕鱼为能。但是兴句敝笱却没有捕鱼的功能，从渔网中进进出出的鱼与后文跟从文姜出嫁的众多随从(其从如云)有一定的相似性。

"齐子归止，其从如云"，这句话描写齐国的女儿出嫁随从众多。称之为"齐子"，而不云姜氏，大抵是因为女子出嫁便不再是原来家族的人，故不再加娘家的氏。称出嫁为"归"，是因为女子以夫家为归宿。"其从如云"，不过是如实描述了齐子出嫁时的礼仪之盛。从者如云，一定不是一般的女子出嫁。

按照《毛诗》小序和《郑笺》，齐子指出嫁为鲁桓公夫人的文姜。文姜嫁为诸侯夫人，其从如云，不过是一种礼仪。但是此诗以“敝笱”起兴，敝笱作为名物，因其性能不佳，故致鱼在渔网中进进出出，那么，依据相似性原则，“其从如云”被解释为文姜与齐襄公私通时的随从如云。

《郑笺》将齐子出嫁时其从如云的礼仪，置换为齐襄公与文姜私通约会时的其从如云，从而讽刺敝笱不能阻止其从如云（彭彭、儦儦），于是不能阻止文姜，就落实到鲁庄公身上了。

闻一多《说鱼》：“敝笱象征没有节操的女性，唯唯然自由出进的各色鱼类，象征她所接触的众男子。”文姜虽然私通齐襄公，但远说不上交往之众。

二、魏国的历史及晋地诗歌

魏国，姬姓，其地在晋南河曲一带，在今山西芮城东北。周惠王十六年（鲁闵公元年，前 661 年），晋献公灭魏。魏所在地，殷商时期是芮国所在地。虞、芮两国相争，则赴周，欲文王来裁决。《史记·周本纪》记载：“虞、芮之人，有狱不能决，乃如周。入界，耕者皆让畔，民俗皆让长。虞、芮之人未见西伯，皆惭，相谓曰：‘吾所争，周人所耻，何往为，只取辱耳。’遂还，俱让而去。”武王克商，封姬姓之国，改号为魏。

唐在晋阳，本唐尧之所居，周成王灭唐，封弟叔虞于唐，改称晋，都城在翼。西周末年，晋文侯曾助平王东迁，被周王室策命，其事迹记载在《尚书·文侯之命》。文侯名仇，因为他出生在条戎之役，晋国战败，故取名为“仇”。晋文侯的弟弟在千亩之战出生，晋国战胜，故取名为“成师”。这两个人的名字预兆了宗室这两支之间的争斗和篡位。成师被封于曲沃，逐渐强大，经过桓叔、庄伯、武公三代，武公三十七年，曲沃代翼。曲沃尽以其宝器赂献于周釐王，于是釐王命曲沃武公为晋君，列为诸侯。

1.《唐风·扬之水》

晋国一个篡位阴谋正在曲沃悄悄上演。

扬之水，白石凿凿。素衣朱襮，从子于沃。既见君子，云何不乐。
扬之水，白石皓皓。素衣朱绣，从子于鹄。既见君子，云何其忧。
扬之水，白石粼粼。我闻有命，不敢以告人。

“扬之水，白石凿凿”，扬，水流缓慢，故露出凿凿白石。阴谋虽在谋划，但是没有不透风的墙，他们的阴谋在民间诗歌里传唱。

“素衣朱襮”，白色的中衣，红色的领子，这是诸侯的服饰。但穿这样衣服的人却不是诸侯，他去曲沃见了“君子”，此君子是曲沃桓叔，那么见此君子的人就是原本晋国朝廷中的大夫潘父。潘父不至于公然穿着诸侯服饰见桓叔，据《郑笺》，潘父带着这样的衣服进贡给桓叔。他看到了桓叔，二人相见甚欢。

潘父与曲沃桓叔密谋叛乱，杀晋昭侯。晋孝侯立，杀潘父，曲沃桓叔的阴谋没有得逞。

2.《魏风·汾沮洳》

彼汾沮洳，言采其莫。彼其之子，美无度。美无度，殊异乎公路。
彼汾一方，言采其桑。彼其之子，美如英。美如英，殊异乎公行。
彼汾一曲，言采其藚。彼其之子，美如玉。美如玉，殊异乎公族。

公路，掌管诸侯兵车的官职。《郑笺》：“公路，主君之軞车。”軞车，即旄车，指戎车。《小雅·出车》云：“设此旐矣，建彼旄矣。”戎车有旄，故名旄车。

公行，掌率诸侯戎行的官职。公族，掌管宗族的官职。公路、公行、公族皆由贵族子弟充任。晋成公即位，命卿之嫡子做官，给予之田，以之为公族大夫。《左传·宣公二年》记载：“及成公即位，乃宦卿之适子而为之田，以为公族。又宦其余子亦为余子，其庶子为公行。晋于是有公族、余子、公行。”余子在《诗经》中就是公路。

这首诗的兴句有诸多误解。《毛诗》序云：“《汾沮洳》，刺俭也。其君俭以能勤，刺不得礼也。”《韩诗外传》则以为颂美隐士，“虽在下位，民愿戴之，虽欲无尊，得乎哉?”前者是说因君子勤俭，亲自采莫、采桑，有失体统，故作此诗以刺之。后者是说，汾水沮洳之间，贤者隐居其内，采莫、采桑、采藚以自给，然其才德实在超乎公路、公行、公族之上。这些说法，都将采莫、采桑、采藚之人视为男子。男子采摘，或为失礼，或为隐居，皆不合此诗义。这是一首女子称赞公族男子的诗歌。

对男子的美誉，就是美如玉、美如英。女子眼中所见公路、公行、公族，与一般卿大夫家里的后代不同。而美如玉的称赞，不仅仅是外貌，更是对其品德的称颂。

这个美男子，不知其身份，诗人却指出其异于一般的公路、公行、公族。不管这个男子是否属于公路、公行、公族的一分子，公路、公行、公族在当时人的眼中威信力下降了，这是不争的事实。那一般的公族大夫是什么样子呢?诗人没有说。

晋国因为骊姬之乱，群公子出奔，因晋无公子，于是晋无公族之官。晋成公时，出台了一些政策，复立公族、公行等官职，公族掌教公之子弟，由卿之嫡子充任。卿之庶子则任公行，掌公戎车之行列。诗中的公路，掌管公之戎车，与公行是同一官职。晋赵盾就是初立的公行大夫，他将公族的官职让给了赵括。诗中的公族，可能指这些新的公族刚开始出现时，国人对他们的赞赏，认为这些人和处于骊姬之乱时的公族很不一样。那些公族在世已是将近三十年前的事了，故此诗的公族应是出现在晋成公即位之后的公族。此诗创作年代的上限就是鲁宣公二年，晋成公即位之时。

第六章

《秦风》

一、秦人的起源

春秋时秦人处甘肃陕西一带，图腾为玄鸟(燕子)。据现今考古发现，秦人头上的佩饰是鸟，秦宫殿瓦当上有很多鸟的图案。这跟周王朝、齐、鲁、燕等地的瓦当图纹很不一样。这都说明秦人与鸟是有渊源的，其图腾就是鸟，所以纹饰中很多与鸟有关。

秦国历史上较为重要的人物是非子、秦仲和襄公。非子善养马，得到了一片封邑，叫秦。

秦仲在西周末年被封为大夫，周宣王命他征讨西戎，战死。虽然战死，但是他得到了贵族的身份。秦人从前被人看作蛮夷，自从秦仲当了大夫，就开始摆脱蛮夷的身份，奉行礼乐了，这是足以让人骄傲的。

秦襄公是秦仲的孙子，在周王室东迁时出了力，力战西戎，护送周天子到东都洛阳。周天子丢下祖宗宗庙和故乡跑到洛阳，留下岐山和丰镐一带，完全暴露在戎狄的武力之下。《史记·秦本纪》："平王封襄公为诸侯，赐之岐以西之地，曰：'戎无道，侵夺我岐、丰之地。秦能攻逐戎，即有其地。'"这样，秦襄公打败了戎狄，尽占周人旧地，成为西部一个强大的诸侯国。秦在西周末年才正式成为一个诸侯国。在春秋各诸侯国中，秦是最为年轻的一个，但它也是武力最强的一个。不打败戎狄，周人的旧地就不是它的，所以秦完全是以武力开国，民间尚武的风气浓厚。《秦风》中有几首诗就是和尚武的民风有关，还有几首诗是讲秦仲和秦襄公的。

二、秦九都八迁

历史上秦国的都城都在甘肃天水和陕西境内。秦九都在考古上都明确了地点，其中犬丘和雍最为重要。

雍城在今陕西凤翔境内，考古遗存相对较多。雍城是一座水上城市，河网密布，秦人用天然的河流和壕沟作防御，后来仿照东方诸侯国家，在河流和壕沟间修筑了城墙。

自秦德公元年(前 677 年)至秦献公二年(前 383 年)，秦国在雍城统治长达 294 年，历经十九代国君。

雍城的四周被雍水河、纸坊河、塔寺河、凤凰泉河环围，从而形成了天然的防御屏障。同时秦人沿袭了曾经的筑城方法，沿河挖了不少壕沟，从而形成了多道防御体系，这便是文献中所记载的“城堑河濒”。

雍城遗址内发现了秦公墓葬，秦公一号大墓非常有名。这个秦公墓葬，南北长 300 多米，以巨大著称，完全僭越了周代礼制。封建时代从战国至清，都没见哪个帝王陵能有这样的规模，能比得上这个规模的恐怕也就是秦公的后代秦始皇的陵墓了。

秦人的墓葬大，殉葬的人也多。春秋时期两三人的殉葬很常见，但像秦公大墓那样多达 186 人的殉葬，还是骇人听闻的。《秦风・黄鸟》这首诗就是控诉这个殉葬制度的。

三、《秦风》尚武

《左传・襄公二十九年》记载，吴公子季札观乐。“为之歌《秦》。曰：‘此之谓夏声。夫能夏则大，大之至也，其周之旧乎!’”杨伯峻注：“古指西方为夏。……夏声者，西方之声也。”秦尽有周之旧地，故其地广博，而与地之广博相应的，是其歌声之“大”。从季札的这一评价，我们可以想见现今黄土高原之上高亢、苍凉的民歌有其远古传承。秦代李斯《谏逐客书》云："夫击瓮叩缶、弹筝搏髀，而歌呼呜呜快耳者，真秦之声也"，这是说秦地的歌声"呜呜快耳"，意指其歌声率意、宏大，至于伴歌而行的乐器则非常简朴，击瓮、叩缶、弹筝、搏髀而已。秦人敲击着坛坛罐罐，弹着筝，又拍着大腿，唱着他们的歌。

春秋时期，秦国土地、秦声都有"大"的声誉，秦代的建筑亦与之相应。《三辅黄图·序目》："三代盛时，未闻宫室过制。秦穆公居西秦，以境地多良材，始大宫观。戎使由余适秦(由余，其先晋人也，亡入戎，能晋言)，穆公示以宫观。由余曰：'使鬼为之，则劳神矣。使人为之，则苦人矣。'是则穆公时，秦之宫室已壮大矣。"秦宫室之壮大是僭越礼制的行为，但因为其地处西方，其宫室过制的僭越行为不为人所知。

《汉书·地理志》："故秦地于《禹贡》时跨雍、梁二州，诗风兼秦、豳两国。……天水、陇西山多林木，民以板为室屋。及安定、北地、上郡、西河，皆迫近戎狄，修习战备，高上气力，以射猎为先。"《毛诗传笺通释·秦·总论》："秦以力战开国，其以力服人者猛，故其成功也速，其延祚也短；而其敝也，失于黩武而不能自安。是故秦诗《车邻》《驷驖》《小戎》之篇，君民相耀以武事。"而《秦风·无衣》历来被认为是秦地尚武的佐证。

岂曰无衣？与子同袍。王于兴师，修我戈矛，与子同仇！
岂曰无衣？与子同泽。王于兴师，修我矛戟，与子偕作！
岂曰无衣？与子同裳。王于兴师，修我甲兵，与子偕行！

秦地士兵作战勇武，他们在战争伊始便修理精锐武器，与同伴共赴战场。春秋时期秦国虽然军事力量强大，但其经济条件并不见得突出，甚至比较落后，故这首诗中，秦人能克服他们服装上的劣势，而同仇敌忾的精气神确实是秦人尚武的写照。

秦以武力建国，但自秦仲始为大夫，秦开始接触礼乐。秦地始习礼乐之时，创作了部分诗歌。秦至襄公始为诸侯，诸侯深入学习东方礼乐则成为必须。故《秦风》中《车邻》《终南》分别用车马、服饰表示人物的身份，被认为是分别为秦仲、襄公而作。《秦风》中车马、服饰所代表的礼乐文化与东方六国完全相同。

1.《秦风·车邻》

君臣宴饮有一系列的礼仪，秦人欣然接受。

有车邻邻，有马白颠。未见君子，寺人之令。
阪有漆，隰有栗。既见君子，并坐鼓瑟。今者不乐，逝者其耋。
阪有桑，隰有杨。既见君子，并坐鼓簧。今者不乐，逝者其亡。

"有车邻邻，有马白颠"，这辆车由白颠马拉着，行驶在路上。"邻邻"同"辚辚"，指众多车马发出"邻邻"的声响。白颠马，马额正中有白毛，俗称戴星马，是珍贵的名马。车马如此，代表主人身份不凡。从后文来看，这些车马是来会"君子"并参加宴饮的人带来的。君子，是秦仲，也有可能是秦襄公。

"未见君子，寺人之令"，众人来到秦仲的住处，他们仍然不能进去，要等寺人传话，得到允许以后才能进去。寺人就是内小臣。等待寺人传话这样的细节写进诗里，意味着诗人对这一礼仪的重视。

"既见君子，并坐鼓瑟"，"既见君子，并坐鼓簧"，指主客一起坐下来宴饮安乐。宾主闲暇无事时宴饮，是礼乐文化的重要组成部分。宴饮有助于加深情感上的联系，宴乐之宗旨在于"乐"。在这个场合，纵情欢乐也是一种礼仪。故诗歌用"今者不乐，逝者其耋"，"今者不乐，逝者其亡"结束。今天不宴乐的话，时间流逝，瞬间就成为耄耋老人了。

宴饮而哀，是不合礼仪的。《左传·昭公二十五年》记载，宋公宴鲁叔孙昭子饮酒，宋公和昭子私下里说话，竟然都哭了起来。宋国大夫乐祁出来跟人说："今兹君与叔孙其皆死乎！吾闻之：'哀乐而乐哀，皆丧心也。'心之精爽，是谓魂魄，魂魄去之，何以能久？"本该欢乐的宴饮场合，二人哭泣，便是"哀乐"的表现。二人因礼仪场合的仪容不当，被人认为丧心。

礼，君子当宴饮而乐，故《唐风·蟋蟀》云"今我不乐，日月其迈"，"今我不乐，日月其慆"，如果不宴乐，时间就这样流逝而过，当十分遗憾。而《唐风·山有枢》说车马、服饰都藏而不用，礼乐废置不用，那么最后的结果是"宛其死矣，他人是愉"。

《毛诗》小序："美秦仲也。秦仲始大，有车马礼乐侍御之好焉。"《诗三家义集疏》引《左传》服虔注、《汉书·地理志》颜注，皆以为美秦仲。后代学者多沿袭旧注，以为美秦仲。

2.《秦风·终南》

《毛诗》序认为襄公"能取周地，始为诸侯，受显服。大夫美之，故作是诗以戒劝之"。从诗中服饰来看，此诗歌颂诸侯初服礼服，当为襄公。

> 终南何有？有条有梅。君子至止，锦衣狐裘。颜如渥丹，其君也哉？
> 终南何有？有纪有堂。君子至止，黻衣绣裳。佩玉将将，寿考不忘。

终南，即丰镐旧地之终南山，秦地最有代表性的一座山。登上终南山，也就意味着襄公象征性地占有了西周旧地。而占领西周旧地，需要赶跑戎狄。秦人武力建国，这应该是颇以为傲的。

登上终南山的襄公穿着“锦衣狐裘”“黻衣绣裳”，这是诸侯的服制。依据《礼记·玉藻》，“锦衣狐裘”应该是白狐皮做的裘衣，狐裘之上与之相配的是锦衣，这个锦衣应该是素锦。披于狐裘之上的锦衣，也叫裼衣。《礼记·玉藻》郑玄注：“凡裼衣象裘色也。”《孔疏》：“凡裼衣象裘色者，狐白裘用锦衣为裼，狐青裘用玄衣为裼，羔裘用缁衣为裼。”《毛传》以为锦衣为彩色，误。

“黻衣绣裳”，《毛传》：“黑与青谓之黻，五色备谓之绣。”外衣内裳，上衣下裳，其服饰之精美，显示出主人品德之尊贵。《终南》通过仪式感强的服饰来赞美所服之人的尊贵品质：“君子德足称服，故美之也。”(王先谦《诗三家义集疏》)襄公被周王封为诸侯，故服锦衣狐裘、黻衣绣裳，符合礼仪规定。锦衣狐裘、黻衣绣裳本身所具有的美，诗歌并未具体描述。这些服饰本身的设计便是极盛，白色的狐裘外加白色的素锦；黑青色花纹的外衣，五彩的绣裳，这样的设计本身就使其美无以复加，故穿上这身服饰便意味着礼仪之盛。《礼记》：“古之君子必佩玉”，行走时佩玉锵锵作响，显示君子的节度和品德，故“佩玉将将”也是礼容的展现。诗歌的语言极简，引入礼仪服饰和礼容，盛称礼乐之盛。正确的服饰被穿戴在正确的人身上，诗的情感基调便是赞颂。

3.《秦风·渭阳》

秦穆公积极学习礼乐文化。秦穆公四年，秦晋缔结婚姻。穆公娶了晋献公的女儿穆姬。据《左传》，穆姬是重耳、夷吾的姐姐。当年，晋献公宠爱骊姬，谮杀太子申生，重耳、夷吾等公子纷纷逃离晋国。重耳在外 19 年，最终在秦穆公的帮助之下重回晋国，成为晋文公。文公即位 4 年，便在城濮之战中胜楚国，成为中原霸主。《秦风·渭阳》这首诗写于重耳重回晋国前夕，诗中“舅氏”便是公子重耳。从“舅氏”这个称呼看，诗歌是秦穆公的儿子康公所作。

我送舅氏，曰至渭阳。何以赠之？路车乘黄。
我送舅氏，悠悠我思。何以赠之？琼瑰玉佩。

重耳即将结束 19 年的流亡生涯，就要回国了。秦人也希望重耳回国结束晋国混乱的局面，这个时候的重耳已经 65 岁了，而重返晋国是否顺利还是未知数。“我送舅氏，曰至渭阳”，送舅舅渡过渭河，一直送到渭河北岸。舅甥之间有许多未尽之话，用什么可以表达此时的心情？那便是赠送舅舅一辆“路车乘黄”。

“路车乘黄”可不简单。这不是普通人的车，朱熹《诗集传》：“路车，诸侯之车也。”(见图 6－1)所谓“乘黄”，是指四匹黄色皮毛的马拉车，非常漂亮整齐。此时的重耳还不是诸侯，但已赠送他诸侯所乘的路车，多么意味深长。

图 6-1 路车

“我送舅氏，悠悠我思”，送走舅舅，也牵起了康公悠长的思念。此时，舅舅已经年迈，而自己的母亲穆姬也已经仙逝数年，有生之年未能见重耳回国。《毛诗》小序言康公“赠送文公于渭之阳，念母之不见也，我见舅氏，如母存焉”。见到舅舅，就像见到了妈妈。穆姬嫁到秦国，为秦晋之好所做贡献最为杰出。穆姬一直致力于送几个流亡在外的弟弟回国。在重耳之前，在穆姬的劝说之下，秦国曾经帮助夷吾回国，即晋惠公。晋惠公背信弃义，当初允诺回国割让土地给秦国却没有兑现。晋国饥荒，穆姬又极力劝穆公抛弃前嫌，念及晋国百姓，借粮给晋，帮助晋国渡过难关。不久，秦国遭遇饥荒，晋国却见危不救。秦穆公一怒之下发动战争，活捉晋惠公，要将晋惠公杀了祭祖。穆姬命人在高台上堆了一堆柴，自己带了两儿一女登上柴堆，遣人告诉秦穆公，如果秦穆公将晋惠公带入宗庙，那么就再也见不着穆姬和孩子了，秦穆公就等着穿丧服了。秦穆公只好不杀晋惠公，而将他安置在灵台。

后来，晋惠公将太子圉作为人质押在秦国，自己回了国。晋惠公死后，太子圉偷偷逃回晋国，此即晋怀公。晋怀公回国，违背了做人质之初不许回国的约定。怀公召令追随重耳的臣子回国，大肆杀戮。故重耳回国，要扫除的是晋怀公的势力，秦人颇为支持，派三千护卫送重耳回国。

《毛诗》小序云：“康公时为大子，赠送文公于渭之阳。”秦襄公尚为太子，还未即位，便馈送车马给舅舅重耳，这涉及合礼与否的问题。陈奂《诗毛氏传疏》：“康公作诗时，穆公尚在。《坊记》：‘父母在，馈献不及车马。’此赠车马，何也？……

然则康公亦白穆公而行欤?”意即秦襄公向父亲秦穆公请示了以后，得到允许才馈送车马的。

4.《秦风·黄鸟》

秦人哀秦三良为秦穆公殉葬。

交交黄鸟，止于棘。谁从穆公？子车奄息。维此奄息，百夫之特。临其穴，惴惴其栗。彼苍者天，歼我良人！如可赎兮，人百其身！

交交黄鸟，止于桑。谁从穆公？子车仲行。维此仲行，百夫之防。临其穴，惴惴其栗。彼苍者天，歼我良人！如可赎兮，人百其身！

交交黄鸟，止于楚。谁从穆公？子车针虎。维此针虎，百夫之御。临其穴，惴惴其栗。彼苍者天，歼我良人！如可赎兮，人百其身！

《左传·文公六年》记载：“秦伯任好卒，以子车氏之三子奄息、仲行、针虎为殉，皆秦之良也。国人哀之，为之赋《黄鸟》。”《史记》记载，秦穆公死，殉葬之人有 177 人。现今陕西宝鸡的秦公一号大墓(见图 6－2)，殉葬之人达 186 人，与文献记载的秦穆公殉葬人数大体相当，就此可以推想秦国诸侯死时殉葬的总人数。诗中的子车氏三良只是殉葬人物的代表，像他们这样地位比较高的人，在秦公一号大墓里有 86 人之多。故秦国被视为无礼义之国，不是没有原因。秦国的殉葬是野蛮时代的风气遗留，是秦地尚未推行礼乐文化的见证。《左传》借“君子”对此做出评论：“秦穆之不为盟主也，宜哉！死而弃民。……今纵无法以遗后嗣，而又收其良以死，难以在上矣。”

图 6－2　陕西宝鸡秦公大墓遗址

诗歌的兴句是黄鸟止于灌木(棘、桑、楚)之上，叫声不停意味着它们受到了惊扰。这个景象与后文“临其穴，惴惴其栗”的人形成呼应。

5.《秦风·权舆》

於，我乎！夏屋渠渠，今也每食无余。於嗟乎！不承权舆！

於，我乎！每食四簋，今也每食不饱。於嗟乎！不承权舆！

这首诗的关键在“四簋”。吃饭用四簋，应是某一固定身份的人。确定“四簋”之后，便可确定“夏屋”。四簋与夏屋确定之后，此诗便有相对明确的解说。

从现今考古发现，食器的数量能准确标示一个人的身份。春秋时期虽然有僭越礼制的现象，这对确定身份稍有影响，但是对这首诗而言，不存在僭越礼制的问题，而是能不能维持昔日礼制的问题。这个一开口就跟别人说“哎，我呀”的人，他昔日的礼制标准是“四簋”，这很可能说明他吃饭的时候是有四个簋的。四簋用以盛黍稷，与之配套的是五鼎或五俎，用以盛肉食。这个人每次吃饭有四簋，那么他的身份当是大夫。根据《周礼》，天子用九鼎八簋，诸侯用七鼎六簋，大夫用五鼎四簋，士用三鼎二簋。《礼记·玉藻》少牢“五俎四簋”，即大夫的礼数(见图 6－3)。

图 6－3 周代五鼎四簋(陕西历史博物馆)

与四簋相匹配的“夏屋”，则是与身份有关的宫室。夏屋，大屋。《太平御览·居处部》引崔凯曰：“礼，人君宫室之制，为殷屋，殷屋四夏屋也；卿大夫为夏屋，隔半以北为正室，中半以南为堂。”殷屋、夏屋为宫室之异制，后人因以为人君及卿大夫尊卑之等差(王先谦《诗三家义集疏》)。“夏屋渠渠”是说房屋深邃的样子。

《权舆》是一个大夫哀叹自己今不如昔，过去自己吃饭，不管是在公还是在私，都有四簋，现在却吃都吃不饱，基本上是有上顿没下顿。纵观春秋时期的秦国，在哪一个阶段原本的贵族家道中落了呢？历史没有明确记载。《毛诗》小序指出，康公时原来旧朝的老臣没有受到重用，于是有怨愤之声。“《权舆》，刺康公也。忘先君之旧臣与贤者，有始而无终也。”这种解释虽有坐实之弊，但合于情理。原本殷实的大夫之家在新君上任之后不能维持原来的生活水准了。

不过，这首诗还有另外一种可能：中原的贵族习惯了受优待，来到了秦国，因为不受重用，或者秦国物质不丰厚，所以发生了吃不饱的事情。他只能感叹“不承权舆”。他抱着对过去的美好回味，而对秦君和秦国无话可说，也就变得可以理解了。

第七章

《陈风》《豳风》

一、春秋早期陈国的历史风俗及诗歌

陈地巫风盛行与其特殊的地理位置、自然环境和人文环境有着密切的关系。陈楚文化是从远古时期到春秋战国时代在陈楚地区(以今河南周口为中心)形成、发展并在后世得到继承和发展的一种地域文化，具有独特的风韵和价值。

陈地在上古时代处在华夏、东夷、楚蛮三大部族文化交流的中心地带，其根植的地域即陈楚地区，现在学者一般认为陈楚故地即今河南省周口市所辖区域与安徽省西北部。这里位于中原腹地，是中华文明的重要发祥地之一。陈楚地区的行政、文化中心过去一直在淮阳。

淮阳古称宛丘，上古为太昊伏羲之墟，神农所都之地；夏为豫州之域；商为虞遂封地；西周分封，武王封舜后妫满于此，建立陈国；春秋末年，楚灭陈，陈为楚北方重镇；战国后期，楚徙都于此，陈城为郢陈，史称陈楚。所谓陈楚文化，概指产生发展于陈楚地区的一种地域性文化，是有史以来生活在陈楚地区的人们所共同创造的一切文化的总称。

《史记·货殖列传》载："陈在楚夏之交，通鱼盐之货，其民多贾。"清初历史地理学家顾祖禹在《读史方舆纪要》中说，陈地"控蔡、颍之郊，绾汴、宋之道。

淮泗有事，顺流东指，此其经营之所也”，“其地原隰沃衍，水流津通”。

胡公妫满，舜的后代。武王伐纣以后，寻找舜的后代，找到妫满。妫满建都于宛丘，国号为陈，在位60年。武王将自己的女儿嫁给了胡公满，因其身份尊贵，她喜欢祀神这一点影响到陈国的民俗。魏源《诗古微·陈曹答问》：“妇人尊贵，好祭祀用巫，故俗好巫鬼。击鼓于宛邱之上，婆娑于枌树之下。有太姬歌舞遗风。”《汉书·匡衡传》：“陈夫人好巫，而民淫祀。”张晏曰：“胡公妇人，武王之女大姬，无子，好祭鬼神，鼓舞而祀。”

宛丘古城遗址位于河南省周口市淮阳区城东南4千米的大连乡大朱庄西南隅，占地面积一百余亩，高二丈，俗称平粮台、平粮冢、贮粮台，1988年2月13日被公布为全国重点文物保护单位，是目前我国发现年代最早、规模最大、保护最完好的龙山文化时期古城遗址，距今4600年左右。

宛丘古城废弃后，历经2000多年，又成为楚、汉时期的墓地，在这里出土了错金银越王剑、巴蜀剑、四轮铁车、玉璧等数千件珍贵文物。

1. 东门意象

陈国国都的东门之外，就是那个较高的台地，名曰宛丘。陈国的祭祀经常在宛丘之上。宛丘是一个风景胜地，有各种树木，有祭祀歌舞，也有美丽的爱情故事。

《陈风·东门之枌》

东门之枌，宛丘之栩。子仲之子，婆娑其下。
穀旦于差，南方之原。不绩其麻，市也婆娑。
穀旦于逝，越以鬷迈。视尔如荍，贻我握椒。

《陈风·东门之杨》

东门之杨，其叶牂牂。昏以为期，明星煌煌。
东门之杨，其叶肺肺。昏以为期，明星晢晢。

《陈风·东门之池》

东门之池，可以沤麻。彼美淑姬，可与晤歌。
东门之池，可以沤纻。彼美淑姬，可与晤语。
东门之池，可以沤菅。彼美淑姬，可与晤言。

这些爱情故事都发生在东门。《东门之枌》里，那个青年男子是幸运的，他得到了巫女的一把花椒。这把花椒很有可能是巫女跳舞时佩戴的香草，现在送给他，怎能不让他欣喜若狂。再联系到花椒有多子多福的寓意，更可以知道他有多么幸运。《东门之杨》的男子就没那么幸运，他被放了鸽子，等了一宿也没见着心上人。而《东门之池》则有一个既贤淑又漂亮的女子正在劳动(沤麻)，正好与之对歌。

2.《陈风·宛丘》——神巫恋爱的悲剧

子之汤兮，宛丘之上兮。洵有情兮，而无望兮。
坎其击鼓，宛丘之下。无冬无夏，值其鹭羽。
坎其击缶，宛丘之道。无冬无夏，值其鹭翿。

巫女在东门之外的宛丘上跳舞，佩戴着鹭羽。鹭羽，鹭头上较长的羽毛，覆于头顶，用以祭祀日月星辰。鹭翿则是祭祀羽舞所用的羽葆幢，其形制是柄杆(幢)之首聚鸟羽，下垂如盖。女子就是佩戴或手持这样的羽毛跳着舞，男子只能远观，"洵有情兮，而无望兮"。这种情感，属于人神恋爱，在屈原的《九歌》里有更进一步的描述。

二、西周早期豳地的历史与风俗

《豳风》是豳地的诗歌。豳，在现今陕西省旬邑县、彬州市一带。后稷在有邰(今陕西武功)建国，夏代末年，后稷之孙公刘从有邰迁到豳地，在当地发展农业，百姓多依附。

《史记·周本纪》记载："公刘虽在戎狄之间，复修后稷之业，务耕种，行地宜。自漆、沮渡渭，取材用。行者有资，居者有蓄积，民赖其庆，百姓怀之，多徙而保归焉。周道之兴自此始，故诗人歌乐思其德。"《豳风·七月》即对豳地百姓一年四季农作的叙述，展现了当时淳朴的民风。

《周礼·春官·宗伯》记载："中春，昼击土鼓，吹《豳诗》以逆暑。中秋，夜迎寒亦如之。凡国祈年于田祖，吹《豳雅》，击土鼓，以乐田畯。国祭蜡，则吹《豳颂》，击土鼓，以息老物。"《豳诗》《豳雅》《豳颂》即《豳风·七月》。

七月流火，九月授衣。一之日觱发，二之日栗烈。无衣无褐，何以卒岁?三之日于耜，四之日举趾。同我妇子，馌彼南亩，田畯至喜。

七月流火，九月授衣。春日载阳，有鸣仓庚。女执懿筐，遵彼微行，爰求柔桑。春日迟迟，采蘩祁祁。女心伤悲，殆及公子同归。

七月流火，八月萑苇。蚕月条桑，取彼斧斨，以伐远扬，猗彼女桑。七月鸣鵙，八月载绩。载玄载黄，我朱孔阳，为公子裳。

四月秀葽，五月鸣蜩。八月其获，十月陨萚。一之日于貉，取彼狐狸，为公子裘。二之日其同，载缵武功。言私其豵，献豜于公。

五月斯螽动股，六月莎鸡振羽。七月在野，八月在宇，九月在户，十月蟋蟀，入我床下。穹窒熏鼠，塞向墐户。嗟我妇子，曰为改岁，入此室处。

六月食郁及薁，七月亨葵及菽。八月剥枣，十月获稻，为此春酒，以介眉寿。七月食瓜，八月断壶，九月叔苴。采荼薪樗，食我农夫。

九月筑场圃，十月纳禾稼，黍稷重穋，禾麻菽麦。嗟我农夫！我稼既同，上入执宫功：昼尔于茅，宵尔索绹，亟其乘屋，其始播百谷。

二之日凿冰冲冲，三之日纳于凌阴。四之日其蚤，献羔祭韭。九月肃霜，十月涤场。朋酒斯飨，曰杀羔羊，跻彼公堂，称彼兕觥，万寿无疆！

《豳风·七月》从各个侧面展示了当时社会的风俗，凡春耕、秋收、冬藏、采桑、染绩、缝衣、狩猎、建房、酿酒、劳役、宴飨，无所不写，展现了西周初年周人的生活状态。《豳风·七月》在季节转换、祭祀时演奏颇多。

姚际恒《诗经通论》："鸟语虫鸣，革荣木实，似《月令》；妇子入室，茅绹升屋，似风俗书；流火寒风，似《五行志》；养老慈幼，跻堂称觥，似庠序礼；田官染职，狩猎藏冰，祭献执功，似国家典制书。其中又有似采桑图、田家乐图、食谱、谷谱、酒经。一诗之中，无不具备，洵天下之至文也！"方玉润《诗经原始》："无体不备，有美必臻。晋唐后陶、谢、王、孟、韦、柳田家诸诗，从未见臻此境界。"崔述《丰镐考信录》："读《七月》，如入桃源之中，衣冠朴古，天真烂漫，熙熙乎太古也。然则此诗当为大王以前豳之旧诗。"吴闿生《诗义会通》："此诗天时人事百物政令教养之道，无所不赅，而用意之处尤为神行无迹。神妙奇伟，殆有非言语形容所能曲尽者。洵六籍中之至文矣！"

封建时代的学者对《豳风·七月》有不切实际的拔高，从《七月》中获取了很多当时农村生活的信息，但对百姓生活在其中的苦况却没有了解和同情。今人扬之水读《七月》，则在字里行间代入了自己的情感，同时注意到此诗写作上的特色："《七月》之好，尤在于叙事。它以月令为兴，颠倒错综，亦实亦虚，串连全篇，于是诗既有序又无序，既散漫而又整齐，仿佛在讲述一年中的故事，又仿佛这故事原本属于周而复始的一年又一年。"《七月》描写脚踏实地的劳作和建设，"此中有乐更有苦，有易更有难。它不需要刻意粉饰，也无须努力编织一个美丽的梦想，但它一定滤去了生活中许多的苦难和不幸，因为诗只想保留时人眼中有价值的经验及心中甚以为亲切的风土和人情，使它保存在传唱于人口的旋律里。"（扬之水《诗经别裁》）

就《七月》来说，整首诗出现的每一个物件皆在其合适的时间和空间里，体现出一种秩序。以春耕开始，以冬狩、藏冰结束，显现出有条不紊的农业生活秩序。春日养蚕、秋日授衣，为先后顺序，显示出女工应时而动。夏日采摘瓜果蔬菜，秋天收获庄稼并酿酒，冬天猎获大小猎物，农事完毕从事室役，都与时令紧密相关，无一不在适宜的节点上，以此显现出乡村生活的有序。春耕时农夫举趾，母子送饭；年终时塞向墐户，一家大小入室过冬，都显现出一个家庭的完整。故这首诗依据时令先后，看似流水账般的叙写，显现出乡村忙碌中的秩序。这样的秩序与战争、徭役带来的失序时时刻刻形成对比。《王风·君子于役》中行役在外的男人不可能与牛羊一块在黄昏时节归来，《卫风·伯兮》中那个首如飞蓬的女子等不来为王先驱的丈夫，《召南·草虫》中野外采薇、采蕨的女子见不着“君子”，内心是不安宁的。故《七月》的主要意图不是向人展现生活的粗粝与苦难，而是细数日常生活的种种。这种生活，可能就是《豳风·东山》中那个走在归家途中喜不自禁的士兵最向往的生活，也是《小雅·采薇》中那个拖着沉重的步伐走在路上“靡室靡家”的士兵向往而得不到的生活。

从现今看西周初年的乡村生活，自然是艰辛的。《七月》里提到的现在常见的蔬菜、野果在当时都非常有限。如郁(李的一种)、薁(野葡萄)、葵(当时的一种主要蔬菜)、菽(豆类，大豆苗嫩叶可食)、瓜、壶(即瓠，葫芦，其新叶可食)、苴(麻籽)、荼(苦菜)等，葵、菽、荼等蔬菜后已不食用，现今的很多蔬菜并未在当时百姓的食谱当中。当时的主食有“黍稷重穋，禾麻菽麦”。这些农作物收获之后，要送到奴隶主那里集中入仓，“嗟我农夫，我稼既同”。粮食除了入谷仓之外，还有剩余可用来做春酒，给那些“眉寿”之人喝。从这里看，这个乡里社会敬老养老，体现出淳朴的民风。在辛勤一年的劳作之后，也有一次宴饮聚会，拿出两瓶酒，杀一只羔羊，所有的人聚在一起宴饮，“朋酒斯飨，曰杀羔羊”。这样的聚会，演变到后来就是乡饮酒礼，礼乐社会的雏形也寓于《七月》的叙述之中。

《七月》具体描述了豳地的各种民俗文化，是周早期历史的集中体现。普通百姓冬天穿褐，用以保暖。褐，《郑笺》：“毛布。”而女工在秋天为公子所做的衣服有玄、黄、朱等鲜艳的颜色，“八月载绩。载玄载黄，我朱孔阳，为公子裳”，是说为了冬日的衣服，在八月份就派下纺绩的活了。所有颜色中，玄色最为尊贵。贵族祭祀的时候穿玄衣纁裳。到了冬天，男人还要去打猎，“一之日于貉，取彼狐狸，为公子裘”，一之日，指周历的正月，实即夏历的十一月，猎取狐狸皮给公子做衣裳。贵族和普通人服饰的差别由此体现。

《七月》特别注重对冬天的描写，一方面，周代一年之始在冬季，另一方面，大概因为冬天最足以见民生殷实与否。诗歌用非常明快的语调，用“蟋蟀”写时令到了冬天：“五月斯螽动股，六月莎鸡振羽。七月在野，八月在宇，九月在户，十月蟋蟀入我床下。”普通百姓为过冬需要“穹室熏鼠，塞向墐户”。熏老鼠出洞，堵上老鼠洞，再把窗户用陶瓮塞住，门缝用泥巴糊上，以此保暖。这也是迎接新年的方式。

冬天，男人要去河里取冰。“二之日凿冰冲冲，三之日纳于凌阴。四之日其蚤，献羔祭韭。”周历的二月就是夏历的十二月，采来的冰要放入“凌阴”，到了来年二月的时候就可以取用了。取用之前，需要用韭菜祭神。据《周礼》：“凌人，掌冰，正岁十有二月，令斩冰，三其凌。”取冰的时候，要取用量的三倍加以贮存。在宝鸡雍城遗址西北部，有一处春秋早期用于藏冰的凌阴遗址(见图 7－1)，可藏冰 190 立方米。凌阴周围有排水设施，设计得很科学(见图 7－2)。据三倍的贮冰量推算，公室一年的用冰量是 65 立方米左右。周人在祭祀的时候会用冰，他们发明了(见图冰鉴 7－3)这种器具，在夏天的时候用以盛冰，《周礼·浆人》郑玄注：“置食物于中，以御温气”。夏天天气热，周王还会将冰颁赐给大夫。除了用以降温，办丧事也需要大量的冰。

图 7－1　凌阴遗址

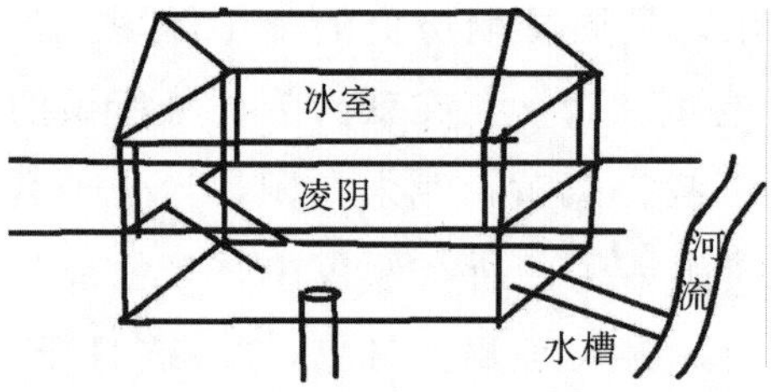

图 7－2　凌阴结构示意图

图 7－3　曾侯乙墓出土冰鉴(中国国家博物馆)

农耕一般从早春开始。“三之日于耜，四之日举趾。同我妇子，馌彼南亩，田畯至喜。”《左传·僖公三十三年》：“初，臼季使过冀野，见缺耨，其妻馌之敬，相待如宾。”杜注：“野馈曰馌。”男耕于野，妇往馈食，大约也是很古老的风俗，《诗经》凡三见：《豳风·七月》《小雅·甫田》《小雅·大田》。收获时节，则要打扫好场地，晾晒谷物。“九月筑场圃，十月纳禾稼”，《毛传》：“场圃同地耳。春夏为圃，秋冬为场。”《郑笺》：“物生之时，耕治之以种菜茹；至物尽成熟，筑坚以为场。”

谷物最终收至谷仓，若有余裕，就用来做酒。周人“十月获稻，为此春酒，以介眉寿”。稻指糯米，周代稻的产量不高，但却是粮食中最适合做酒的，其出酒的质量最好。《仪礼·聘礼》郑注：“凡酒，稻为上，黍次之，粱次之。”《说文·酉部》：“八月黍成，可为酎酒。”黍可以为酎酒，但制酎酒仍以稻为上。酒是奢侈品，只有最受尊重的老人才得饮用。周人用稻做的酒叫“春酒”，之所以叫“春酒”，是因为发酵时间长，由秋至春乃成，这样的酒品质较好，酒精浓度也高，为防酒力发挥过猛而常常作冷饮。《毛传》：“春酒，冻醪也。”《楚辞·招魂》：“挫糟冻饮，酎清凉些。”王逸注：“言醇酴之酒，清而且香，宜于寒饮。”镇酒的器具，则有冰鉴，器由方鉴和方尊缶合成。

春天里，采桑养蚕是一件大事。“蚕月条桑，取彼斧斨，以伐远扬，猗彼女桑”，需要取斧头来砍高大的桑树的枝条，还要众人合力拉下枝条，便于采树尖的嫩叶。春秋战国时期有多种出土文物上有采桑图。女子独自采桑，却惧怕有意外发生。“女执懿筐，遵彼微行，爰求柔桑。春日迟迟，采蘩祁祁”，女子采蘩，也用来养蚕。蘩是白蒿，用水煮白蒿，其水用来孵化蚕子。

下编

典章名物制度

第八章

祭 祀

《诗经》有颂诗 40 篇，其中《周颂》31 篇，《鲁颂》4 篇，《商颂》5 篇，分别是周、鲁、宋祭祀祖先的诗歌，皆用于祭祀。颂诗之外，《大雅》《小雅》也保留了周人部分祭祀诗歌。从这些诗中，我们不仅能看到周天子及诸侯祭天、祭祖之典礼，还能对普通士大夫的祭祀有所了解。

周人的祭祀承夏商两周而有所发展。周人祭天祭祖，祭天是表达对自然神的崇畏，祭祖是对祖先的追思。相较祭天，周人的祭祖观念更为隆盛。如果说畏天是原始社会自然信仰的遗留，祭祖则是周人理性精神的体现。周人的观念里，祖先死后变成人格神，保佑着周人。

一、周人祭祀用具

周天子祭天时，积薪于坛上，取牺牲和玉器，架于柴上而焚烧。《礼记》疏引《韩诗内传》："天子奉玉，升柴，加于牲上。"焚之令生烟，使气达于天，此称"禋祀"。《大雅 · 旱麓》描绘的便是周天子祭天的场景。

瞻彼旱麓，榛楛济济。岂弟君子，干禄岂弟。
瑟彼玉瓒，黄流在中。岂弟君子，福禄攸降。
鸢飞戾天，鱼跃于渊。岂弟君子，遐不作人。

清酒既载，骍牡既备。以享以祀，以介景福。

瑟彼柞棫，民所燎矣。岂弟君子，神所劳矣。

莫莫葛藟，施于条枚。岂弟君子，求福不回。

周天子祭天之牺牲，选红色皮毛的牛——骍牡。《礼记·檀弓上》记载夏后氏尚黑，殷人尚白，周人尚赤。谓夏商周三代所尚颜色各不相同，夏后氏祭天用黑牛，商代用白牛，而周代用红牛。春秋时期，鲁人以诸侯之国，因其为周公之后，获准得以行祭天之礼。鲁人祭天用周牲，即红色的牛，但在祭祀周公的时候用白牛。周人祭天所用酒称清酒，清酒与浊酒对称，指滤去渣滓的酒醴。

玉瓒，是玉制的瓒。瓒类似勺，其柄宽大，系礼器，不像勺那样用于日常生活。天子所用瓒，其柄是圭形，故又称圭瓒。玉瓒中所盛“黄流”，即后文所指“清酒”。之所以称为“黄流”，是因为此玉瓒有黄金为饰，故清酒带有黄金色。

“瑟彼柞棫，民所燎矣”，明确周人祭祀上天，取柞树和棫树燃烧。棫树燃烧时烟直，最适合祭天。在诗中，柞棫和玉瓒用了同一个修饰词“瑟”，光鲜漂亮之意。凡献给上天的器物，都要选光鲜漂亮的。

周天子祭天求雨的地点在旱山，旱山即今汉中市南郑区大巴山山系米仓山主峰。因为周天子在旱山祭祀、求福、祈雨，故将雨量较多、树木荫翳的大巴山主峰称作旱山。宋代学者王应麟《诗地理考》提到这一点，这种观点的提出基于《旱麓》文本自身的证据，但有些学者拒绝相信，甚至质疑周人祭天的地点不会舍近取远，在汉中祭祀。其实，即使在汉成帝时，祭天祭地都不在都城，而是远在甘泉、汾阴等地，离京城甚远。只是到后来，为方便，才将祭祀天地的地点改到都城郊区。

清酒是祭天、祭祖用酒。《小雅·信南山》记录周王祭祖祈福之场景：“祭以清酒，从以骍牡，享于祖考。执其鸾刀，以启其毛，取其血膋。”鸾刀，刀装饰鸾铃，象鸾鸟声和。《公羊传·宣公十二年》何休注：“鸾刀，宗庙割切之刀，环有和，锋有鸾。”《礼记·郊特牲》云：“割刀之用，而鸾刀之贵，贵其义也，声和而后断也。”清酒朴质、鸾刀不利，所用器具皆有其礼乐含义，不在其适用与否。

周人四时皆有祭，其中以烝、尝为常见。《穀梁传·桓公八年》：“春祭曰祠，荐尚韭卵。夏祭曰禴，荐尚麦鱼。秋祭曰尝，荐尚黍肫。冬祭曰烝，荐尚稻雁。”尝，在秋收季节祭祀祖先。烝，则是指岁末时节祭祖。这些祭祀都在宗庙。《鲁颂·閟宫》铺叙秋天尝祭的情状：“秋而载尝，夏而楅衡，白牡骍刚。牺尊将将，毛炰胾羹，笾豆大房。万舞洋洋，孝孙有庆。”描绘出鲁人祭祀之大端，是当时诸侯祭祀的真实写照。祭祀时要准备好牺牲（白牡、骍刚）、酒（牺尊盛之）、肉羹（毛炰、胾羹）、礼器（笾豆、大房），还有歌舞（万舞）。鲁人祭祀所用牺牲较为复杂，祭祀周公用白色皮毛的牛，祭祀鲁公则用红色皮毛的牛。酒用牺尊装盛，牺尊是宗庙盛酒六器中最为尊贵的一种。祭品是猪肉和没有调味的羹。笾豆分别用以放干果、黍稷或菹菜，大房是用以放半体之牲的俎。备陈礼器、祭牲，显示出祭祀的隆重。

二、祭祀乐舞

《鲁颂·閟宫》中祭祀祖先时所跳的舞称为“万舞”，“万舞洋洋”指参与人数众多。万舞分干舞和羽舞，前者执干戚而舞，后者执羽籥而舞。习舞也是春秋士大夫的基本礼仪。

万舞的起源很早，商周青铜器铭文中便有万舞。商周以来，万舞一直是祭祀祖先的舞蹈，且至少延续至汉代。《商颂·那》描写祭祀成汤时的跳舞场面：“鼗鼓渊渊，嘒嘒管声。既和且平，依我磬声。於赫汤孙，穆穆厥声。庸鼓有斁，万舞有奕。”先敲鼗鼓，以作导引。《释名·释乐器》云：“鞉，导也，所以导乐作也。”再奏管乐，接下来是玉磬之声，紧接着大钟(庸，镛)敲起来，众人随之万舞。祭祀者用盛大的舞蹈向神灵表达敬畏，向祖先表示崇敬，以求得祖先神灵的保护庇佑。

《墨子·非乐》所云：“万舞翼翼，章闻于大天。”《礼记·乐记》记周人万舞，“天子夹振之”，郑玄注：“夹振之者，王与大将夹舞者，振铎以为节也。”周天子在祭祀祖先的时候，都要亲自参与，在队列之中跳舞，而且手里拿着铎，振铎以为节。汉代张衡《东京赋》写东都洛阳礼乐文化之盛，曰：“万舞奕奕，钟鼓喤喤。”汉应劭《风俗通·皇霸·六国》：“我之帝所乐，与百神游于钧天，广乐于九奏万舞。”万舞仍然是后世隆重的祭祖典礼的代称。

周人祭祀皆有乐舞以娱神，孝孙因此而受到祖先的祝福。《鲁颂·閟宫》在规模宏大的万舞之后，接连两章祖先致嘏辞：“俾尔炽而昌，俾尔寿而臧，保彼东方，鲁邦是常。不亏不崩，不震不腾；三寿作朋，如冈如陵。”“俾尔昌而炽，俾尔寿而富，黄发台背，寿胥与试。俾尔昌而大，俾尔耆而艾，万有千岁，眉寿无有害。”从国家、百姓到山川土地，皆受祝福。

颂诗一定有乐舞，但有乐舞不一定是颂诗。《小雅·宾之初筵》《小雅·楚茨》《周颂·有瞽》《鲁颂·有駜》《鲁颂·閟宫》《商颂·那》《邶风·简兮》《王风·君子阳阳》诸诗虽均记录了乐舞的场面，其中乐舞大多与祭祀、宴飨有关。

某些祭祀诗歌本身是乐舞的一部分，如《周颂·维清》就是演奏《象舞》的歌词。诗云："维清缉熙，文王之典。肇禋，迄用有成，维周之祯。"《毛诗》序："《维清》，奏《象舞》也。"《郑笺》："《象舞》，象用兵时刺伐之舞，武王制焉。"象舞，是周人祭祀文王时的舞蹈，为武王所制。据孔颖达疏："文王时有击刺之法，武王作乐，象而为舞，号其乐曰《象舞》。"象舞属于武舞，舞者手执武器，模仿文王击刺动作。

《周颂·武》则是祭祀武王时的乐舞歌词，应该是模仿武王伐纣的舞蹈。据《左传》等文献记载，在演奏《武》时，有很长时间的停顿，跳舞之人须长时间站立等候。据儒家解释，这等待的时间象征武王伐纣之前，花很长时间集合各部族一同商讨伐纣，等待象征着武王伐纣的艰辛不易。

三、周人祭祀皆有尸

王国维《宋元戏曲史》："古之祭也必有尸。"周时便有这个传统，凡祭祀皆有尸。《说文解字》："尸，陈也。象卧之形。"段玉裁《说文解字注》："此字象首俯而曲背之形"，"祭祀之尸本象神而陈之"。被祭者的灵魂被认为寄寓在祭祀之尸上，故祭祀时尸被给予祖先再世一般的礼待。祭祀时，尸被当作神主，祭祀对象的神灵被认为依附于尸之上。尸的一切言语、行为被认为是受祭人的言语、行为。陈子展《诗经直解》："所谓尸，扮神受祭之活见鬼也。"

祭祖时充当尸的为孙辈。《礼记·曲礼》："孙可以为王父尸。"《仪礼·特牲馈食礼》注："尸，所祭者之孙也。"为什么要设尸？《仪礼·士虞礼》"祝迎尸"郑玄注："孝子之祭，不见亲之形象，心无所系，立尸而主意焉。"故尸的形貌宛如被祭者存世。为什么在祭祀的场合设尸？由于鬼神无声无形，尸化身为受祭者，成为人神沟通的媒介。《白虎通义》："祭所以有尸者，鬼神听之无声，视之无形，升自阼阶，仰视榱桷，俯视几筵，其器存，其人亡，虚无寂寞，思慕哀伤，无所写泄，故座尸而食之，毁损其馔，欣然若亲之饱，尸醉若神之醉矣。"在宗庙之内，尸被尊崇，故《仪礼·士虞礼》郑注："尸，主也。"

西周时，尸坐着受祭。唐杜佑《通典》："周代大小神祀皆有尸也。""自周以前，天地宗庙社稷，一切祭享，凡皆立尸。"《礼记·礼器》载："周坐尸。"周和周以前的祭祀一样，每次祭祀都有尸，不过周以前的尸是立着的，而周代的尸是坐着的。尸代表受祭者，接受子孙的祭祀。

《召南·采蘋》《小雅·祈父》《小雅·楚茨》《小雅·信南山》《大雅·既醉》《大雅·凫鹥》和《大雅·板》都提到"尸"。

1.《小雅·楚茨》

《小雅·楚茨》叙述年终农事已毕，人君祭祀宗庙之事，其过程包括尸受飨、致嘏、旅酬、送尸，以及祭祀之后宗族兄弟宴乐。学者认为《楚茨》是对周王祭祀祖先的真实记录。周王祭祀，与王后一起准备祭祀物品。周王作为主祭者，献酢给扮演祖先的尸，尸接受祭祀物品，赐嘏辞给主祭者。与祭的众宾客也要献尸，尸已醉饱，则以钟鼓送尸。在尸离去之后，众宾客则继续宴饮。

楚楚者茨，言抽其棘。自昔何为？我艺黍稷。我黍与与，我稷翼翼。我仓既盈，我庾维亿。以为酒食，以享以祀。以妥以侑，以介景福。

济济跄跄，絜尔牛羊，以往烝尝。或剥或亨，或肆或将。祝祭于祊，祀事孔明。先祖是皇，神保是飨。"孝孙有庆，报以介福，万寿无疆！"

执爨踖踖，为俎孔硕，或燔或炙。君妇莫莫，为豆孔庶，为宾为客。献酬交错，礼仪卒度，笑语卒获。神保是格，"报以介福，万寿攸酢！"

我孔熯矣，式礼莫愆。工祝致告："徂赉孝孙。苾芬孝祀，神嗜饮食，卜尔百福。如几如式，既齐既稷，既匡既敕。永锡尔极，时万时亿！"

礼仪既备，钟鼓既戒。孝孙徂位，工祝致告："神具醉止。"皇尸载起，鼓钟送尸，神保聿归。诸宰君妇，废彻不迟。诸父兄弟，备言燕私。

乐具入奏，以绥后禄。尔殽既将，莫怨具庆。既醉既饱，小大稽首。"神嗜饮食，使君寿考。孔惠孔时，维其尽之。子子孙孙，勿替引之！"

【训诂】

与与、翼翼：繁盛貌。

庾(yǔ)：露天粮囤，以草席围成圆形。

亿：《郑笺》："十万曰亿。"形容多。

妥：安。指使尸安坐，受祭祀。

侑：劝。指祭祀中主人劝尸饮食。

介：助。

景：大。

剥：宰割、肢解。

亨：同"烹"，煮。

肆：陈列(在鼎俎之中)。

将：献上。

祝：主持祭祀礼仪的人。

祊：宗庙门内设祭之处。

踖(jí)踖：恭谨敏捷貌。

燔(fán)、炙：烧肉。

庆：赐。

熯(rǎn)，通“戁”，恭敬。

工祝：太祝。

赉(lài)：赐予。

苾(bì)：浓香。

废：去。

彻：通“撤”，指撤去祭品。

“我黍与与，我稷翼翼。我仓既盈，我庾维亿”，《楚茨》第一章便说明了此时农事既成、粮食丰收的盛况，姚际恒《诗经通论》云：“此农事既成，王者尝烝以祭宗庙之诗。”种植的黍稷与与翼翼，一片繁茂；粮食堆积在仓库，故有足够的能力为酒食祭祀。“以为酒食，以享以祀”，粮食做成的酒食都是祖先享用之物，但在此祭祀中，有尸有宾，“以妥以侑”便是讲让尸安坐，以接受祭祀，主祭劝尸饮酒食黍，以此助子孙从祖先那获得福气。

《楚茨》第二章写道：“絜尔牛羊，以往烝尝”，烝尝二字点出了祭祀的时间，《周礼·大宗伯》云：“以祠春享先王，以禴夏享先王，以尝秋享先王，以烝冬享先王。”可见周朝的祭祀是春夏秋冬一年四次，秋尝冬烝，故《楚茨》所描写的祭祀盛况是将秋冬二祭一并言之了。祭祀之前，需要洁净牺牲。“或剥或亨，或肆或将”，则是制作祭祀之食物，宰割牺牲，烹煮好，盛入鼎俎，将其祭献。这时，主持祭祀的司仪在宗庙的门内迎神，希望祖先来享用子孙进献给他的食物。祭祀礼仪如此完备，祖先的神灵都来享用了，主祭的周王(孝孙)会得到祖先的福赐。

第三章重复制作祭祀物品的过程，描绘了整个宗族男女一起祭祀的过程。“执爨踖踖，为俎孔硕，或燔或炙。君妇莫莫，为豆孔庶”，做肉做菜，一切按照礼仪，恭谨敏捷，男子将肉放上俎，里面的肉或是煮或是烤。王后(君妇)则非常勤勉，也很谨慎，把祭祀用的黍稷、干果等物准备好，放置在笾豆中。《郑笺》：“后夫人主共笾豆，必取肉物肥脓美者也”。呈现给祖先的必是最好的食物。祭祀时，肉置于俎上，而黍稷、干果等物品置于竹制或木制的笾豆之中。肉的大小形状以及笾豆的数量都有严格规定。“献酬交错，礼仪卒度，笑语卒获”，即指祭祀过程中的旅酬。旅酬一般在三献尸之后进行，主人、宾长、众宾、长兄弟、众兄弟、内兄弟等相互酬酢。整个祭祀，主宾相互酬酢，彬彬有礼。整个礼仪有序进行，主客之间其乐融融。所有参与祭祀的主宾，没有什么个性化的动作，一切都依礼仪，按部就班。这个礼仪秩序，便是此诗歌颂的对象。唯有对的祭祀礼仪，才能得到所求的祖先福佑。

第四章强调了祭祀之礼的完备无缺，及其达到的效果。开头便指出“我孔熯矣，式礼莫愆”，我的祭祀很谨慎，一切礼仪没有缺憾。从第三章“为俎孔硕，或燔或炙”“为豆孔庶”这些描述，不难看出祭祀中食物的丰盛，其最终目的是让祖先饱食，这些丰盛的祭品由尸代替受祭者象征性地享用，诗中出现“神嗜饮食”“既醉既饱”，表示祖先完全接受了子孙的祭祀。《仪礼》中记载尸多次“三饭”“又食”，《特牲馈食礼》总计尸俎：“尸俎右肩、臂、臑、肫、胳，正脊二骨，横脊，长胁二骨，短胁，肤三，离肺一、刌肺三，鱼十有五，腊如牲骨。”在周朝祭祀中，尸代替先灵受飨是重中之重的环节，史料记载和《小雅·楚茨》都表明了贡献给尸的祭品极为丰盛。

尸在享用丰盛的祭品后，赐福于献祭者，这就是所谓的尸之致嘏。此诗尸之致嘏在每章的末尾都有出现。嘏，尸致福于主人之辞也。致嘏，即祭祀的司仪祝将献祭者之意传达给祖先后，尸将祖先的赐福传给献祭者。“孝孙有庆，报以介福，万寿无疆”，“报以介福，万寿攸酢”，这些诗句皆为尸之致嘏，这是尸代替祖先传达给子孙的祝颂之辞，即嘏辞。《礼记·礼运》载：“祝以孝告，嘏以慈告。是谓大祥，此礼之大成也。”孙希旦注云：“祝，谓飨神之祝辞也。嘏，谓尸嘏主人之辞也。祭初飨神，祝辞以主人之孝告于鬼神，至主人酳尸，而主人事尸之事毕，则祝传神意以嘏主人，言‘承致多福无疆于女孝孙’，而致其慈爱之意也。”

诗句中的“万寿无疆”和“万寿攸酢”等嘏辞，常见于殷商与周朝青铜器上的铭文，徐中舒言：“金文中最普遍之嘏辞，即为寿考。所谓眉寿、寿老、黄者，皆寿考之异辞。万年、万寿、无疆、无期，即所冀寿考之极致。”

《楚茨》第五章“皇尸载起，鼓钟送尸，神保聿归。诸宰君妇，废彻不迟。诸父兄弟，备言燕私”，指在祭祀完成之后，送尸出庙，祖先的神灵亦随尸而回；于是，众兄弟在宗庙举行燕礼。在燕礼之前，“诸宰君妇，废彻不迟”，意即掌管厨房的太宰带领他的手下，在王后的帮助下，迅速地撤掉鼎俎和笾豆等一切祭品，此谓“废彻”。这时，同姓兄弟之间的宴饮就开始了。

第六章“乐具入奏，以绥后禄。尔殽既将，莫怨具庆”，指宴饮的欢乐情景。乐器全都准备好了，演奏起来，除了音乐，还有酒食(殽)。如果说先前的祭祀，与祭者始终怀抱着谨慎、虔敬之情，此时的宴饮则强化了兄弟之间的亲近之感。祭祀过程中的酬酢一般出于礼仪，而燕礼上的酒食是可以真正享用的。故辛劳了一天之后，有此燕礼犒赏自己，这是礼的人性化之处，有张有弛，方能长久。

2.《周颂·丝衣》《大雅·凫鹥》

这两首诗都讲到宾尸之礼——绎祭。

周王祭祀之后第二天有绎祭。宾尸之礼称为“绎”，只有周王、诸侯有绎祭，如果大夫绎祭，则为非礼。《礼记·檀弓下》：“仲遂卒于垂，壬午犹绎，万入去籥。仲尼曰：‘非礼也。卿卒不绎。’”由此言之，卿大夫之丧，不当绎祭。

《周颂·丝衣》

丝衣其紑，载弁俅俅。自堂徂基，自羊徂牛；鼐鼎及鼒，兕觥其觩。旨酒思柔。不吴不敖，胡考之休！

【训诂】

丝衣：亦称纯衣。白色的祭服，神尸所服。

紑：鲜洁貌。

载：戴。

弁：爵弁，黑色。

俅俅：冠饰美丽。

鼐：大鼎曰鼐。

鼒：小鼎曰鼒，圆盖掩其上。

觩：弯曲的样子。

“丝衣其紑，载弁俅俅。自堂徂基，自羊徂牛；鼐鼎及鼒”，言此服丝衣爵弁之人，升门堂，视壶濯笾豆之属；降往于基靠濯具，又视牲从羊至牛；反告充，已乃举鼎告洁。

《礼记·礼器》：“设祭于堂，为祊乎外。”郑玄注：“祊祭，明日之绎祭也。谓之祊者，于庙门之旁，因名焉。”王夫之《张子正蒙注·王禘》：“于室者，正祭；于祊，绎祭也。”这是正祭与绎祭区别之所在。

“兕觥其觩。旨酒思柔。不吴不敖，胡考不休”，周王祭祀祖先之后，用牛角盛酒，宾客饮酒思安。不喧哗不傲慢，这是长寿福祚的象征。

《周颂·丝衣》描述绎祭时，参与祭祀的宾客(卿大夫)从服饰到祭品，皆一丝不苟。《毛诗》小序：“丝衣，绎宾尸也。”《郑笺》：“卿大夫曰宾尸。”所谓“宾尸”，指祭祖之后的第二天，把尸当作客加以礼敬。卿大夫参与绎祭，庄严肃穆。《丝衣》用诗的形式保留了宾客与祭的礼仪，这是祭祀的直接记录，在祭祀当时，具有规范仪节的作用。

《大雅·凫鹥》即讲诸侯之绎祭，尸非常愉悦。绎祭与第一天祭祀基本一样，都在堂中祭祀，只少了走出庙门寻找魂魄而后祭这一环节。《凫鹥》将祭祀的全过程高度概括，只是将祭祀的中心人物“公尸”作为焦点，重点加以描绘，显现出轻松欢乐的氛围。

《大雅·凫鹥》

凫鹥在泾，公尸来燕来宁。尔酒既清，尔殽既馨。公尸燕饮，福禄来成。

凫鹥在沙，公尸来燕来宜。尔酒既多，尔殽既嘉。公尸燕饮，福禄来为。

凫鹥在渚，公尸来燕来处。尔酒既湑，尔殽伊脯。公尸燕饮，福禄来下。

凫鹥在潨，公尸来燕来宗。既燕于宗，福禄攸降。公尸燕饮，福禄来崇。

凫鹥在亹，公尸来止熏熏。旨酒欣欣，燔炙芬芬。公尸燕饮，无有后艰。

河中的野鸭野鸥怡然自得，多么像坐在宗庙之中的公尸。尸，代表被祭祀的祖先，当子孙进奉酒醴和肉食之时，尸要接受并亲口吃下去。尸，一般由孙辈担任。祭礼奉清酒，醴酒滤去了酒糟，即为清酒。又奉佳肴，散发出馨香。尸宴饮之后，就能给子孙带来福禄。尸之所以高兴，是因为诸侯事尸之礼周备。

3.《鲁颂·閟宫》

赞颂鲁僖公能继承周公之遗业，复周公之领地。

閟宫有侐，实实枚枚。赫赫姜嫄，其德不回。上帝是依，无灾无害。弥月不迟，是生后稷。降之百福：黍稷重穋，稙稚菽麦。奄有下国，俾民稼穑。有稷有黍，有稻有秬。奄有下土，缵禹之绪。

后稷之孙，实维大王，居岐之阳，实始翦商。至于文武，缵大王之绪；致天之届，于牧之野。“无贰无虞，上帝临女！”敦商之旅，克咸厥功。王曰“叔父，建尔元子，俾侯于鲁。大启尔宇，为周室辅”。

乃命鲁公，俾侯于东，锡之山川，土田附庸。周公之孙，庄公之子，龙旂承祀，六辔耳耳，春秋匪解，享祀不忒。皇皇后帝，皇祖后稷，享以骍牺，是飨是宜，降福既多。周公皇祖，亦其福女。

秋而载尝，夏而楅衡，白牡骍刚。牺尊将将，毛炰胾羹，笾豆大房。万舞洋洋，孝孙有庆。俾尔炽而昌，俾尔寿而臧，保彼东方，鲁邦是常。不亏不崩，不震不腾；三寿作朋，如冈如陵。

公车千乘，朱英绿縢，二矛重弓。公徒三万，贝胄朱綅，烝徒增增。戎狄是膺，荆舒是惩，则莫我敢承。俾尔昌而炽，俾尔寿而富，黄发台背，寿胥与试。俾尔昌而大，俾尔耆而艾，万有千岁，眉寿无有害。

泰山岩岩，鲁邦所詹。奄有龟蒙，遂荒大东，至于海邦，淮夷来同。莫不率从，鲁侯之功。

保有凫绎，遂荒徐宅。至于海邦，淮夷蛮貊。及彼南夷，莫不率从。莫敢不诺，鲁侯是若。

天锡公纯嘏，眉寿保鲁。居常与许，复周公之宇。鲁侯燕喜，令妻寿母。宜大夫庶士，邦国是有。既多受祉，黄发兒齿。

徂来之松，新甫之柏，是断是度，是寻是尺。松桷有舄，路寝孔硕，新庙奕奕。奚斯所作，孔曼且硕，万民是若。

【名物】

旂：旂上画蛟龙，杆上有铃。

牺尊：盛酒的器皿，上画云纹，置于宗庙，用以祭祀祖先。《毛传》："牺尊，有沙饰也。"指其上有丹砂绘成的云饰。

大房：玉饰之盛肉器。足间有横下五柎，似堂后有房然，故名大房。

二矛：古代每辆兵车上有两支矛，一长一短，用于不同距离的交锋。

重弓：古代每辆兵车上有两张弓，一张常用，一张备用。

【训诂】

后、帝：皆指天。

楅衡(bī héng)：缚在牛角上以防抵触的横木。古代祭祀用牲牛必须是没有任何损伤的，秋祭用的牲牛要在夏天设以楅衡，防止触折牛角。

毛炰：带毛涂泥燔烧，此是烧小猪。

胾(zì)：大块的肉。

羹：指大羹，不加调料的肉汤。

三寿作朋：古代常用的祝寿语。三寿，《养生经》："上寿百二十，中寿百年，下寿八十。"朋，并。《郑笺》以三寿为三卿。

綅(qīn)：线，用于编缀、固定贝壳。

烝：众。

增增：多貌。

黄发台背：皆高寿的象征。人老则白发变黄，故曰黄发。台，同"鲐"，鲐鱼背有黑纹，老人背有老人斑，如鲐鱼之纹，故云。

凫、绎：二山名，凫山在今山东邹城市西南，绎山在今邹城市东南。

嘏：巫尸受鬼神指意而传授给祭祀之人的祝福之语。

常、许：鲁国二地名，《毛传》谓"鲁南鄙北鄙"。

《閟宫》讲述鲁僖公的功绩。鲁僖公即此诗中所谓"周公之孙，庄公之子"。在《诗经》中，鲁僖公文武双全，恢复了周王室祖先的文治武功，这是别的文献记载中所没有的。文治，指他建新庙、泮宫，祭祀祖先，推行教化；武功指他出兵攻伐淮夷，养马三千，国力强大。《左传》对鲁僖公的武功没有过多记载，但《閟宫》称颂僖公能“复周公之宇”。宇，居之意。意思是鲁僖公能继承周公的武功，如诗中所诉说，僖公征服了淮夷，“居常与许”。

《閟宫》末尾“新庙奕奕，奚斯所作”指出，鲁僖公时新庙建成，鲁于是在此新庙祭天祀祖，始有此诗。作新庙者是奚斯，他是鲁国大夫。新庙，据《毛传》，系鲁闵公之庙。鲁闵公在位两年，遭哀姜与庆父之弑。僖公是闵公的庶兄。但据《郑笺》，新庙，指翻旧为新的姜嫄庙。如果是姜嫄庙，与本诗第一章追述姜嫄与后稷的故事相合，故取《郑笺》之说，鲁僖公在姜嫄庙祭天祀祖。在闵公庙祭祀周代始祖，则不合常理。且《閟宫》的篇名取自诗歌的首句“閟宫有侐，实实枚枚”的前二字，此閟宫是姜嫄庙，即奚斯所作新庙。

鲁僖公祭祀的对象有周室之始祖姜嫄及其子后稷，又有古公亶父、文王、武王、周公，至鲁公伯禽，一并受祭。閟宫指姜嫄庙。因其常闭，故清静无事。姜嫄所居之庙，实称“禖宫”，是姜嫄的魂魄所凭依，故又称“神庙”。后稷是农业之神，他所种植，有“黍稷重穋，稙稚菽麦”。后稷教民稼穑，“有稷有黍，有稻有秬”。这些农作物品种可与《大雅・生民》对照，是一致的。文王、武王之功在于灭商，周公被封于鲁，方七百里，在周初是一大国，作为王室之辅。

作为一个诸侯国，本不能祭天子，也能祭天，但是考虑到周公对周王室的卓越贡献，周王室给予鲁国特权，故鲁国得以祭天子，也能祭天。鲁国祭天的时候，配以周人始祖后稷。周人祭天用牲是骍牺(赤牛)，这可以与《大雅・旱麓》互相参看。一般的诸侯只祭祀自己封国的祖先，如鲁国，其分封之初的祖先是“周公皇祖”。能从鲁公上推，至祭祀文王、武王，这也是周王室赐予鲁国的特权。

鲁僖公作为“周公之孙，庄公之子”，在祭祀鲁公伯禽的时候用红色的牛(骍牺)，祭祀周公的时候则用白色的牛(白牡)。秋天祭祀，夏天就要选好牛，专门喂养，最为重要的一点是让牛毫发无损，所以事先就要设好楅衡。这是一种横木，防止牛角触折。如果祭祀的牺牲有损伤，那么整个祭祀都要废止。《左传》记载，鲁国被选为牺牲的牛，曾经因牛角损伤而导致原本要进行的祭天之礼废止。

鲁僖公承继鲁公祭祀之事，乘车视祭事。车上树龙旂，蛟龙画于旂上。鲁僖公的祭祀用品有玉饰的牺尊，用来盛酒；玉饰的大房，用来盛整只牺牲。此外，还有笾豆。用以祭祀的食物，有连皮一同烧烤的小猪(毛炰)，有胾有羹，胾是切好的大块肉，羹是没有加调味料的肉汤，即大羹，亦名铏羹。祭祀物品越古朴，祭祀的规格、等级越高。

祭祀时，“万舞洋洋，子孙有庆”。洋洋，指人数众多的样子。祭祀歌舞当是文舞，不用干戚，而用羽毛和乐器。这可以和《邶风·简兮》互相参照。

鲁国因为祭祀上天和祖先，故得福佑。“俾尔炽而昌，俾尔寿而臧，保彼东方，鲁邦是常。不亏不崩，不震不腾”。一则使国家炽昌繁盛，人民长寿安好；二则守护鲁国，东方安定；三则祖宗礼仪，不僭不越。后此一章则云“俾尔昌而炽，俾尔寿而富，黄发台背，寿胥与试。俾尔昌而大，俾尔耆而艾，万有千岁，眉寿无有害”。所谓“昌而炽”“昌而大”，指国家昌盛、国土广大；“寿而富”“耆而艾”，指民众长寿且富裕。“黄发台背”，指黄色的头发，如鲐鱼般花斑的后背，都是长寿的标志。《郑笺》：“寿而相与试，谓讲气力，不衰倦。”这些年迈的人丝毫不减勇武之气，民众长寿是对国家昌盛的最好赞颂。

诗歌称赞鲁国武力强大。“公车千乘，朱英绿縢，二矛重弓。公徒三万，贝胄朱綅，烝徒增增。戎狄是膺，荆舒是惩，则莫我敢承”。鲁国有千辆战车，所谓“千乘之国”，也算是一个大国了。每辆战车上装备朱英绿縢，二矛重弓，《郑笺》：“二矛、重弓，备折坏。”鲁国有步卒三万，兵士戴的头盔用贝壳装饰，贝壳用红线串连。装备富足漂亮，意味着鲁国出征胜利。

鲁僖公“戎狄是膺，荆舒是惩”，北伐戎狄，南服强楚。这当是春秋时期鲁僖公与齐桓公一同作战的历史。《郑笺》：“僖公与齐桓举义兵，北当戎与狄，南艾荆及群舒，天下无敢御也。”这就是本诗所夸耀的鲁僖公的武功。春秋初年，鲁国本是大国，但是由于郑、齐等国崛起，鲁国在政治外交上的地位减弱，国土被削。僖公即位，恢复后稷、周公之祭祀，征伐南北少数民族，恢复了旧有封地，其文治武功令人赞叹。最后“淮夷来同”，“及彼南夷，莫不率从”。淮夷，指淮河中下游地域的少数民族，在今徐州附近。春秋初年，鲁国实有能力征伐徐州附近的淮夷。到鲁僖公时，淮夷来与鲁国会盟，相率从于中国，这都是鲁僖公的功劳(鲁侯之功)。

鲁僖公祭祀祖先，受到祖先的福佑。“天锡公纯嘏，眉寿保鲁。居常与许，复周公之宇。鲁侯燕喜，令妻寿母。宜大夫庶士，邦国是有。既多受祉，黄发兒齿”。常，是指鲁国最东的地域，在战国时是薛，孟尝君的封地。许，今许昌附近，是鲁国的朝宿邑。周天子为方便鲁侯朝见，在王畿附近给了鲁国一块地，即许。上天赐给鲁侯最美好的祝愿辞，子孙绵延，常居其地，永保其国，永有其民。这是礼崩乐坏的春秋时代国家祭祀的最主要内容。

4.《鲁颂·泮水》

鲁僖公不仅作新庙，他还新作泮宫。从《鲁颂·泮水》看，鲁僖公在泮宫谋划政事、宴饮、献囚、奉养三老五更。泮宫是一个重要的礼仪场所。

思乐泮水，薄采其芹。鲁侯戾止，言观其旂。其旂茷茷，鸾声哕哕。无小无大，从公于迈。

思乐泮水，薄采其藻。鲁侯戾止，其马蹻蹻。其马蹻蹻，其音昭昭。载色载笑，匪怒伊教。

思乐泮水，薄采其茆。鲁侯戾止，在泮饮酒。既饮旨酒，永锡难老。顺彼长道，屈此群丑。

穆穆鲁侯，敬明其德。敬慎威仪，维民之则。允文允武，昭假烈祖。靡有不孝，自求伊祜。

明明鲁侯，克明其德。既作泮宫，淮夷攸服。矫矫虎臣，在泮献馘。淑问如皋陶，在泮献囚。

济济多士，克广德心。桓桓于征，狄彼东南。烝烝皇皇，不吴不扬。不告于讻，在泮献功。

角弓其觩，束矢其搜。戎车孔博，徒御无斁。既克淮夷，孔淑不逆。式固尔犹，淮夷卒获。

翩彼飞鸮，集于泮林。食我桑黮，怀我好音。憬彼淮夷，来献其琛。元龟象齿，大赂南金。

【名物】

泮水：即泮宫之水。泮宫，礼仪建筑。泮，取义于“半”。因其建筑周围有一半环水，另一半则无，故名泮水。《礼记·王制》：“大学在郊，天子曰辟廱，诸侯曰泮宫。”辟廱四处环水，外圆如璧，泮宫只一半环水。《郑笺》：“半水者，盖东西门以南通水，北无也。”

芹：食用水芹。

鸾：衡上之铃。

茆：凫葵、水葵，又名莼菜，味滑美。可作菹(腌菜)。

鸮：恶声之鸟，指猫头鹰。

【训诂】

馘：左耳。古者战争取死者左耳，以邀功。

皋陶：古代贤臣。

觩：驰貌。弓箭松弛。

束：五十箭为一束。

赂：赠送。

泮宫是诸侯的礼仪性建筑，其性质、功能与天子的辟廱相似，只不过辟廱四周是环形的水，而泮宫只取一半，故称泮宫。泮宫，凡诸侯所以祭祀、观天象、颁政教、养国老、设大学、诸侯乡射，皆在此。《说文解字》："泮，诸侯乡射之宫。"《礼记·礼器》："故鲁人将有事于上帝，必先有事于頖宫。"《礼记·王制》郑玄注："頖之言，班也；所以班政教也。"不同的文献从不同的角度说出了泮宫的功用。

诗人在水边采芹，看到鲁侯车上画了蛟龙的旂，听到车上的鸾和之声。周代的车，衡上有鸾，轼上有和，车辆行进时，发出有节奏的声响，这与君子佩玉，行动时发出声响的作用一样。鸾铃的声音昭昭在耳，表示车马之容整齐而有威仪。"其旂茷茷，鸾声哕哕"，"其马蹻蹻，其音昭昭"，鲁侯来到，标志其身份的龙旗鲜明在目，驾车的马个个都高大健壮，车铃悦耳。"无小无大，从公于迈"，指臣子无论尊卑，都跟从鲁侯出行。鲁侯其人，则"载色载笑，匪怒伊教"，色温润谓"色"，和颜悦色，谈笑晏晏。

鲁侯来此泮宫，行饮酒之乐，参加者是鲁国的老者，此即周代的养老制度。《毛诗正义》云："泮宫者，行礼养老之宫。"鲁侯在泮宫养三老五更，必先征先生君子。乡饮酒礼、乡射礼，皆"征唯所欲，以告于乡先生君子可也"，《仪礼·乡射礼》郑注："乡先生，乡大夫致仕者也；君子，有大德行不仕者。"鲁侯行饮酒之礼，并因之与先生君子谋事。"永锡难老"，指长期赏赐年老但身体康健者，如《礼记·王制》所云："八十月告存，九十日有秩。"八十以上，每月致膳，九十以上，则日日有膳。至于所膳为何，并无明文。

鲁侯在泮宫所谋之事，依据下面章节，可知是征伐淮夷之事。"明明鲁侯，克明其德。既作泮宫，淮夷攸服。矫矫虎臣，在泮献馘。淑问如皋陶，在泮献囚"。鲁侯在泮宫接受武臣之献馘，而善于审理案件的官员则在泮宫献俘获之囚。淮夷不服之人，杀之；服罪之人，拘之。人臣各得其所，鲁侯所任得其人。

鲁国之士兵井然有序，胜战之后仍然保持军法而不为逆。"角弓其觩，束矢其搜。戎车孔博，徒御无斁。既克淮夷，孔淑不逆。式固尔犹，淮夷卒获"。弓已弛，箭五十支五十支地捆绑在一起，戎车安稳，步兵敬慎其事，而无骄纵之行。称颂鲁国军队，实际是美僖公用兵不逆。当时行兵有逆者，谓堙井刊木之类。《左传·襄公二十五年》云："初，陈侯会楚子伐郑，当陈隧者，井堙木刊。"服虔云："堙，塞。刊，削也。"

鲁侯在泮宫行礼，恶鸟亦为之感化。"翩彼飞鸮，集于泮林。食我桑黮，怀我好音。"猫头鹰集中于泮宫的树林里，吃着林中桑葚，它也感念着鲁侯的德行。诗以"飞鸮"比喻淮夷，感化的淮夷向鲁国进贡。所贡之物有琛、元龟、象齿、南金。琛为宝物。南金指荆扬二州所产之金，荆扬于诸州中处最南，故称南金。

大赂，又名广赂，指君及卿大夫皆受其赂。

姚际恒《诗经通论》谓泮宫是泮水之宫，即建于泮水之旁。“宋戴仲培、明杨用修皆以为泮水之宫非学宫。其说诚然。按《通典》载：‘鲁郡泗水县，泮水出焉’，泮为水名可证。鲁侯新作宫于其上，其水有芹、藻之属。故诗人作颂，因以采芹、藻为兴，谓既作泮宫而淮夷攸服，言其成宫之后发祥而获吉也。故饮酒于是，献馘于是，献囚于是，献功于是。末章乃盼泮水之前有林，而林上有飞鸮集之，因托以比淮夷之献琛焉。通篇旨意如此。”可备一说。

此诗作于泮宫新成之时，故朱熹《诗集传》云，第一章系“饮于泮宫而颂祷之辞”，三章以下“皆颂祷之辞”。所谓颂祷之辞，未必实有其事，姚际恒《诗经通论》：“谓献馘、献囚、献功、献琛，皆是末祝其未来事，尤堪绝倒。”

第九章

分封、朝觐、赏赐

一、诸侯朝觐，天子赏赐

诸侯朝觐周天子，是周王室强大的象征。诸侯新立时朝觐，以后依据礼仪按时朝觐，若对夷狄有功，则必朝觐天子，有献于王。诸侯朝觐，天子必有赏赐。其所赏赐，皆与诸侯的身份相匹配。

《诗经》记载了西周时期诸侯朝觐周天子、周天子赏赐诸侯之诗。“三礼”对朝觐天子之礼仪记录甚少，唯《诗经》某些诗篇对此礼有所记录。诸侯朝觐天子，也是《诗经》“王者之迹”的重要表征。明代学者唐顺之曾说：“《诗·雅·蓼萧》《湛露》是诸侯之会同于天子者也；《彤弓》是诸侯听征伐之命于天子者也；《出车》《采薇》是天子之自为征伐，而四夷不敢侵叛者也。故曰：‘《诗》亡而《春秋》作’。《诗》未亡，天子之权存。《诗》亡，天子之权丧。《春秋》收既丧之权，而还之天子者也，《春秋》所以接《诗》亡之后。”(唐顺之《读春秋》)

《诗》中的“王者之迹”，即诸侯朝天子，诸侯征伐听命于天子，礼乐征伐皆出自天子。而春秋时期，诸侯不朝觐天子，霸主主征伐，礼乐征伐皆不出自天子，“王者之迹”全失。相较《春秋》，《诗经》更多“王者之迹”。

1. 天子分封诸侯的赏赐

《大雅·崧高》记录了周宣王赏赐给新分封诸侯申伯的各种礼物。

崧高维岳，骏极于天。维岳降神，生甫及申。维申及甫，维周之翰。四国于蕃，四方于宣。

亹亹申伯，王缵之事。于邑于谢，南国是式。王命召伯，定申伯之宅。登是南邦，世执其功。

王命申伯："式是南邦。因是谢人，以作尔庸。"王命召伯，彻申伯土田。王命傅御，迁其私人。

申伯之功，召伯是营。有俶其城，寝庙既成，既成藐藐。王锡申伯，四牡蹻蹻，钩膺濯濯。

王遣申伯，路车乘马。"我图尔居，莫如南土；锡尔介圭，以作尔宝。往迈王舅，南土是保。"

申伯信迈，王饯于郿。申伯还南，谢于诚归。王命召伯，彻申伯土疆；以峙其粻，式遄其行。

申伯番番，既入于谢，徒御啴啴。周邦咸喜，戎有良翰。不显申伯，王之元舅，文武是宪。

申伯之德，柔惠且直。揉此万邦，闻于四国。吉甫作诵，其诗孔硕，其风肆好，以赠申伯。

申伯是周宣王的母舅，因其贤能，为王室之臣，久在京师。为褒奖申伯，周宣王授其封国。其国为南国谢邑，召伯为其营建宅屋、庙宇、土地，冢宰为其分遣私臣，谢邑原居民谢人亦助其成功，尹吉甫为其作诗。《大雅·崧高》系尹吉甫为申伯即将去南方之谢邑而作。

申伯以国为氏。申，是周王室分封的四方小国，与齐、许、甫等国一样藩屏王室，向周述职。诗所谓"维申及甫，维周之翰。四国于蕃，四方于宣"。翰，枝干。申伯成为周王室的主干之臣，四方若有外敌，则助王室捍御；若有教化不至，则助王室宣扬教化。周宣王在谢邑新建国家，派遣申伯往治。古谢邑，在今河南南阳，近楚，被称为"南国"。遣申伯去谢邑，其目的在于守住周王室的南土，使王室之教化能行于南国。

《崧高》首章以"骏极于天"的四岳起兴，表明申伯与甫侯一样，都是四岳的后代，其职责是捍御王室，为王室藩屏，同时掌管巡狩教化，为天子宣政于远方鄙土。这次封申伯去南国谢邑，也是"式是南邦"，在南国确立规范典仪，将周王室的政教传达远方的意思，并传之子孙后代，周宣王对申伯寄予厚望。《崧高》对申伯的外貌也有简单的描写，"申伯番番"即勇武之貌。末尾称颂申伯"柔惠且直"，则申伯"文武是宪"，能文能武，是时人的榜样。

周宣王以王室之正礼赐予申伯，周宣王亲自为申伯饯行。天子赐给诸侯的有介圭、车马、徒御。诗第五章记录了周王对申伯的策命，为您找到居所，南土最为适合。赐给您介圭，给您当作镇国之宝。辞别舅氏，您要守住这南土。策命不一定只发生在新君初立之时。策命是一种宠命，表示倚畀之深。《左传》襄公十四年、昭公七年都记载了天子策命之辞，《毛公鼎》《大克鼎》等铭文的记载更为详细，其策命的语气、内容都与此诗类似。

周宣王赐给申伯的有介圭、车马，还有驾车之御者和徒步跟随之人，皆勇武之人。申伯勇武，跟随人员及驾车之人皆有喜色。申伯能文亦能武，其德彰显，为文武之表式。周人相庆，有了一个好的诸侯君主。

周宣王赐予受封诸侯申伯的礼物，其一是介圭。圭是玉器之中最珍贵者，只有天子、诸侯能用圭。诸侯之圭，受之于周王，称为“瑞圭”或“命圭”。据《周礼·玉人》，命圭自诸侯始封以来受诸天子，世世守之，无新君再赐之礼。诸侯持之以朝觐天子，天子考察诸侯，若合格，则将瑞圭还给诸侯。周宣王赐予申伯的介圭，比其他诸侯的瑞圭更长。《郑笺》：“圭长尺二寸谓之介，非诸侯之圭，故以为宝。诸侯之瑞圭自九寸以下。”天子所持圭方为一尺二寸，很明显，申伯所持圭本为天子所用。周天子对申伯有特别的优待。诸侯新封，不仅从天子那得命圭，又从天子那得命服。《崧高》只讲述了命圭，而省略了命服。

春秋时期，诸侯朝觐天子的制度废弛，诸侯不朝觐天子，但天子派遣使者给诸侯策命，赐命时致玉圭。《左传·僖公十一年》，晋惠公即位第二年，“天王使召武公、内史过赐晋侯(惠公)命，受玉惰。”杜注：“诸侯即位，天子赐之命圭为瑞。”诸侯国之间互朝频繁，诸侯朝诸侯，礼物亦用圭，但因其太过贵重，无以回赠，所以一般情况是返回原物。

周宣王赏赐，其二是路车乘马。路车是诸侯所乘之车，乘马即四马。四马皆强壮，其身上之钩膺，即樊缨，光鲜闪亮，极具华彩。诸侯所乘车马由周宣王赏赐，一则可见周王室的尊贵与权力，一则显示周王室的财力。春秋时期，《左传》《国语》等史传未记载周王室赏赐诸侯车马，倒是周天子派人向鲁国索要车马及财物，周初礼制完全被破坏。后来经生多指责春秋王室求车有失尊严，但未考虑到春秋时期周已沦落成为一个小诸侯国，徒有王室的尊贵，但已无王室的财力。

其三是虎贲。按照周代礼制，只有周王室才能有虎贲，虎贲负责王室的安全与王宫的护卫，多选年轻力壮的男子担任。诸侯有大功，周天子方赐予虎贲、徒御。《毛传》：“诸侯有大功，则赐虎贲。”申伯因其有功，故有虎贲随行。虎贲或徒步或御车，脸上皆呈喜乐安舒之貌，可见其入城之时保持了礼仪。《左传》记载，春秋时期，天子只赐给晋文公虎贲。僖公二十八年，晋文公因城濮之战大败楚国，周天子赏赐他三百虎贲。

周宣王亲自为申伯饯行。所谓饯，即饮酒送别。饯别的地点在郿，大抵在岐山附近。宣王一切都按照礼仪进行，更为特异之处在于，饯礼亦周宣王亲自为之，这是其他诸侯很难有的待遇。

2. 诸侯朝觐天子的礼仪

《大雅·韩奕》较为完整地记录了诸侯朝觐之礼。韩侯以常礼，乘乘马，持介圭朝觐周宣王，且受命于周宣王。周宣王赐命，赏赐韩侯许多宝物。此诗记录了韩侯朝觐，还记录了韩侯迎亲、归国。

奕奕梁山，维禹甸之，有倬其道。韩侯受命，王亲命之："缵戎祖考，无废朕命。夙夜匪解，虔共尔位。朕命不易，干不庭方，以佐戎辟。"

四牡奕奕，孔修且张。韩侯入觐，以其介圭，入觐于王。王锡韩侯，淑旂绥章，簟茀错衡，玄衮赤舄，钩膺镂钖，鞹鞃浅幭，鞗革金厄。

韩侯出祖，出宿于屠。显父饯之，清酒百壶。其殽维何？炰鳖鲜鱼。其蔌维何？维笋及蒲。其赠维何？乘马路车。笾豆有且，侯氏燕胥。

韩侯取妻，汾王之甥，蹶父之子。韩侯迎止，于蹶之里。百两彭彭，八鸾锵锵，不显其光。诸娣从之，祁祁如云。韩侯顾之，烂其盈门。

蹶父孔武，靡国不到；为韩姞相攸，莫如韩乐。孔乐韩土，川泽讦讦，鲂鲊甫甫，麀鹿噳噳。有熊有罴，有猫有虎。庆既令居，韩姞燕誉。

溥彼韩城，燕师所完。以先祖受命，因时百蛮。王锡韩侯，其追其貊，奄受北国，因以其伯。实墉实壑，实亩实籍。献其貔皮，赤豹黄罴。

《韩奕》以"奕奕梁山"起兴，梁山为韩国的望祀所在。梁山高大，奕奕然，是韩国一国之镇，故称"韩奕"。有学者认为梁山在今陕西韩城市内，另有学者认为在今河北固安县附近。梁山之义不同，与此相应，韩国也有两种解释：韩是姬姓小国，受封于武王，为春秋时晋所灭，韩变成晋大夫韩氏之邑，故晋大夫韩氏以之为邑名。另有一说，认为韩受封于成王，始封国君为武王之子，其地在河北。

本诗中"梁山"为何，可以从本诗最后一章推测得知。"溥彼韩城，燕师所完"，燕人助韩侯建筑城郭，犹如谢人助申伯营建谢邑一样，故韩与燕相邻，当在今河北。韩侯，姬姓，王室所封，西周宣王时王室倚赖韩侯抵御北方戎狄，故在韩侯秋天朝觐周宣王之时赐命韩侯。远在北方的韩侯到丰镐觐见周宣王，周宣王策命之。

首章"缵戎祖考，无废朕命。夙夜匪懈，虔共尔位。朕命不易，干不庭方，以佐戎辟”，是周宣王策命韩侯时所说的话，周宣王对韩侯以你我称呼。周宣王称，你要继承祖先成业，不要废弃了我的命令。早晚勤勉不要松懈，虔诚地对待你的职位。我的任命不会轻易改变，希望你攻伐那些违反法度的人，以此来辅佐周的法度。这种语言风格与《尚书》的训诰特别相似。

韩侯乘坐四马驾的车来觐见周宣王，他手里拿的是介圭。介圭本受自周天子，诸侯朝觐周天子时，要将介圭送上，周天子在考察其职务之后，如果满意，就将介圭交还给诸侯。诸侯秋天朝见周天子曰觐，据《毛传》，诸侯需要将其国所出之宝物进贡于周天子。

周宣王策命韩侯，赏赐之物无外乎车马之饰与命服，而这些皆是身份等级的象征。“王赐韩侯，淑旂绥章，簟茀错衡，玄衮赤舄，钩膺镂钖，鞹鞃浅幭，鞗革金厄”，其中有画龙于其上、颜色鲜亮的旂，有漂亮花纹的、人借以登车的绥(绳)，漆过的竹席做成的车之蔽体(茀)，还保留着席上的纵横花纹，马身上的繁缨，马头上的当卢，虎皮做的车顶，镶有金属环扣的皮制辔绳。一切器物皆有纹饰以美之，均属诸侯所有(见图 9-1)。而命服则是“玄衮赤舄”，黑色的衮衣与红色的舄(鞋)，这是祭祀之时穿着的最为隆重的礼服。这样的服饰，显示的是地位的尊贵，其奢华用极尽铺陈的手法达成。

图 9-1　西周车马复原图(周原博物馆)

“韩侯出祖，出宿于屠。显父饯之，清酒百壶。其肴维何？炰鳖鲜鱼。其蔌维何？维笋及蒲。其赠维何？乘马路车”。韩侯刚刚启程的时候，需要祭道神，此即“祖”。所谓祖，实际上设一小土堆，由车马碾压过去，象征路途跋山涉水，一切都在掌握之中。当韩侯在宿地的时候，显父为其饯行。此诗非常清晰地显示了饯礼所用之物。首先是清酒，这是必备的，故饯礼也称饮酒送别。饯礼所用肴，则有鳖、鱼，用烧烤、烹煮两种方法制成，佐肴之菜，则是笋与蒲。摆放干果的竹制器皿笾和盛放菜品的豆，排列了很多，韩侯宴饮，极尽欢娱。宴饮之后，显父还代替周天子赠送韩侯路车乘马。《秦风·渭阳》中，秦襄公在渭河北岸送别重耳，亦送重耳“路车乘黄”作为礼物，很有可能也是在饯礼之后。饯礼时得路车乘马，朝觐时所得车马佩饰，于是皆有所依附。所有这一切，皆显示出周天子的厚意。送别的深情厚意，同样通过铺陈来表现。连续几个问句，则又有几分轻松、调皮。

“韩侯娶妻，汾王之甥，蹶父之子。韩侯迎止，于蹶之里。百两彭彭，八鸾锵锵，不显其光。诸娣从之，祁祁如云。韩侯顾之，烂其盈门”。韩侯返途之中娶妻。与周文王娶妻一样，都是亲迎。韩侯之婚姻，亦有周王室为之主持，可见王室对韩侯的重视。汾王，指流亡至汾水边的周幽王。彭彭，众多的样子。娣，女弟，指陪同出嫁的同姓女子。陪嫁之人，除了妹妹之外，还应有侄女。这是用贵者统摄贱者。

韩侯所娶之妻身份显赫，是出逃在汾水的周幽王的外甥女，是周天子卿士蹶父之女。韩侯迎娶，未入女方家庭院，只是在里门之外等候。这与春秋时期娶妻至堂屋之阶前迎接有所不同，这应当是殷商旧礼。迎娶的车马有“百两”，这跟《召南·鹊巢》“之子于归，百两御之”的场面相同。车马众多，而车上铃声清脆，多么荣耀。随同新娘一同出嫁的同姓女子，除了妹妹之外，还有侄女。韩侯回望，众女眷多如云霞。

第五章铺叙韩国土地、山川、物产的特点，以说明韩侯的尊贵及其封国的富饶，为韩侯及韩姞的婚姻增添了亮色。

《韩奕》最后一章讲述韩侯回到韩国，又回归到韩侯受命的具体场景。

韩城城邑宽广，皆有赖于燕国人帮助。成王时即赐命韩侯，居韩城为侯伯，当时周围众多蛮服之国来贡赋。依靠这众多蛮服之国，对抗当时北方之强戎(貊)。貊为狁所逼，东迁。周宣王称美韩侯先祖，其目的在于让韩侯兴复先祖之功，御守王室。韩侯的先祖即受周天子之命，节制北方诸蛮。现而今，周宣王赐年轻的韩侯掌管追、貊两族，以及北方各小国，命韩侯为北方诸侯之伯。各小国为韩侯筑城修壕，耕种田地，征收赋税，进献白狐皮、豹皮、熊皮，各类事务井井有条，各种物品丰富，这说明韩国地广物丰，韩侯是周宣王的好帮手。

此诗的语体风格变化多样，首先是君臣对话的典雅风格，转为周宣王赏赐礼物时的奢华风格，再转为饯别、娶妻、回国之时的轻松、民歌式的风格。吴闿生《诗义会通》称此诗：“雄峻奇伟，高华典丽兼而有之。在三百篇中亦为杰出之作”。

此诗足可注意的是，韩国与周王室之间有道路相通。“奕奕梁山，维禹甸之。有倬其道，韩侯受命”。大禹治水，也曾到北方的梁山，韩侯从此出发，走宽广的路，来到京师。《诗经》凡有关周道，皆引申为治道、王道。有倬，《毛传》："禹治梁山，除水灾。宣王平大乱，命诸侯。'有倬其道'，有倬然之道者也。"

《国语·周语上》完整记载了诸侯朝觐天子之礼仪，可与《小雅·韩奕》参照。鲁僖公二十五年，晋文公在城濮之战后，朝觐周天子，"襄王使太宰文公及内史兴赐晋文公命。上卿逆于境，晋侯郊劳，馆诸宗庙，馈九牢，设庭燎。及期，命于武宫，设桑主，布几筵。太宰莅之，晋侯端委以入。太宰以王命命冕服，内史赞之，三命而后即冕服。既毕，宾、飨、赠、饯，如公命侯伯之礼而加之以宴好。"朝觐以天子饯别诸侯之礼结束，饯礼上君臣宴饮，拉近了二者之间的关系。

许倬云《西周史》："韩侯受王命戒饬，敬奉祖考的典型，正与金文中锡命礼的语气一样。韩侯受赐的礼物也不外旂章车马装饰及衣服，也与《左传》所述颇为一致。韩国初立时，燕师完筑城邑，而'因时百蛮'，语同《崧高》的'因是谢人'，及《左传》的'因商奄之民'，也指藉百蛮(包括追貊之属)的服役，以服事韩侯。韩已立国颇久，却仍述及立国之初由'燕师所完'，其情形颇似《崧高》中屡次提到申国是'召伯是营'。二例合观，可能曾有召伯的人留在申国，有燕师的一部分留在韩国。"《韩奕》提供了周初周天子分封诸侯的史实，足补文献之缺。

3. 周王的训命与赏赐

《大雅·江汉》记载召虎受周宣王之命平淮夷，向天子献俘虏，周宣王赏赐其礼物及土田。

江汉浮浮，武夫滔滔。匪安匪游，淮夷来求。既出我车，既设我旟。匪安匪舒，淮夷来铺。

江汉汤汤，武夫洸洸。经营四方，告成于王。四方既平，王国庶定。时靡有争，王心载宁。

江汉之浒，王命召虎："式辟四方，彻我疆土。匪疚匪棘，王国来极。于疆于理，至于南海。"

王命召虎，来旬来宣："文武受命，召公维翰。无曰予小子，召公是似。肇敏戎公，用锡尔祉。

釐尔圭瓒，秬鬯一卣。告于文人，锡山土田。于周受命，自召祖命。"虎拜稽首："天子万年！"

虎拜稽首："对扬王休，作召公考。天子万寿！明明天子，令闻不已。矢其文德，洽此四国。"

予小子，周宣王自称。考，郭沫若考证为"簋"的假借字。簋，食器，圆口。

周宣王在江汉边，命召虎征伐四方，"式辟四方，彻我疆土。匪疚匪棘，王国来极”。不要用兵为害，用兵也不要太暴烈，用兵的最终目的是让王国统一。《郑笺》：“命召公，使以王法征伐，开辟四方，治我疆界于天下，非可以兵病害之也，非可以兵急躁切之也。使来于王国，受政教之中正而已。齐桓公经陈、郑之间，及伐北戎，则违此言者。”《郑笺》强调用“王法”征伐，而不是强调军事征伐对统一的重要性。周宣王命召虎征伐四方，正如文王、武王命召康公征伐四方一样。周王室命召公征伐，并不用彤弓，只是继承祖先传统而已。

周宣王训命，其中语言句法与周代青铜器铭文风格类似。先称颂召虎的祖先召公受文王、武王之命，藩屏周室——不要说受了我的恩惠，你应该谋求先祖召康公之事业，受其福祉。

周宣王赐予召虎的宝物，首先是祭酒及酒器，即“釐尔圭瓒，秬鬯一卣”。所赐酒为秬鬯，秬指黑黍米做成的酒；鬯指加入了郁金草的酒，闻之有香味，郁金草置于黑黍米中，烹煮而成鬯。圭瓒，指舀酒的勺，其柄为圭形，此为诸侯所用之器(见图 9－2)。大夫所用瓒，其柄为半圭。卣，为装酒之器，类似壶，有提梁(见图 9－3)。周宣王赐酒与酒具，其意在于使召虎祭其宗庙，告其太祖召康公。其意紧承“肇敏戎公，用锡尔祉”，在征战之前祭祀先祖，以继承先祖事业。

图 9－2　圭缵

(a) 西周凤纹提梁卣（宝鸡青铜器博物院）

(b) 西周伯各卣（宝鸡青铜器博物院）

图 9－3　卣

周宣王赐予召虎的，其次是土田，即“告于文人，锡山土田”。《毛传》：“诸侯有大功德，赐之名山土田附庸。”召虎是周宣王之卿士，与诸侯敌。周宣王训示召虎之时，命掌管文书的文人笔之于策。周宣王让召虎于岐受命，使其受山川土田之赐，意即平定归来，有其赏赐。召虎受策书，稽首而拜，称“天子万年”。

召虎为了纪念周宣王的赏锡，特意作青铜器召公簋，刻铭文于上，曰：“天子万寿！明明天子，令闻不已。矢其文德，洽此四国。”《郑笺》认为这些铭文来自召康公：“王命召虎用召祖命，故虎对王，亦为召康公受王命之时对成王命之辞。”可知成王之时，召公之言即有记载。中国史官文化之源远流长，亦可见一斑。

此诗赞美武功，但鲜少炫耀武事，反而以祖业传统劝勉，诗歌的大部分篇幅集中于周宣王与召虎的对话，显示出史官实录的史书性质，与《尚书》的风格颇为接近。

二、诸侯上朝，辨色而入

1.《小雅·庭燎》

该诗记录的是朝礼。《礼记·玉藻》："朝，辨色始入。君日出而视之。"朝礼，适用于诸侯朝天子，也适用于卿大夫朝诸侯。

夜如何其？夜未央，庭燎之光。君子至止，鸾声将将。
夜如何其？夜未艾，庭燎晣晣。君子至止，鸾声哕哕。
夜如何其？夜乡晨，庭燎有煇。君子至止，言观其旂。

这首诗一开始就有人在询问时间，夜是否已经结束。有人回答，"夜未央""夜未艾""夜乡晨"。黑夜未尽，光明未来，夜就要走向晨，但太阳仍未升起。庭中火烛一直在燃烧，庭燎明亮，提示黑暗未退。

此诗中的君子以听觉和视觉的形式出现。君子由远及近，皆由君子的车马来展现。听到了他车上的鸾铃之声，从"鸾声将将"到"鸾声哕哕"，铃声刚开始听是整齐的、有节奏的、悦耳的声音，后来，铃声慢下来（哕哕，徐而有节），接着，车马所载之旗也能看到了，马车已来到朝廷之外。随着章节递进，君子离朝廷越来越近。

这首诗大多数的篇幅落在上朝的时间上。天色从"夜未央""夜未艾"过渡到"夜乡晨"，夜始终未去，这个时候君子来上朝了。最后一句，"君子至止，言观其旂"，君子来到朝廷之外，能看到旂上的图饰了，这仍然是在讲天色。太阳未升起，但走近了，车上的旗还是能辨别清楚。此时，正是君臣上朝之时。《郑笺》："朝礼，群臣别色始入。"按照周代的朝礼，天光能辨明颜色，就是臣子入朝之时。而当太阳升起，君臣便已在一起议政了。

这首诗的重心在上朝，但上朝的君子始终面目不清。首句发问的人。发问的人是谁？君子是谁？君子进了谁的朝廷？天子的朝廷，还是诸侯的朝廷？这些问题，只要考证君子的身份，便可迎刃而解。而君子的身份，完全依靠诗中出现的车马来确定。此车装有鸾铃，其身份还未能确定，而车马上装载的旂（见图 9－4），其上画龙，可以肯定是诸侯之旗。《仪礼·觐礼》：诸侯"载龙旂、弧韣，乃朝"。这与诸侯载龙旗来助祭是一个意思。

来上朝的是诸侯，那么首章问话的便是周天子。据《毛诗》小序：“《庭燎》，美宣王也。”《郑笺》说得更清楚：“诸侯将朝宣王，以夜未央之时，问夜早晚。”他在夜里殷勤地询问守门人夜之早晚，他对诸侯上朝这件事非常重视，而设庭燎，也只是诸侯上朝时才如此，平常上朝是没有庭燎的。《仪礼·燕礼》：“甸人执大烛于庭，阍人为大烛于门外。”春秋时期的烛，只用樵薪或者麻秆制成，不添加其他燃料。

图 9－4　旂

2.《齐风·东方未明》

该诗讽刺齐侯召臣不以朝礼。上朝除了诸侯朝觐天子的“大朝”之外，还有君臣之间的每日入朝，此称“常朝”。早朝辨色始入，诸侯乘马而来，周天子谨慎、勤政。但在齐国，卿大夫朝诸侯时，时间上完全失控。《东方未明》以臣子的视角，展现出上朝时的忙乱和无望。

东方未明，颠倒衣裳。颠之倒之，自公召之。
东方未晞，颠倒裳衣。倒之颠之，自公令之。
折柳樊圃，狂夫瞿瞿。不能辰夜，不夙则莫。

东方还未亮便要起床，故原本衣在上而裳在下，衣在外而裳在里，完全颠倒。之所以如此忙乱，因为诸侯在朝廷召令，公卿大夫等人便手忙脚乱地穿衣服。此诗第二章与第一章意义完全相同，只是稍微改了几个字，改“东方未明”为“东方未希”，“自公召之”改为“自公令之”，“衣裳”“颠倒”等词语中的字顺序改变，意义完全没变。两章重复，强调为了参加早朝，公卿大夫慌乱的样子。

第三章与前两章很不一样。“折柳樊圃，狂夫瞿瞿。不能辰夜，不夙则莫”。“狂夫”是对一个人的贬称。为何贬之？和他的失职有关。“折柳樊圃”是一个比喻，折下柳枝，给菜园作樊篱。柳枝柔弱，却用来作樊篱，谁都知道这道樊篱完全是虚设的，故菜园失守。“瞿瞿”，就是失守的样子。狂夫的失职在于，他没有按照礼仪的规定，“以水火分日夜，以告时于朝”(《毛传》)，故朝廷无报时之人。狂夫本是朝廷掌管漏刻之人，但他不司其职，导致的最终结果是“不能辰夜，不夙则莫”，他不能掌管夜间时辰，故早朝的时间不是早就是晚。

看完第三章就可以知道，前两章公卿大夫之所以“颠倒衣裳”，是因为漏刻失节，天色未明，便有号令从朝廷发出，所以猝不及防，而颠倒衣裳。故《东方未明》是一首刺诗，刺朝廷“号令不时”(《毛诗》小序)，朝廷掌管时令的官员不能司其职责。

据《周礼》和《毛传》，古代朝廷设“挈壶氏”以司夜。《郑笺》：“挈壶氏，掌漏刻者。”齐国的狂夫无司夜之职业技能与操守，却让他司夜，故此诗最终讽刺的是齐侯。《齐诗》认为：“诗人不欲显君之过，故诿诸具官之不能，冀君之闻而能改耳。”（王先谦《诗三家义集疏》引《齐诗》）这是把《东方未明》当成了讽谏诗。人君有过而责之于官员，显现了“温柔敦厚”的诗风。

人臣因人君的号令而“颠倒衣裳”，实际上在先秦并不少见。人君若有紧急事件，偶或召令臣子。《荀子·大略》：“诸侯召其臣，臣不俟驾，颠倒衣裳而走，礼也。”赵岐《孟子章句》：“君以其官名召之，岂得不颠倒？诗云：‘颠之倒之，自公召之。’”若遇紧急事件，臣子颠倒衣裳尚情有可原，关键在于人君的号令是否合理、节制。从本诗看，臣子颠倒衣裳不为紧急事件，只是因为漏刻失时，故“颠倒衣裳”最终的责任者是人君，诚如《毛诗》小序所说，此诗刺“朝廷兴居无节，号令不时”。

3.《齐风·鸡鸣》

该诗讲述女子催促丈夫早朝之事，颇有喜剧色彩。

鸡既鸣矣，朝既盈矣。匪鸡则鸣，苍蝇之声。

东方明矣，朝既昌矣。匪东方则明，月出之光。

虫飞薨薨，甘与子同梦。会且归矣。无庶予子憎。

东方未明，没有人知道准确时间，而日常生活中，一般以“鸡鸣”为时节。《鸡鸣》讲述一个妇人在鸡鸣时催促丈夫起床。公鸡有自然生物钟，它在太阳升起之前啼叫，准时而无误。第一章“鸡既鸣矣，朝既盈矣。匪鸡则鸣，苍蝇之声”，这是夫妇二人之间诙谐的对话。夫人说：“鸡打鸣了，朝廷满是官员了。”丈夫说：“那不是公鸡打鸣，那是苍蝇嗡嗡嗡。”无心起床，随意应付之意跃然纸上。

第二章“东方明矣，朝既昌矣。匪东方则明，月出之光”，仍然是男女之间的对话。时间推移，东方已明，朝廷官员已到达人数最多的时候。如果说“鸡既鸣矣，朝既盈矣”并非实情，实属夸张，那么第二章“东方明矣，朝既昌矣”，从逻辑上讲，已是实情：东方已亮，朝廷上真的满员了。但男人仍然在推诿：“不是东方已亮，那是月亮的光芒。”这样的回答看起来滑稽可笑，但是仔细想想这个男人的身份，则不是滑稽，而是一件大事了。如果朝廷官员悉数到齐，而诸侯迟迟未起，这不是一件严肃的事吗？如果这个男人是上朝的公卿大夫中的一员，别人都上朝，而他始终未起床，这不也是一件懈怠的事吗？这么严重的事情，从欲睡不醒的男子嘴里说出来，就消解了该事件的严肃性，而带有了喜剧色彩。女子说“朝既盈矣”“朝既昌矣”，均指尚未发生的事实，摆出事情的严重性，其用意在于催促男子起床，也显示出喜剧色彩。

第三章“虫飞薨薨，甘与子同梦。会且归矣。无庶予子憎”，这是夫人一个人的话。她说，如果是苍蝇叫而不是鸡叫，东方未明，那么我也是可以和你一同入梦的。但是如今朝廷官员朝会已毕，且治完政事，就要回家了，你怎么还在家里酣睡？“会且归矣”，句尾“矣”字表明这是一件即将发生而未发生的事情，表明这位夫人仍在催促。

这位夫人最后一句话意味深长：“无庶予子憎”，希望不要因为我而让你受到众人憎恨。言下之意，春秋时代，男人不参加早朝，则大多归咎于妇人。直到唐代，民间仍然有这样的观念。白居易《长恨歌》曾经说：“春宵苦短日高起，从此君王不早朝。”诗句将玄宗对杨贵妃的宠爱和贻误政事联系在一起。春秋时代的人甚至认为一个女人能直接导致国家的灭亡，《小雅·正月》：“赫赫宗周，褒姒灭之”，说的就是“红颜祸水论”。男人不去早朝，这位妇人不是考虑自己被人误解，而是劝男人不要因为耽误早朝而让别的公卿大夫憎恨。夫人的贤良忠厚在劝说男人的过程中得以体现。这位男子有日夜劝诫的夫人在身边，何其幸运。

钱锺书《管锥编》称《鸡鸣》“作男女对答之词”而“饶情致”，认为此诗可与莎士比亚戏剧堪比美：“莎士比亚剧中写情人欢会，女曰：‘天尚未明；此夜莺啼，非云雀鸣也。’男曰：‘云雀报曙，东方云开透日矣。’女曰：‘此非晨光，乃流星耳。’可以比勘。”

第十章

宴飨

宴飨是对周人饮食之礼的统称。如果说朝觐显现了君臣之间的身份，尊卑不可废，而宴飨则是为了融洽君臣、兄弟之间的关系，以和乐、亲近为主。春秋时代，天子接见诸侯，诸侯、卿大夫之间相互往来，皆有宴飨。祭祀祖先之后，同族兄弟在一起宴饮亦是常事。而乡饮酒礼，邻里卿大夫、士皆参与，《礼记·射义》："乡饮酒之礼，所以明长幼之序也。"饮食是融合各阶层的润滑剂。

周人的饮食之礼有三种：飨礼、食礼、燕礼。飨礼以食牲为主，食礼以黍稷为主，燕礼以酒醴为主。飨礼陈设酒食而不取用，食礼只设食不设酒，燕礼则设酒醴，有时也设食。燕礼的适用范围更为广泛，燕礼的核心意义在于宴饮。招待宾客，飨礼之后接燕礼；祭祀之后亦有宗族之间的燕礼；射礼之后也往往有燕礼。《仪礼·燕礼》贾公彦疏引《三礼目录》曰，燕有四等："诸侯无事而燕，一也。卿大夫有王事之劳，二也。卿大夫又有聘而来还，与之燕，三也。四方聘客，与之燕，四也。"燕礼行一献之礼。所谓一献，包括献、酢、酬三个阶段。献，指主人向宾客献酒；酢，指宾客向主人敬酒；酬，指主人先自酌，然后再劝宾客饮酒。一献、一酢、一酬，方为一献之礼。无论宾客身份尊卑，皆行一献之礼。《小雅·瓠叶》便相对完整地讲出了燕礼献、酢、酬的过程。

关于燕礼所用的饮酒器，以小为尊。《周礼·考工记·梓人》引《韩诗》说："一升曰爵，二升曰觚，三升曰觯，四升曰角，五升曰散。"(见图 10-1)尊者用爵，一般的宾客用觯，而罚酒则用散。饮酒器的装饰标示着使用者身份。《五经异义·罍制》引《韩诗》说："金罍，大夫器也。天子以玉，诸侯、大夫皆以金，士以梓。"燕礼所用的罍是大型盛酒器，天子所用罍以玉作装饰，诸侯、大夫所用罍用金作装饰，故称为"金罍"，而士所用罍只用梓作装饰。

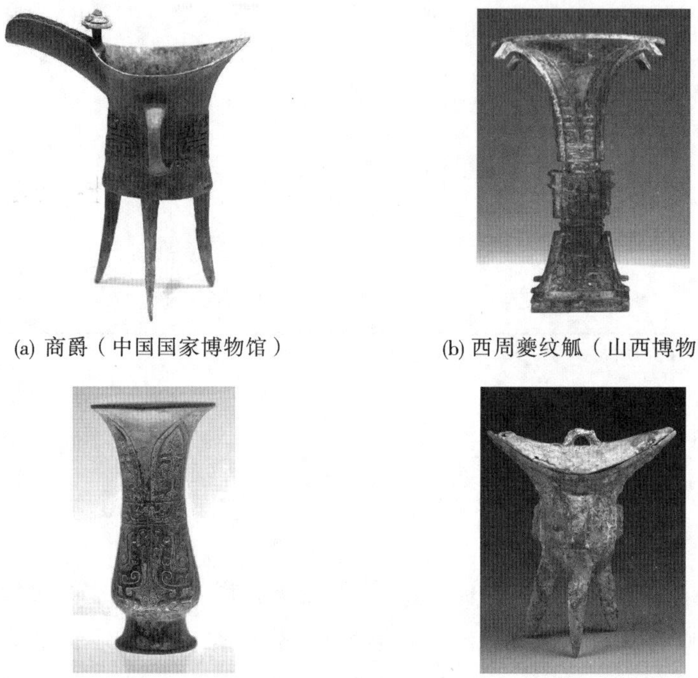

(a) 商爵（中国国家博物馆）　(b) 西周夔纹觚（山西博物院）

(c) 西周父庚觯（上海博物馆）　(d) 商亚厷史父丁角（宝鸡青铜器博物院）

图 10－1　饮酒器

周人飨礼的文献记载已亡，《左传》所记载的春秋时期的飨礼已不再是飨礼的原样，《左传》所记载的燕礼的频次不及飨礼，至于飨礼、燕礼的礼仪，皆不得其详。但是通过《诗经》，却可以看到传承自西周的飨燕之礼的本来面貌。虽然诗篇不能再现飨燕之礼的全部礼仪，但是和"三礼"《左传》《国语》等文献对勘，能发现诗篇中隐藏的礼仪和礼义。

一、飨礼助以侑币

《小雅·彤弓》是记录飨礼的诗歌。

天子飨诸侯之礼与燕礼最大的不同是，飨礼设酒食而不用，以示节俭；天子赠送诸侯酬币，以示厚意。

彤弓弨兮，受言藏之。我有嘉宾，中心贶之。钟鼓既设，一朝飨之。

彤弓弨兮，受言载之。我有嘉宾，中心喜之。钟鼓既设，一朝右之。

彤弓弨兮，受言櫜之。我有嘉宾，中心好之。钟鼓既设，一朝酬之。

天子飨诸侯，称为“大飨”，是招待宾客的礼仪中最为隆重者，在宗庙举行。之所以认为《彤弓》所言是大飨之礼，首先从赏赐物看。诸侯对夷狄作战获胜，献功于王，王则赏赐彤弓。其次，从用乐上看，钟鼓并用。胡承珙《毛诗后笺》云：“天子飨礼虽亡，然大飨用钟鼓，见于《周官》大司乐、乐师、大师、小师、眡瞭、钟师、镈师、典庸器者，皆有其文。”

诗句简略，没有交代大飨礼的物质丰盛以及礼仪的全过程。飨兼有燕、食，既有酒又有食物。大飨礼，所用牲肉不加切割，放在大的容器里(其牲则体荐，体荐则房)，不方便取食，亦不用以取食。胡承珙《毛诗后笺》：飨礼，“立成不坐，设几不倚，爵盈不饮，献如其命数而止，不必于时之久，故一朝可以成礼。然亦见王者勤于待宾，赏不逾时如此。”“一朝飨之”，即意味着在吃早饭前就可以行礼完毕。这不像燕礼，可以持续至深夜。

“钟鼓既设”，指大型青铜乐器如鼓、钟等陈设于门外庭中。“一朝右之”，右，通侑，劝的意思。指飨礼时，赐宾客大量财物以劝饱，此财物称币，或侑币。这种侑币在燕礼和食礼中均有规定。《仪礼·公食大夫礼》：宾三饭之后，“公受宰夫束帛以侑”，注：“主国君以为食宾殷勤之意未至，复发币以劝之，欲用深安宾也。”国君若不能亲自宴飨宾客，《仪礼·聘礼》“使大夫各以其爵朝服致之以侑币”，郑玄注：“必致之，不废其礼也。”故赏赐财物，出于主人的厚意，为使宾客心安，必发币于宾客。据《左传》记载，天子飨诸侯，侑币大概是玉和马之类的东西。《左传·庄公十八年》记载：“虢公、晋侯朝王。王飨醴，命之宥，皆赐玉五瑴，马三匹。”所谓“命之宥”，即侑币。

“钟鼓既设，一朝酬之”，指宾主喝酒皆伴随音乐演奏。主宾献酢之后，主人再次酌酒予宾曰酬。酬，让宾客再次饮酒，也可以发酬币赐给他。酬币一般是赐酒。飨礼有侑币、酬币，还有赏赐，诸侯有车马和口袋，装载这些赏赐都不成问题。

诗中没有交代侑币、酬币，唯独对彤弓钟爱有加，而彤弓不在侑币、酬币之列。“受言藏之”“受言载之”“受言櫜之”，分别指我要把彤弓带回家藏起来，我要把彤弓载在车上带回家，我要用装兵器的口袋把彤弓装起来，反复强调把赏赐物带走。之所以三章叠唱，是因为诸侯朝觐天子一次，需要三次出入朝廷。

天子飨诸侯，有九献之礼。《春秋左传正义》引《仪礼》：“主人酌以献宾，宾酢主人，主人又酌以酹宾，乃成一献之礼。九献者，九为献酬而礼始毕也。”因为飨礼礼成而罢，故一朝成之。但若同时有很多个诸侯一起来朝觐天子，则周天子为诸侯一一举行飨礼，这样，所用时间就大大加长，有些诸侯甚至要在晚上搭帷幕过夜。《左传·昭公二十七年》记载："及飨日，帷诸门左。"诸侯在宗庙门外左边搭了一个帷幕等待受飨。

《彤弓》中的飨礼，其与众不同之处在于，天子赐诸侯彤弓，意味着诸侯可以主征伐。弨，弓弦松弛貌。凡诸侯，有攻敌之功，则赏赐弓矢，有弓矢，则可以主征伐。《公羊传·定公四年》何休注："天子雕弓，诸侯彤弓。"《左传·僖公二十八年》，城濮之战后，晋文公受到周天子的策命，并受彤弓、彤矢等赏锡。按礼，赐彤弓一，则赐彤矢百。晋文公打败了楚国，有功于周王室，于是周天子策命晋文公为侯伯，主征伐，以辅佐王室。

二、燕礼以明君臣之道

《鲁颂·有駜》讲鲁人祭祀祖先之后的宴饮，尽兴而归。

有駜有駜，駜彼乘黄。夙夜在公，在公明明。振振鹭，鹭于下。鼓咽咽，醉言舞。于胥乐兮！

有駜有駜，駜彼乘牡。夙夜在公，在公饮酒。振振鹭，鹭于飞。鼓咽咽，醉言归。于胥乐兮！

有駜有駜，駜彼乘駽。夙夜在公，在公载燕。自今以始，岁其有。君子有穀，诒孙子。于胥乐兮！

【训诂】

駜：马肥强貌。

振振：群飞貌。

鼓咽咽：鼓声应节。

駽：指黑毛与青毛相杂的马。

穀：善。

此诗以"駜马""乘黄"起兴。駜马，是肥强之马；乘黄，为四匹同是黄色的马。《毛传》认为"肥马"用以喻臣，"马肥强则能升高进远，臣强力则能安国"，《毛传》序："《有駜》，颂僖公君臣之有道也。"《郑笺》则通过注解详细描述了君臣相处之道。从礼乐传统的角度看，《有駜》通过宴饮阐释君臣之道。

所谓君臣之道，其首要在于俸禄。《郑笺》以"肥马"为起点，谓臣之俸禄必足，"僖公之用臣，必先致其禄食，禄食足而臣莫不尽其忠"。故"禄食足"是臣尽忠的前提。君欲得臣子之忠，必先足禄食。君提供的是禄食，臣奉献的是忠。

燕礼最能体现君臣相处之道。燕礼应该是什么样子？席上音乐伴奏，君臣宴饮，不醉不归。诗两次言及“醉”，“醉言舞”“醉言归”，据《郑笺》，饮酒至醉，才能“极尽君臣之欢”。鼓乐在燕礼中也有极其重要的作用。《郑笺》：“洁白之士，群集于君之朝，君以礼乐与之饮酒，以鼓节之，咽咽然。至于无算爵，则又舞燕乐以尽其欢，君臣于是则皆喜乐也。”君臣刚开始饮酒，尚有鼓作节；其后则无算爵，伴燕乐，这种音乐使人不加限制地饮酒，臣子尽饮至醉，君臣尽欢。

燕礼中的君臣之道，君拿出的是酒，让臣饮酒至醉，臣子奉还的礼物是什么？这在其前有交代：“夙夜在公，在公饮酒”，“夙夜在公”正是“在公饮酒”的原因。臣“夙夜在公”，是因为心忧公事。《郑笺》：“臣忧念君事，早起夜寐，在于公之所。”臣为公奉献，故君饮之。君臣之道的奥秘是，君臣各用其极。为公工作，无论早晚；饮酒，则无算爵，不醉不归。

有此君臣之道，则有丰年，则能馈遗子孙。“自今以始，岁其有。君子有穀，诒孙子。于胥乐兮！”诗人得此宴饮之乐，于是乐观地展望将来，每年都是丰年，君子善行世代相传。《郑笺》：“君臣安乐，则阴阳和而有丰年，其善道则可以遗子孙也。”故宴饮中传达的君臣之义，可以传承下去。

《郑笺》借《有駜》系统阐释了燕礼中的君臣之道，这样的阐释实际上偏离了诗的本义。此诗实际是记录了鲁侯祭祀之后的燕饮。君臣乘车而往，祭祀仪节繁重，在宗庙从清晨一直忙到深夜，故“夙夜在公”。《召南·采蘩》中，主祭的夫人也从早忙到晚，诗亦称“夙夜在公”。

礼，祭祀之后，继之以燕饮。燕礼不在诸侯宗庙，而在诸侯燕寝，朱熹《诗集传》谓：“祭于庙而燕于寝”。燕寝，同样在公室，而非私家，故诗云“饮酒在公”。因燕礼不在宗庙，其用乐与宗庙祭祀之乐当有所区别，故能饮酒至醉。

《大雅·既醉》讲述天子祭祀之后燕诸侯，与《鲁颂·有駜》有相似之处。

《既醉》：“既醉以酒，既饱以德。君子万年，介尔景福。”醉酒和饱德联系在一起。《郑笺》云：“成王祭宗庙，旅酬，下遍群臣，至于无算爵，故云醉焉。”让每个宾客醉酒，是其直接表象，表象的背后是主人的厚意、宾客的谢意。有此厚意，便是主人之德；宾客领受之后的醉酒，便是饱德了。

燕礼，对于主人来讲，需要厚待宾客。所谓厚待，《毛传》称要“尽其礼，成其事”。《郑笺》：“礼，谓旅酬之属；事，谓惠施先后及归俎之类。”燕礼上要喝酒至醉，而在燕礼之后，需要馈送燕礼上的俎肉到诸侯的馆舍。君对臣的厚意，也体现在这里。

三、燕礼以明亲亲之道

《大雅·行苇》叙述周天子以燕礼待宗族兄弟之事，其礼仪过程十分经典。从诗中使用的“敦弓”看，这是一把雕饰精美的弓，为周天子所有，故此诗记录的是周天子燕礼。《周礼·大宗伯》：“以饮食之礼，亲宗族兄弟。”郑注：“亲者，使之相亲。人君有食宗族饮酒之礼，所以亲之也。”饮食就是亲亲之道。

宗族内部的燕礼，手足之间互相称为“兄弟”。兄弟之年长者，为之设重席、倚几。宴饮之时，众从人陈设食物，饮酒酬酌，配以琴瑟歌号。饮酒之后有射礼，射礼之时，按照射箭的成绩排列座次。最后用酒醴敬奉老人，以养黄耇。

敦彼行苇，牛羊勿践履。方苞方体，维叶泥泥。戚戚兄弟，莫远具尔。或肆之筵，或授之几。

肆筵设席，授几有缉御。或献或酢，洗爵奠斝。醓醢以荐，或燔或炙。嘉殽脾臄，或歌或咢。

敦弓既坚，四鍭既钧。舍矢既均，序宾以贤。敦弓既句，既挟四鍭。四鍭如树，序宾以不侮。

曾孙维主，酒醴维醹。酌以大斗，以祈黄耇。黄耇台背，以引以翼。“寿考维祺，以介景福。”

“敦彼行苇，牛羊勿践履。方苞方体，维叶泥泥”。敦，指聚生。苞，指草木盛。体，指成形。泥泥，叶初生的样子。路上长着初生的茂密的芦苇，牛羊不曾践踏它。以此起兴，喻周王室兄弟之间关系亲密，不互相倾轧。

“戚戚兄弟，莫远具尔。或肆之筵，或授之几。肆筵设席，授几有缉御”。这是宾客初来时的情景。来的都是兄弟，无论远近，无亲无疏，主人不分厚薄，揖而入之。年轻的给他席子，年老的给他“设席”，即两重席子，除此之外，还给他提供可倚靠的几(见图 10-2)。整个宴飨，一直配备有仆人为他服务。

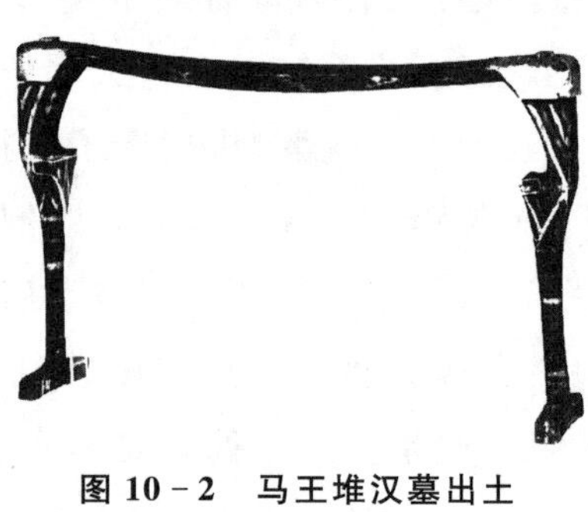

图 10-2　马王堆汉墓出土西汉漆绘几(湖南博物馆)

“或献或酢，洗爵奠斝。醓醢以荐，或燔或炙。嘉殽脾臄，或歌或咢”。兄弟之间的饮酒开始了。主人敬酒给宾客，曰献；宾客回敬主人酒，曰酢。献酢之后，主人自饮一杯，再酌酒饮宾曰酬，客人受而奠之。主人进酒前，取几上的酒杯洗一下，称洗爵。奠斝，指客人饮酒之后将酒杯放置在几上。主人特别拿出斝这种酒器(见图10－3)。斝，饮酒器，酒器上画禾稼，盛行于商，器形较周代通行的爵要大。《礼记·明堂位》："爵，夏后氏以琖，殷以斝，周以爵。"饮酒的时候设殷代酒器，以此表示对兄弟的尊敬。这时候，庭中的豆盛载了肉汁、肉酱，肉食经过烤炙，也准备好了，琴瑟歌舞亦已就绪。宴飨的欢乐，就是饮酒奏乐，和乐融融。

图10－3　商斝(上海博物馆)

"敦弓既坚，四鍭既钧。舍矢既均，序宾以贤"。敦弓，画弓，即装饰精美图案的弓，此为周天子所用。鍭，一种箭，金属箭头，鸟羽箭尾。射礼，每人四支箭。弓坚箭利，发发皆中。舍矢，发箭。均，指射中。"舍矢既均"，宾客每发一箭，都射中靶心。贤，以射中多者为贤。"序宾以贤"，以宾客射中多少为次序。《毛传》："周之先王将养老，先与群臣行射礼，以择其可与者以为宾。"周之先王在奉养老人之时，常选一些善射之人作宾，故先射而后燕。此诗为宴飨兄弟，则先燕后射，以示娱乐。

"敦弓既句，既挟四鍭。四鍭如树，序宾以不侮"。句，张弓，又作彀。"既挟四鍭""四鍭如树"，即一人四箭都已释出，且已射中，如竖在靶上一样。诗歌没有叙述射礼的具体过程，但取射礼中最完美、最激动人心的场面加以表现，四支竖在靶心的箭，虽是静止状态，但是暗藏了一场竞技已经发生。射箭已经有了结果，就要给宾客排列座次了。上章提到"序宾以贤"，以射中多少排先后，此章又提到"序宾以不侮"，对那些输掉比赛的人，也表示出敬意，不可怠慢。《郑笺》："其人敬于礼，则射多中"，言说射艺精乃敬于礼之故，把射箭的竞技性质弱化，强化了射礼的礼乐功能。

"曾孙维主，酒醴维醹。酌以大斗，以祈黄耇。黄耇台背，以引以翼。'寿考维祺，以介景福'"。一般的射礼之后，输掉的人要罚酒，但这首诗不同，射礼之后回归到养老之上。燕礼主人用酒醴敬老者，祈祝黄耇台背健康长寿。黄，是因为年老之后，人的须发变黄。台背，亦鲐背，指年老之后，人的后背皮肤变黑，犹如鲐鱼的鳍背一样。周天子用礼引导、扶翼老者，祈祝其大福大寿。

燕礼上，周天子亲待宗族兄弟，不分远近，亦即不以血缘亲近为次，而以年老者为尊长，体现出尊老的风尚。于尊卑秩序而言，长幼秩序是一种更为久远的秩序，是原始社会伦理的遗留。

《小雅·湛露》记录在宗庙举行的燕礼，参与者皆同族兄弟。据“厌厌夜饮”看，燕礼发生在夜里，则只有同族兄弟参加。

湛湛露斯，匪阳不晞。厌厌夜饮，不醉无归。
湛湛露斯，在彼丰草。厌厌夜饮，在宗载考。
湛湛露斯，在彼杞棘。显允君子，莫不令德。
其桐其椅，其实离离。岂弟君子，莫不令仪。

“厌厌夜饮，不醉无归”，深夜欢快地宴饮吧，不醉无归，这是主人说的话，深情厚谊显现其中，也完全依据礼仪的规定而来。“厌厌夜饮，在宗载考”，深夜宴饮，就在自家宗族的宗庙里，又拉近了彼此之间的距离。“显允君子，莫不令德”，参加宴饮的众人无一不是君子，无不具有美好的品德，这是对参加燕礼的宗族兄弟的肯定，兄弟之间互相认同，感情更深了。

《毛传》：“夜饮，燕私也。”意即参加夜饮的人是同族，一定是排斥外人的。《郑笺》却认为《湛露》是天子和睦诸侯的诗歌：“诸侯朝觐会同，天子与之燕，所以示慈惠。”这显然是对原诗及《毛传》的误解。《齐诗》《鲁诗》《韩诗》亦误认为此诗是“天子燕诸侯”之诗。郑玄并非不知道《湛露》是宗族宴饮的诗，他是有意将宗族宴饮理解成天子诸侯之间的宴饮。因为到汉代，天子宴诸侯之礼亡，《郑笺》：“此假宗子与族人燕为说尔。族人，犹群臣也，其醉不出。不醉而出，犹诸侯之仪也。饮酒至夜，犹云‘不醉无归’，此天子于诸侯之仪。”所以《郑笺》明知道此诗为宗子燕族人，但是他有意笺释为天子燕诸侯之礼，以补天子燕礼之阙。郑玄对于《小雅·伐木》等诗歌，也是如此处理。这种处理方法尚有不妥之处。诸侯有与周天子同族的，也有不与周天子同族的，周天子之燕诸侯，就不能比附宗子燕兄弟之礼。

夜饮只是对同姓，异姓一般不参与，异姓如果谦让，就不能强求。《左传》记载齐桓公与陈敬仲饮酒，很高兴，他想继之以夜，命人以火继之，陈敬仲拒绝了：“臣卜其昼，未卜其夜。”齐桓公只好作罢。陈敬仲与齐桓公因为不同宗，一旦辞让，夜饮就必须停止，这是当时的礼仪，齐桓公亦不能轻易改动。

同姓夜饮，为表深情厚谊，必定要不醉不归，这是因为“宗子将有事，则族人皆侍。不醉而出，是不亲也；醉而不出，是渫宗也”（《郑笺》）。故从主人的角度，众人一定要畅饮至醉，酒不限量地提供；对于宾客来说，不醉就是不亲密，但是真的醉了，以致不能走出宗庙，那就是对祖先的亵渎。所以，对于众人来说，饮酒如醉，就是最适合的礼仪了。

不醉不归，是原始社会以来长久的传统，不能轻易断绝，但是周人鉴于对商代饮酒亡国的认识，自觉地告诫自己不能饮酒至醉，所以不醉不归就成为一种仪式，通过饮酒如醉这样的行为方式表达对主人的礼敬。《郑笺》说得好："诸侯受燕爵，其仪有似醉之貌，诸侯旅酬之则犹然；唯天子赐爵则貌变，肃敬承命。"诸侯饮酒如醉是仪式上的醉，其实是不醉，当天子赐爵时，清醒自然，其礼仪应对完全合乎周代的礼仪，恭敬从命。《郑笺》虽然针对诸侯而论，宗族之间的宴饮也当如此。

四、燕礼以明朋友之道

《小雅・伐木》的主题是周天子以酒食宴乐朋友故旧，推崇朋友之道。诗云"陈馈八簋"，意即陈列八簋，这是天子的礼仪，与八簋相配的是九鼎，鼎盛肉食，簋陈黍稷。按照礼制，只有天子才能用九鼎八簋。诸侯若用九鼎八簋，则是僭越。

伐木丁丁，鸟鸣嘤嘤。出自幽谷，迁于乔木。嘤其鸣矣，求其友声。相彼鸟矣，犹求友声。矧伊人矣，不求友生？神之听之，终和且平。

伐木许许，釃酒有藇。既有肥羜，以速诸父。宁适不来，微我弗顾。於粲洒扫，陈馈八簋。既有肥牡，以速诸舅。宁适不来，微我有咎。

伐木于阪，釃酒有衍。笾豆有践，兄弟无远。民之失德，乾餱以愆。有酒湑我，无酒酤我。坎坎鼓我，蹲蹲舞我。迨我暇矣，饮此湑矣。

《郑笺》《孔疏》比附文王年少时与朋友伐木之事，以讽当今朋友之道阙。所谓朋友，不离诗中所云"诸父""兄弟""诸舅"。《毛传》："国君友其贤臣，大夫士友其宗族之仁者。"故宴飨朋友，就是将宴飨的范围从亲亲(诸父、兄弟)扩展到贤贤(诸舅)。宴乐朋友，就是通过饮食增加彼此之间的亲近感，拉近距离。

对待朋友的方式，说得简单直截，就是一块饮食，"伐木许许，釃酒有藇"，"既有肥羜，以速诸父"。釃酒，即用筐漉酒，去粗取细，使酒更醇厚。有藇，美好的意思。肥羜，指未成年的羊。礼，天子谓同姓诸侯、诸侯谓同姓大夫，都为父，异姓则称舅，故有诸父、诸舅之称。每当有美酒和肥美的食物，一定要叫诸父、诸舅一块享用。他们到来之前，"於粲洒扫，陈馈八簋"，庭院打扫干净，陈列为卿准备的八簋。公食大夫，礼，上大夫八簋。周天子对待诸父、诸舅用上大夫之礼，不可谓不用心。

一块饮酒，一定配以乐舞，饮酒至醉。有践，摆列整齐。有衍，盈溢之意。

笾豆都在庭院摆放得整整齐齐，酒醇厚且满溢。天子若有酒，便拿出来喝，如果没有酒，就去买酒，趁着闲暇，与朋友一块饮酒，“欲其无不醉”(《郑笺》)。坎坎、蹲蹲，用以形容击鼓、兴舞，渲染出喜庆的气氛。为使宾客高兴，主人的庭院兴起了歌舞，娱乐大家。

在周天子的感召之下，朋友来到周天子的燕礼之上。“有酒湑我，无酒酤我。坎坎鼓我，蹲蹲舞我。迨我暇矣，饮此湑矣”。周天子有酒款待，又有乐舞助兴，我有闲暇，来此饮酒。六句话出现五个“我”字，燕礼以宾客“我”为中心，展现周天子对自己殷勤之至。

《伐木》表达了宴乐朋友之快乐，但有了一丝不和谐的声音：“宁适不来，微我弗顾”，“宁适不来，微我有咎”。宁，胡，何。为什么我召你来，你却不来？这不是我不眷顾你，不是我的过错。“民之失德，乾餱以愆”，现实中的人失去了道德水准，因为一口干粮而怀恨、诽谤不休。人心隔阂如此，饮食已难聚集人群，所谓朋友之道已经阙失。

现实中人如此凄凉，《伐木》首章便用正面的方式劝说，人活在世一定要有朋友。“伐木丁丁，鸟鸣嘤嘤。出自幽谷，迁于乔木。嘤其鸣矣，求其友声。相彼鸟矣，犹求友声。矧伊人矣，不求友生？神之听之，终和且平”。寻找朋友，是人类群居的需要，是大自然赋予人类的本能；寻求嘤嘤相和的朋友，则是人类高尚的道德追求。如果这样，这个世界“终和且平”，便会变得美好。

以饮食交结朋友、故旧，体现了《诗经》时代人与人交往的方式，宴饮是一种礼仪，也是一种文化。《汉书·宣帝纪》诏曰：“酒食之会，所以行礼乐也。……禁民嫁娶不得具酒食相贺召。由是废乡党之礼，令民亡所乐，非所以导民也。《诗》不云乎？‘民之失德，乾餱以愆。’”颜师古注：“言人无恩德，不相饮食，则阙乾餱之事，为过恶也。”《汉书·薛宣朱博传》载薛宣上疏曰：“是故乡党阙于嘉宾之欢，九族忘其亲亲之恩，饮食周急之厚弥衰，送往劳来之礼不行。夫人道不通，则阴阳否鬲，和气不兴，未必不由此也。诗云‘民之失德，乾餱以愆。’”汉人不主张乡邻之间不馈饮食，而认为饮食是维系乡民礼乐文化的纽带，有助于民风古朴。

和天子的燕礼不同，普通人招待朋友虽没有酒器之美，但同样有献酬之殷。《小雅·瓠叶》体现了这一点。

幡幡瓠叶，采之亨之。君子有酒，酌言尝之。
有兔斯首，炮之燔之。君子有酒，酌言献之。
有兔斯首，燔之炙之。君子有酒，酌言酢之。

有兔斯首，燔之炮之。君子有酒，酌言酬之。

宴饮由君子主持，招待宾客的是酒，佐菜是瓠叶、兔肉。这样的食物在君臣之礼中未见。《毛传》："幡幡，瓠叶貌，庶人之菜也。"《郑笺》在《毛传》基础上更进一步："君子谓庶人之有贤行者也。"《毛诗》小序："古之人不以微薄废礼焉。"礼不下庶人，庶人依士礼而定宾主。故这首诗不是君臣飨礼，而是庶人以饮食招待朋友。《郑笺》：庶人"农功毕，乃为酒浆，以合朋友，习礼讲道艺也。酒既成，先与父兄室人亨瓠叶而饮之，所以急和亲亲也。"首章"酌言尝之"，自己先吃些简单的，宾客来了，再拿出兔肉。

诗交代了食物的烹制方法。燔，烧烤。炮，动物连毛在火上烤。炙，炕火烹曰炙。三种方法，说明当时饮食的丰盛，其核心意义在于百般用心，细心周到："毛炮之，柔者炙之，干者燔之。"(《郑笺》)

宴饮的三个环节，首先是献。主人酌酒，给宾客喝。其次是酢。酢，报也。其义是报答主人，宾客喝了酒，洗干净酒杯之后，酌酒回敬主人。酬，主人尽酢爵，又进酒于宾客。宾主酢酬，礼仪殷殷。一献、一酢、一酬，为一献之礼。《郑笺》："饮酒之礼，主人献宾，宾酢主人；主人又饮而酌宾，谓之酬。酬，犹厚也，劝也。"宾主之间虽是一献之礼，但仪式烦琐。《史记·乐书》："一献之礼，宾主百拜，终日饮酒而不得醉焉，此先王之所以备酒祸也。"在饮酒的环节上着重宾主之间的互敬互爱，而减少了酒的摄入量。有鉴于商代灭亡的教训，周人在酒的饮用上非常注重其礼仪意义，且设酒禁，不欲无节制地饮酒。

《瓠叶》一献之礼的意义非常显豁。整首诗，三章复沓，指明一献之礼的三个环节。"君子有酒，酌言献之"，"君子有酒，酌言酢之"，"君子有酒，酌言酬之"。春秋时期的君臣飨礼，依据宾客的身份高低，其礼有一献至九献之区别。诸侯、天子之三公皆有九献之礼，但是燕礼上皆行一献之礼。此诗所述普通百姓之间亦只是一献之礼。

鲁昭公元年，赵孟、穆叔途经郑国，郑君兼享之。飨礼上，晋国赵孟赋《瓠叶》，鲁国穆叔、郑国子皮由赋诗知赵孟的心思，想在飨礼上只用一献之礼。穆叔劝子皮满足赵孟的意愿，给赵孟用一献之礼，而子皮却不敢违礼，为赵孟准备了符合他身份的五献之礼，"具五献之笾豆于幕下"(《左传·昭公元年》)，但赵孟拒绝了，并私下里通过子产传达了自己的意思。最后赵孟用一献之礼。赵孟之所以坚持用一献之礼，是因为赵孟认为自己不是专程朝聘郑国，故无需用朝聘之礼。但明明是飨礼，却用燕之一献之礼，这标示着周代礼乐制度渐渐弛废。

第十一章

射　礼

一、射礼的形式

春秋时期的射礼，分为大射、宾射、燕射、乡射四种。大射礼是天子择取人才的重要手段。《礼记·射义》：天子将祭，必先习射而择士，“射中者得与于祭，不中者不得与于祭。不得与于祭者，有让，削以地；得与于祭者，有庆，益以地。进爵绌地是也。”这就是大射。而宾射、燕射、乡射均有娱乐的意义。天子宴飨宾客，均有射礼，称之为宾射、燕射。乡射则指春秋两季的士大夫射礼，一般在当地学校进行。

射礼演奏音乐。天子射箭时，乐工演奏《召南·驺虞》以为节；诸侯射箭，以《狸首》为节；大夫射箭，以《召南·采蘋》为节；当士射时，乐工演奏《召南·采蘩》以为节。乐曲的节拍，演奏得均匀如一。

射礼分三个环节，即所谓“三番射”：初射，取仪容。再射，不贯不释，以射中为佳。三射，不鼓不释，以乐节射。只有应着鼓的节拍而射中靶心者，才抽出算筹计数；否则，即使射中也无效。射礼不仅考察射艺，同时也观仪容。射礼之后的燕饮，输者要喝酒。

射艺是士人的必要技能，《周礼·地官·司徒》记保氏之职，“养国子以道，乃教之六艺：一曰五礼，二曰六乐，三曰五射，四曰五驭，五曰六书，六曰九数。”徐干《中论·艺纪》曰：“射以平志，御以和心，书以缀事，数以理烦。”

二、射礼的礼仪

射礼配上礼仪和音乐后，只有贤能之人才能发发射中。《论语·八佾》：“君子无所争，必也射乎！揖让而升，下而饮，其争也君子。”据《大雅·行苇》之《毛传》记载，孔子在射礼中，观者如堵墙。“射至于司马，使子路执弓矢出延射曰：‘奔军之将，亡国之大夫，与为人后者，不入，其余皆入。’盖去者半，入者半。又使公罔之裘、序点杨(扬)觯而语曰：‘幼壮孝弟，耆耋好礼，不从流俗，修身以俟死者，不在此位。’盖去者半，处者半。序点又杨(扬)觯而语曰：‘好学不倦，好礼不变，耄勤称道不乱者，不在此位也。’盖仅有存焉。”射礼上有司射之人，司射强调射手的品德，品德不佳不在射礼之宾位。

1.《齐风·猗嗟》

猗嗟昌兮！颀而长兮，抑若扬兮，美目扬兮，巧趋跄兮。射则臧兮！

猗嗟名兮！美目清兮，仪既成兮。终日射侯，不出正兮。展我甥兮！

猗嗟娈兮！清扬婉兮，舞则选兮，射则贯兮。四矢反兮。以御乱兮！

【训诂】

抑若扬兮：抑，通“懿”。扬，《韩诗》作阳，眉上曰阳。

名：通“明”，昌盛。

侯：箭靶，布质。周天子用虎侯、熊侯、豹侯，而诸侯用熊侯、豹侯。所谓虎侯、熊侯、豹侯，指箭靶中心分别以虎皮、熊皮、豹皮修饰。

正：靶心称为正。

《猗嗟》中的射手，不仅有出众的外貌，又有高超的射艺。射手的外貌，主要通过身形以及眼睛的描摹表现出来。生就颀长的身材，宽展的额角，还有那一双清扬的眼睛，令人惊叹。诗中提及他眉上的美好，又提及他眼上的美好(抑或扬兮，猗嗟名兮)，又用了很多形容词形容眼睛。“美目扬兮”之“扬”，指射手扬目而视；“美目清兮”之“清”，是说他有清澈的眼眸；“清扬婉兮”之“婉”，则是形容他眉目间的美好。双目的“清扬”和“婉”亦出现在《郑风·野有蔓草》中，但那是形容一位女子有一双清澈美好的眼睛。不管是男性还是女性，描写他们的眼睛，《诗经》使用了相同的词汇——清扬婉兮。青年男女的双眸，同样展现出年轻的魅力，如此眉清目秀，正是少年模样。

《猗嗟》除了赞颂参加射礼的男子的样貌之外，还讲到了射礼的重要环节，射箭之前，参与者必有舞蹈。“巧趋跄兮”“舞则选兮”，形容舞步是快步（趋），跳得非常巧妙（巧），而节奏非常整齐。既然节奏整齐，那么跳舞必不是一人，而是有多人。除了跳舞，射礼之前，还要表演射仪，即射箭的各种动作（仪既成兮）（见图 11－1）。

射礼，以射中最为人所称赞。诗人所称颂的射手，“终日射侯，不出正兮”，整日射靶，而不脱靶心。一旦与人较量射艺，往往一箭穿心，发出四箭，连中靶心。“四矢反兮”的“反”，即指四支箭反复射中靶心。凡参加射礼的人，都配有四支箭，每人每次发四箭，一共有三个轮回。射手身上背的四支箭，箭箭发出去皆射中靶心，形容他射艺高强。

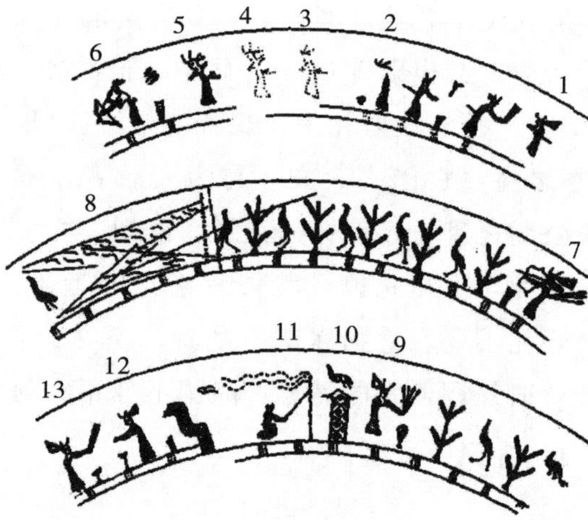

图 11－1　射礼图

射手能发发中的，当然是不容易的，这样的射艺用在战争上，可以想象，那是无往而不胜的，这样的射手足以“御乱”。诗人观射礼，而有“御乱”的感叹，完全符合礼乐文化对射手的期待视野。

诗中的射手，据《毛诗》小序，指鲁庄公。鲁庄公 13 岁即位，诗中仍是个少年模样，但已经有高超的射艺，故诗人夸赞他“展我甥兮”，确实是我的好外甥。这宛然是以鲁庄公的舅家齐国的口吻说出来的话。鲁庄公的母亲是文姜，他的父亲鲁桓公被齐襄公所害。鲁桓公死后，文姜仍然和齐襄公私会，故世人多责备鲁庄公不能为父报仇，又不能制止母亲的行为，故诗中“展我甥兮”带有讽刺之意。而对男子外貌、射艺的夸赞，因为有这下意识的讽刺，也就无不带有挖苦之意。

2.《大雅·行苇》《小雅·宾之初筵》

《大雅·行苇》中记录了族人宴饮之后的射礼，其中写道：

敦弓既坚，四鍭既钧。舍矢既均，序宾以贤。敦弓既句，既挟四鍭。四鍭如树，序宾以不侮。

所有宾客都参与了射礼。射礼用的弓装饰非常豪华，质量非常好，所用箭质量也非常好。四支箭都发出去，均射中靶心。射礼之后，便可以依据每个人的成绩排定次序。诗歌截取射箭进程中最为激动人心的部分，其中一个场景就是负箭张弓(敦弓既坚)，另一场景就是四支箭直直地插在箭靶上(四鍭如树)。这犹如为某张射礼图配诗，颇有画面感。

射礼，就其形式来说，以耦射为主。所谓耦射，即两两登台而射，具有竞争的意味。第一番射是表演射艺，需选出六人进行射艺表演。此六人分三组耦射，这叫作比三耦。表演之后，就是射艺比赛了。从战国宴乐铜壶上的射礼图可以看到，有两人一组正在射箭，其中一人已张开弓，另一人正上弦；而另一组两个人在亭外等待，还有一些人在亭下等待依次上场(见图 11－2)。第二番射和第三番射，所有宾客都参加，两次射箭皆计算命中数。

图 11－2 耦射图(战国宴乐铜壶，故宫博物院)

三番射，每一番射箭的标准各不一样。第一番射是习射，有表演性质，不求中。第二番射，以中为目的。第三番射，则需配合舞容，射中但不合舞容仍不能称雄。从第二番射开始，就有更多的宾客和选出的六人一起参加射箭。

《左传》记载，鲁襄公二十九年，晋献子来鲁聘，鲁襄公享之。飨礼上举行射礼，“射者三耦，公臣不足，取于家臣。家臣展瑕、展玉父为一耦，公臣公巫、召伯仲、颜庄叔为一耦，鄫鼓父、党叔为一耦。”杜注：“言公室卑微，公臣不能备于三耦。”鲁国国君竟然找不出三耦比射的六个大夫。最后，鲁襄公找来大夫的家臣以充数，鲁国之衰微由此可见一斑。

射礼之后有宴饮，赢的人让输的人喝酒。宴饮的高潮之处是旅酬。众多宾客在一起即兴饮酒，不醉不归。《小雅·宾之初筵》记载，在族人宴饮之后亦有射礼之仪。其诗写道：

大侯既抗，弓矢斯张。射夫既同，献尔发功。发彼有的，以祈尔爵。

【训诂】

大侯：周天子大射所用之箭靶，用虎、熊、豹三种皮质做装饰。

抗：竖立，即把箭靶四角张挂起来。一般张挂在竖立的木头上。

献：呈现。

发功：发，射箭。发功即指射箭之事。

尔：你，指一起耦射的对手。

爵：酒杯，这里指酒。

这里描绘的是箭在弦上，即将发箭的场面。周天子所用的大侯已经张挂起来，弓已拉开，箭已搭上，并排站立的两个射手已经同时张弓，就要呈现他们的射艺。祈愿一箭射中靶心，以此让对手喝罚酒。喝罚酒的杯子形制颇大，带有惩罚之意。故诗中非常豪气地说，我赢了你，你就等着喝酒吧。

旅酬是射礼的余兴节目，堂上堂下的宾客遍饮酬酒，音乐或间或合，歌奏不已，尽欢而止。

3.《郑风·女曰鸡鸣》

《郑风·女曰鸡鸣》讲述男女婚后琴瑟和谐，这一天，男子要出门弋射。

女曰："鸡鸣。"士曰："昧旦。""子兴视夜，明星有烂。""将翱将翔，弋凫与雁。"

"弋言加之，与子宜之。宜言饮酒，与子偕老。琴瑟在御，莫不静好。"

"知子之来之，杂佩以赠之！知子之顺之，杂佩以问之！知子之好之，杂佩以报之。"

这首诗通篇由对话组成，而未点明对唱的角色。从第一章简短对话里蕴含两个回合，显示出幽默诙谐的风格，过渡到第二、三章，便成了长篇对话，显示出男女的抒情格调。女子之深情与男子之感念体现在饮食与礼物之中。女子以饮食款待男子，男子用杂佩作为礼物，这段婚姻便有了呼应，可以幸福地持续下去。

这首诗与《齐风·鸡鸣》中要上朝的主人公一样，并且两人都贪恋衾枕。这个要出门弋射的男人同样要鸡鸣而起，于是有了诗中"一则说还没天亮，一则说你不信，起来去外面看看，天上的启明星还在呢"的场景。《郑笺》："云明星尚烂烂然，早于别色时。"所谓明星，即启明星，天色仍暗，并不能辨色，意谓还不到起床的时候。

女子指出今天的事务，即翱翔远行，去狩猎凫和雁。狩猎的目的，一则为习射，所谓"闲于政事则翱翔习射"(《毛传》)，一则为弋射凫雁以待宾客。凫和雁，同属飞禽，在过去，大夫馈送的礼物是雁，而士馈送的礼物是凫。凫和雁与礼仪文化密切相关，也是日常生活中常见的饮食。妻子打算在狩猎回来之后为丈夫准备饮食，并一起饮酒，这样的日子持续下去就是“偕老”。这样的婚姻没有自制的浪漫，而是在礼仪的范围之内，在日常饮食中寄托夫妻的生活之道，其中有张有弛，如琴瑟般时而紧张、时而松弛，但以感情谱写的音乐却是最动人的。

弋射，也叫弋缴射。缴，指拴在箭上的细线，箭射出后，还能通过细线将箭拉回来。而弋射的时候，不以射中凫雁为目的，而是射出带细线的箭，箭在空中飞行一段之后，落在凫雁的脖颈之上，并通过重力作用将凫雁带到地面。

现今能看到的弋射图，有战国宴乐铜壶上的装饰画，此壶现藏于上海博物馆；四川、河南等地出土的东汉画像石中，也有弋射图。春秋时候的弋射图应该与此大体相似。在东汉弋射收获图画像石(见图 11－3)上，可以明显看到弋射时缴缠绕在一起，类似纺锤，每一个射者的身边都安置了一个架子，架子上安放了四个纺锤样的东西。在战国宴乐铜壶上的弋射图中可见天上的飞禽被缴线绕住脖颈、翅膀、后背，飞禽因此坠向地面。

图 11－3 东汉弋射收获图画像石(成都博物馆)

这首诗里面表明夫妻美好生活的器物是“琴瑟”。春秋时代，不仅夫妻的日常生活中有琴瑟，宾主相处亦少不了琴瑟。《礼记·曲礼下》云：“士无故不撤琴瑟。”《毛传》云：“宾主和乐，无不安好。”《郑笺》云：“宜乎我燕乐宾客而饮酒，与之俱至老，亲爱之言也。”在礼乐文化的背景下，《女曰鸡鸣》一诗中又增加了宾主娱乐的意义。据《郑笺》，男子狩猎回来之后，女主人将凫与雁制成食物，置于登豆，以待宾客。这一层意义被加在男女婚姻爱情之上，已不是诗的本义。

男子馈送的礼物是“杂佩”。所谓杂佩，不是单一的玉饰，而是组佩。《毛传》：“杂佩者，珩、璜、琚、瑀、冲牙之类。”其中以玉璜作为主体。春秋时期的组佩出土有很多(见图 11－4)，河南三门峡的虢国国君墓出土的组佩形制颇大，长度在 1.5 米以上。山西晋侯墓出土的玉组佩，最长达 2 米。

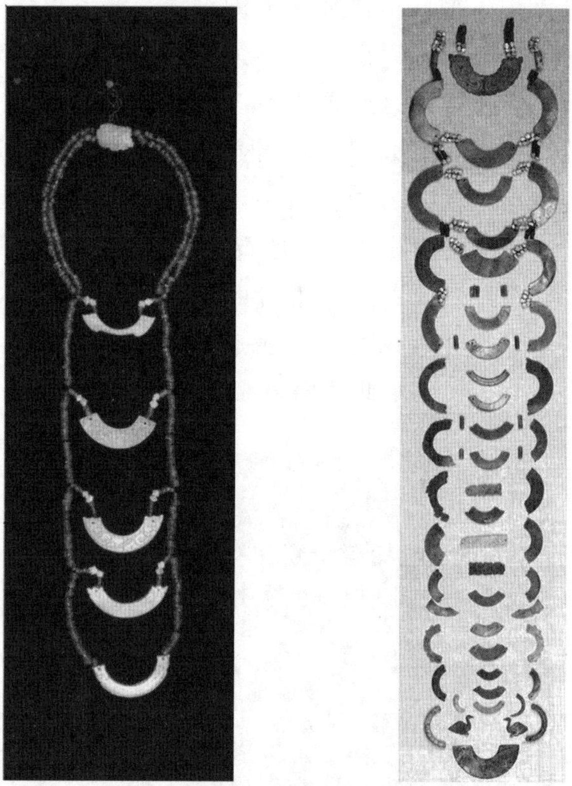

虢国国君墓玉组佩（虢国博物馆）　晋侯墓玉组佩（山西博物馆）

图 11－4　玉组佩

据《郑笺》，这样的礼物，不是宾主相赠之物；据《礼记》，玉组佩是士人完美品德的象征。将属于自己的佩玉送给妻子，则是夫妻情感深厚的象征。

第十二章

舞　蹈

《诗经》时代的舞蹈多和祭祀、宴飨有关，而祭祀、宴飨的过程之中，跳舞的青年男女也在特定的仪节中投注了特别的注意力，情愫就此暗自滋生。受祭祀乐舞的影响，在陈国等诸侯国，民间亦盛行舞蹈，舞蹈自然成为人情交往的方式，此中亦滋生活泼、生动的情愫。

一、巫女之舞蹈

1.《陈风·宛丘》

《陈风·宛丘》的女主人公是善舞的巫女。陈国当地的风俗是“妇人尊贵，好祭祀，用史巫”(《汉书·地理志》)，故陈国巫风盛行，国人擅长歌舞。陈国民间祭祀风炽，每当祭祀之时，巫女便跳舞娱神。巫女能沟通人神，在众人眼里，她身份尊贵，故爱慕巫女的男子只能“洵有情兮，而无望兮”。

子之汤兮，宛丘之上兮。洵有情兮，而无望兮。
坎其击鼓，宛丘之下。无冬无夏，值其鹭羽。
坎其击缶，宛丘之道。无冬无夏，值其鹭翿。

宛丘，在陈国都城东门之外，是一种特殊地形。《毛传》：“四方高，中央下，曰宛丘。”春秋时期的陈国宛丘，地形稍高，四方高，中央稍低，相对平坦，是一个风景秀丽的地方。从《陈风·东门之枌》可知，宛丘之上绿树葱茏，有榆树、柞树，巫女就在这绿树之下跳舞。当时的陈国人知道陈是伏羲建都之地，也是太昊之墟所在之地，可是陈国人并不知道这个宛丘的地底下，曾经有龙山文化遗存。《诗经》中的宛丘是陈国人在都城外祭祀的场所。

《宛丘》对女子跳舞的描写，仅用一个“汤”。“汤”同“荡”，女子舞蹈时的面部表情、肢体动作、衣着装饰都被略去，只一个表示女子由静止转为动态的“汤”字，就透露出情愫已经暗暗滋生。当这个巫女出现在宛丘之上，身体舞动起来，便吸引了无数人的目光，其中便有一人表白：“洵有情兮”——对她情有独钟，但这话一说出口，便立刻告诉自己是无望的。“洵有情兮，而无望兮”，这么自然地说出了一个男子的单相思。

《宛丘》跳舞的巫女手中持有翿，用鹭的羽毛制成，也称“鹭羽”。这是陈国巫女所持舞具，她所跳的舞叫翳舞。《毛传》：“鹭鸟之羽可以为翳。”《说文》：“翳，华盖也。”朱骏声《说文通训定声》：“以羽覆车盖，所谓羽葆幢也。”鸟羽在幢首，下垂如盖，舞者所持。郭璞《尔雅》注：“今之羽葆幢，……舞者所以自蔽翳。”跳舞时，女子手持鹭羽做成的伞盖似的大型舞具，可以遮蔽身体。诗中称“值其鹭羽”“值其鹭翿”，《毛传》：“值，持也。”都是手持舞具之意。

男子为什么这么确信自己“无望”，这与跳舞巫女的身份有关。每当宛丘之上击起鼓来，谁都知道一场祭祀活动开始了。巫女是众人瞩目的中心，而男子只是众多爱慕者中的一个，故没有特殊的优势，男子知道自己机会不大。巫女沟通人神，和巫女恋爱，便有人神交接的困难。所以，男子的无望，实际来自人神世界的难以沟通。

一年四季，不分冬夏，但凡有祭祀，巫女就在这跳舞，手持那伞盖似的舞具。本来一年有冬有夏，但诗人说“无冬无夏”，这就由现实的时间转为心理上的时间，由现实的有限的时间转为无限的时间。在这个单相思的男子心里，有个女子手持鹭羽，“无冬无夏”地跳舞，在超越冬夏的永恒的时间里跳舞，这成了他心头难以挥去的幻影，也成就了文学史上难以挥却的舞者形象。我们无法追问那个跳舞的女子是哪户人家的女儿，但是她舞者的身姿立足在我们的想象世界里，无比丰富。

2.《陈风·东门之枌》

《陈风·东门之枌》的主人公是善舞的邻家女孩，她和人相约去市场跳舞。

东门之枌，宛丘之栩。子仲之子，婆娑其下。

榖旦于差，南方之原。不绩其麻，市也婆娑。

榖旦于逝，越以鬷迈。视尔如荍，贻我握椒。

跳舞的女子平常也在宛丘之上跳舞。她是子仲家的女儿。她跳舞的地方，可以是宛丘之上，也可以在热闹的市场。她平时从事绩麻的工作，有时会挑一个好日子，放下手中的活，和别人相约去跳舞。她跳舞的时候不用礼仪功能强大的鹭羽制成的伞盖，而是用一把花椒，跳完舞同时也就把花椒送给了一个青年男子。从这里看，这个女子就是普普通通的邻家女孩，她没有特殊的巫女身份，所以也没有那么虚幻的影子，她在现实世界里与一个人相爱，毫不避讳地把花椒送给那个两情相悦之人。

不管她的身份如何，陈国女子跳舞的目的始终有娱神的性质。花椒佩戴在身上，取其芬香，用以娱神。而在民俗里，花椒还有另外一层深义，它象征着多子多福，这在《唐风·椒聊》里面表示得很明显："椒聊之实，蕃衍盈升。彼其之子，硕大无朋。椒聊且！远条且！"祝愿一个已婚女子孕育多子，即用椒聊起兴，并作比喻。花椒寓意多子，青年男子明白此中深意，故欣喜异常。

这首诗中，女子跳舞用了"婆娑"一词。《毛传》：婆娑，舞也。这是一个动词，区别于其他的动词，如坐、立、走，表明女子的爱好是在东门之树下跳舞。这个动词里面没有对跳舞的具体身形的描述，只是表明跳舞本身对这个女子的意义。或许，男子也就是趁此机会认识了这个爱好跳舞的女子，见得多了，就会选取吉日去市场跳舞。屡次相约，因舞结缘，体现了陈国民俗中喜好跳舞的风气。

男子眼中，女子的容颜如荍，"荍"即锦葵花，《郑风·有女同车》"颜如舜华"也是将女子比喻为锦葵花。《有女同车》里，新婚的男子看到新娘，惊艳于她的美艳，故云"有女同车，颜如舜华"，与此诗男子"视尔如荍"有异曲同工之妙。

二、舞师之舞蹈

《邶风·简兮》的主人公是一位跳万舞的男性舞师。他来自西方，令卫国女子徒有"山高路远"之叹。

万舞是祭祀舞蹈，分为两部分。先是武舞，舞者手拿兵器；后是文舞，舞者手拿鸟羽和乐器。《毛传》："以干羽为万舞，用之宗庙山川。"陈奂《诗毛氏传疏》："干舞有干与戚，羽舞有羽与旄。曰干曰羽者，举一器以立言也。干舞，武舞；羽舞，文舞。曰万者又兼二舞以为名也。"万舞，始干舞而后羽舞，它包括武舞和文舞，故《韩诗外传》《广雅·释诂》称万舞为“大舞”。

干舞，即执干戚而舞。干，盾。戚，斧。提到“干”，实即统摄了“戚”。羽舞，执羽籥而舞，“羽”统摄了“籥”。河南三门峡春秋虢国墓地出土的玉戚，湖北荆门出土的春秋战国巴人的铜戚，其上雕饰了许多漂亮的纹饰，有学者认为这就是执干戚而舞的道具。

《邶风·简兮》描述的万舞与《毛传》所说干舞不同，里面涉及武舞未执干戚，但是手执马辔模仿驾车的模样，“有力如虎，执辔如组”，复现男子的勇武，这和武舞执干戚的用意是一样的。

简兮简兮，方将万舞。日之方中，在前上处。
硕人俣俣，公庭万舞。有力如虎，执辔如组。
左手执籥，右手秉翟。赫如渥赭，公言锡爵。
山有榛，隰有苓。云谁之思？西方美人。彼美人兮，西方之人兮！

【训诂】

万：祭祀舞蹈的名称，有文(羽)舞，有武(干)舞。
组：众多线总其头为一组。
籥：乐器，如笛，三孔。
锡爵：犹赐酒。锡，赐的古字。

万舞之前，挑选人才，“简兮简兮，方将万舞”。《礼记·王制》郑注：“简，差择也。”《广雅·释言》释“简”为“阅”，这与“择”的意思是接近的，“因万舞之期，先阅择舞徒”。

万舞的时间在“日之方中”，即正中午。地点“在前上处”，即宗庙庭院。诗中关注的舞者在行列的前面。至于万舞有多少人参与，则依据礼制的规定。春秋隐公五年，鲁桓公的生母仲子死了，鲁国为她建了一座宗庙，开始祭祀的时候，并不知道万舞应该用多少人。《左传·隐公五年》记载：“考仲子之宫，将万焉。公问羽数于众仲。”所谓羽数，即执羽籥而舞的人数。鲁国最后依照诸侯礼制，用六羽，即六佾，六八四十八人，而非八佾，八八六十四人。八佾是天子之礼，当时春秋时期僭越礼制的诸侯便用天子之八佾。

至于万舞是在祭祀之前，还是祭祀的末尾，从诗中来看，并不知晓，但可以从其他文献推知。《礼记·礼器》曾记载鲁国权臣季氏从黄昏开始祭祀，日不足，继之以烛。后来的一次祭祀中，子路参与祭祀，“质明而始行事，晏朝而退”，从天刚亮就开始祭祀，到君臣朝会向晚之时，即日中之时，祭祀之礼方毕。故“日之方中，方将万舞”，是祭祀典礼即将结束之时，众人跳舞。

“硕人俣俣”指出跳舞的男子身材高大，也正是这个原因，他被选中加入万舞的矩阵。万舞，是春秋贵族的必学科目。《周礼·春官·宗伯》：“大胥掌学士之版，以待致诸子，春入学，舍采合舞。”据《周礼》，羽舞为籥师所授，郑玄注其职为“掌教国子舞羽，吹籥”。《礼记·文王世子》曰：“秋冬学羽籥”。《周礼·春官·宗伯》：“籥师掌教国子舞羽吹籥，祭祀则鼓羽籥之舞，宾客飨食，则亦如之。”《周礼》贾公彦疏：“祭祀先作乐下神，及合乐之时，则使国子舞鼓动以羽籥之舞，与乐节相应，使不相夺伦。”

“有力如虎，执辔如组”，组，即组在一起的线。用织组来比喻驾车，将男子的驾车技术比喻成女子的织组，并非只为说男子驾车技术娴熟。织组与驾车有一个共同特性，即手动于此，而功成于彼。故男子“有力如虎”固然重要，但并非蛮力，善御者动之于手而达成于彼，驾车的关键在于尽马力。

“左手执籥，右手秉翟”，开始了文舞。籥(或龠)，《说文解字》：“龠，乐之竹管，三孔，以和众声也。”赵岐《孟子章句》：“籥若笛，短而有三孔。”可见籥是需要舞者在跳舞的同时吹奏，用来附和歌者唱歌。而右手秉翟，翟，用以指山鸡羽毛，如何持在手里呢？从每年在曲阜举行的祭孔大典可以知道翟的大概模样。所谓翟，是安插在木制长杆上漂亮的山鸡羽毛。

三家诗在万舞所持羽毛上意见有分歧。《鲁诗》认为翟羽漂亮，故持以舞；《韩诗》《齐诗》皆谓羽毛手执，取其轻，故能一举千里。《诗三家义集疏》引《齐诗》：“乐万舞以鸿羽，取其劲轻，一举千里。”《公羊》说与《齐诗》说相同，《公羊》言万舞是“鸿舞”，即执鸿鹄之羽而舞。孔广森《春秋公羊通义》：“翟羽文，鸿羽质。”现传《诗经》是《毛诗》，其中万舞执翟羽，与《鲁诗》相同。

万舞完毕，诸侯赏赐饮酒。而观者将目光定格在男子的脸上，“赫如渥赭”，其脸色红润，犹如湿润的红土(渥赭)，颇接地气。一个卫国女子爱上了来自周的舞师。舞师身材高大，舞姿优美，时而执羽文舞，时而又模仿田猎、驾车作武舞，“有力如虎，执辔如组”，轻松驾驭车马。因为舞师来自西方(周)，女子顿觉无望，故云“彼美人兮，西方之人兮”。

《左传》记载春秋时人跳万舞以显示男子气概。《左传·庄公二十八年》记载，楚令尹子元在其兄楚文王去世之后，为接近兄嫂息夫人，搬到息夫人住所旁边。欲蛊惑息夫人，他跳起了万舞。息夫人听闻此事，不觉泪下，说：“先君以是舞也，习戎备也。今令尹不寻诸仇雠，而于未亡人之侧，不亦异乎?”楚文王跳万舞，是为了“习戎备”——熟悉干戚等兵器，而楚与晋有仇，令尹不去寻仇报怨，却在息夫人身边跳舞，这是息夫人不能接受的。故万舞在祭祀之外，还可以运用在战争动员之时。万舞中的干舞能让参与者习戎备，且表现出勇武的精神面貌来。

《王风·君子阳阳》中的“君子”以快乐的心情跳舞。

君子阳阳，左执簧，右招我由房。其乐只且！
君子陶陶，左执翿，右招我由敖。其乐只且！

跳舞的君子阳阳、陶陶，内心没有忧愁，呈现出和乐的样子。他左手拿着乐器笙，或者左手执羽，用右手招我，一起参加乐舞。从所用的道具看，他跳的是文舞。

“右招我由房”，《郑笺》：“由，从也。”君子在房中用右手招我。所谓房中，指国君休息之处，燕居之时，犹有歌舞。而这位舞者招手，其意在招呼他人来到跟前，占补舞蹈的缺位。故前人解诗称这是舞者招呼乐工跳舞。不管邀者与受邀者的身份怎样，这首诗是招呼一起跳舞之意。

第十三章

服　饰

中国古代社会有严格的舆服制度。周代的舆服制度体现在“三礼”之中。“三礼”虽然经过后人的加工整理，不是周人的原始文献内容，但是后人依据一定的文献资料，对周代的舆服制度做了理想化的描绘，其中有些内容是可信的。《诗经》记载的车马、服饰真实反映了春秋时期的舆服制度，可以与“三礼”相对照。服饰本身是礼乐文化的产物，对《诗经》中某些诗歌，我们已难以索解其原义，往往可以将车马、服饰作为获得《诗经》之义的钥匙。

一、天子诸侯服饰

1. 衮衣

天子所服衮衣有“十二章”之说。《尚书·益稷》谓天子衮服有十二章。帝曰：“予欲观古人之象，日、月、星辰、山、龙、华虫，作会；宗彝、藻、火、粉米、黼黻、絺绣，以五采彰施于五色，作服，汝明。”此段话并不可信，疑为后人所加。从出土文物和先秦文献的记载来看，西周、春秋时期的衮衣没有这样繁丽的纹章。周代青铜器颂鼎上记载“玄衣、黹(纯)、赤芾、朱黄”，舀壶铭文有“玄衮衣、赤芾、幽黄、赤舄”等，对于衮衣的描述，限于其颜色为玄色。衮衣之美者，如《秦风·终南》所说“黼衣绣裳”，《豳风·九罭》所说“衮衣绣裳”，《小雅·

采菽》所谓“玄衮及黼”，《荀子·礼论》所说“黼黻文章”，衮衣的纹章只限于颜色。黼，黑与白交织的颜色，形如斧。黻，黑与青交织的颜色，形如两只背向的弓。五色为绣，绣在下裳的边缘。衮衣以玄色为主，附以黑、白、青、五彩等颜色。

天子、诸侯与公皆服衮衣。《逸周书·世俘》：“壬子，王服衮衣，矢琰格庙。”《豳风·九罭》：“我觏之子，衮衣绣裳。”衣在外，裳在内；衣在上，裳在下。衣相当于外套，裳穿在里面。衮衣绣裳是非常华美的礼服。裳五色为绣，衣画龙为衮。《毛传》：“衮衣，卷龙也。”陆德明《经典释文》：“天子画升龙于衣上，公但画降龙。”故服衮衣绣裳的人，有可能是天子，有可能是三公，也有可能是诸侯，区别在于卷龙的形态。天子的衮衣上画升龙，公的衮衣上画降龙。《豳风·九罭》里服衮衣绣裳的人相传是周公，他平定了东部的叛乱，即将西归，穿此服朝见周天子。周公此去不再回来，东都的人无限挽留。《豳风·九罭》咏叹道：“是以有衮衣兮，无以我公归兮，无使我心悲兮！”他们要将穿衮衣的周公留下来，不想让他西归。衮衣是周公身份的象征，通过美周公之服饰而美周公其人。

衮衣与冕搭配，故曰衮冕，又称冕服，是最盛的礼服。衮衣和冕，是古代天子及上公的礼服。天子只有在祭祀、娶亲之时穿冕服，平日上朝只穿皮弁。卿大夫的冕服也在祭祀、娶亲时穿，上朝时穿缁衣、羔裘。士之冕服称为爵弁，士之冕服无冕之名，若弁用韦(皮制)，则称韦弁。《周礼》中有关于衮冕的详细记载，其衣制复杂，代表了后人对周代礼制理想化的想象。至明洪武十六年始依据《周礼》定衮冕制度。明代衮冕是历代以来唯一在文献、图样、绘画和出土实物几个方面都有详细资料存世的皇帝大礼服。

与祭祀的冕服相配的是赤舄。《豳风·狼跋》描绘了一个穿赤舄的贵族男子，“公孙硕肤，赤舄几几”。“公孙”表明了他的身份，公孙的祖父是诸侯。诸侯之子称公子，诸侯之孙称公孙，而公孙之后，则以公孙之字为氏，立为别子，不能再以诸侯为祖。“硕肤”表明他的外形非常完美。“赤舄几几”，是说红色的鞋子非常鲜亮。舄，是两层底的鞋，在布底之外加了一层木底。卿大夫平日穿履，只单层鞋底，没有木底，只有祭祀的时候穿赤舄。用“赤舄”作为代表性的服饰，讲公孙祭祀服饰之盛。据闻一多考证，周人的衣、冠、裳、履在颜色搭配上有一定规矩。公孙既穿赤舄，则其带以上的衣、冠必为玄色，带以下的韠、裳则为赤色，还有耳旁的瑱、腰间的佩，多为玉白。

然而盛服的公孙应了兴句所言“狼跋其胡，载疐其尾”，被拖累了。一只肥胖的狼往前走，踩着了它自己前脖垂下的肉；往后退，又踩着它自己的尾巴。

闻一多《匡斋尺牍》：给公孙“想象上一套强烈的颜色……再加上些光怪陆离的副件的装饰物，然后想象裹着这套‘行头’的一具丰腴的躯体，搬着过重的累赘的肚子，一步一步摇过来了”。很明显将兴句看成了“比”，但《毛传》标其为“兴”，所谓“兴”，并非和下文有直接关系，所谓“先言他物以引所咏之词也”(朱熹《诗集传》)，故兴句中的狼是不能比作公孙的。

2. 狐裘

裘衣，用动物皮毛缝制。从天子到庶人，皆服裘衣用以御寒。但庶人不能服裘衣祭祀，贵族用裘则衍生出许多礼仪。平日居家，裘衣可外穿，但接见宾客、出入朝廷，则要加裼衣。《礼记·玉藻》“袭裘不入公门”，郑注：“衣裘必当裼也。”天子、诸侯、卿大夫在裘外服罩衣，称为裼衣，《礼记·玉藻》：“君衣狐白裘，锦衣以裼之”，白狐裘的裼衣用锦。《秦风·终南》：“君子至止，锦衣狐裘。”谓秦襄公始为诸侯，开始服用诸侯的礼服，在白色的狐裘外加锦衣，穿上这代表诸侯身份的服饰，字里行间流露出自豪、喜悦之情。

诸侯所服裘衣除白色的狐裘之外，还有黄色、黑色之分。与黄色裘衣相配的是黄色的裼衣，与黑色裘衣相配的则是黑色的裼衣，其原则是颜色相谐。狐白裘，狐白毛之裘，“则以素锦为衣覆之”(《礼记·玉藻》郑玄注)。

贵族的裘衣一般由羔羊皮、狐貉皮等制成，庶人所服乃犬羊之裘，则不用加裼衣。《礼记·玉藻》曰：“羔裘豹饰，缁衣以裼之。……锦衣狐裘，诸侯之服也。犬羊之裘不裼。”士大夫服羔裘，其外加缁衣；诸侯服狐裘，外加锦衣。普通人服犬羊之皮，不加外衣。

锦衣狐裘作为诸侯的礼仪服饰，和礼容等一起成为礼制的象征，在某些特定的时候为后人所怀念。《小雅·都人士》抒发了人们对逝去的衣冠文明的怀念，不无今不如昔的哀伤之感。

> 彼都人士，狐裘黄黄。其容不改，出言有章。行归于周，万民所望。
> 彼都人士，台笠缁撮。彼君子女，绸直如发。我不见兮，我心不说。
> 彼都人士，充耳琇实。彼君子女，谓之尹吉。我不见兮，我心苑结。
> 彼都人士，垂带而厉。彼君子女，卷发如虿。我不见兮，言从之迈。
> 匪伊垂之，带则有余。匪伊卷之，发则有旟。我不见兮，云何盱矣！

【名物】

狐裘：狐皮做的裘衣，诸侯所服。

台笠：台，莎草。台笠即以莎草皮做成的笠，可用以御暑御雨。《毛传》：“台所以御暑，笠所以御雨。”将台和笠分别解释为戴在头上的帽子，误。

缁撮：缁，布冠。撮，其形制小，仅可撮其发髻。这是太古冠。

充耳：男子帽子上下垂至耳的饰物，一般由美玉或美石制成。

琇：宝石。

带：腰间的带子。

虿：蝎子，有卷曲的尾巴。这里形容女人的假发。

【训诂】

都：美好。都人士，即俊男美女。

绸：同“稠”。

厉：通“裂”，即腰间垂下来的丝带。腰带以垂厉以为饰。

旟(yú)：扬，上翘貌。

学者一般认为首句是错简。原因一，首章与第二至五章的句法结构不一样。二至五章“士”与“女”对文，首章单言“士”，而未及“女”。原因二，首章“行归于周，万民所望”一语，后文无照应。“行归于周”，《毛传》：“周，忠信之义。”这个意义在后文中没有回响。仅《毛诗》有首章，而三家诗皆无首章。故首章很有可能是逸诗，《毛诗》将其置于《都人士》卷首。

首章出现的人物服饰“狐裘黄黄”是诸侯所服，他穿上黄色狐裘衣，其外加黄色的裼衣，故称“狐裘黄黄”。他的仪容符合礼的规定，他的谈吐有文采法度。这样的诸侯有忠信之质，是百姓众望所归。首章出现的男子是诸侯，其他章节里出现的男子是普通士人。《都人士》用主体篇幅描写都人士的服饰：“台笠缁撮”“充耳琇实”“垂带而厉”“带则有余”，衣冠代表着礼仪文化，而作者反复感叹“我不见兮，我心不说”，颇有旧时衣冠、今不如兮之感。《毛诗》在第一章引入逸诗，其意恐怕是为了明确一国之诸侯的衣冠与士人衣冠相辅相成，构成一个完整的礼制社会的图景，成为人们追忆的对象。

诗篇作者对都人士的怀念完全体现在服饰上。男子的服饰，首先，头戴台笠或缁布做的帽子，这缁布帽是士人身份的确认。孔子的弟子子路在卫国遇乱而死，临死前仍“结缨”，帽子不能随便歪斜、掉落。有帽子戴在头上，对一个人的礼仪是约束限制，戴台笠或缁布帽的应该是一个得体的人。其次，帽子上垂下美丽的玉质一般的石头——充耳，悬挂在耳朵旁边。再次，衣服腰间的带子自然垂落下来(垂带而厉)。这都是衣冠得体的样子。

与“彼都人士”相称的“彼君子女”(人君的女儿)的服饰，亦颇为得体。女子的姓氏是尹或吉。尹氏，《毛诗》序特指尹吉甫的后代，权位煊赫。吉姓，亦是一大姓。出身颇好的女子，有着美丽的外表。女子或是长了一头浓密的直发，或是长了一头卷发，如虿尾一般蜷曲。作者特意指出，卷发并非有意矫饰，而是自然上扬。春秋时期的贵族女子在祭祀、朝见君王时戴假发，如《召南·采蘋》《鄘风·君子偕老》，这是礼仪需要。假发，也是奢华风气之一种，女子戴假发也是为了追求美。礼，假发一般剪刑余之人或卑贱之人的头发，春秋时候甚至有人强行剪大夫之妻的头发。《左传·衣公十七年》记载，卫后庄公见戎州己氏之妻发美，强行剪了她的头发，送给自己的宠妾吕姜。《都人士》有意识地避免了奢华意象，着意从礼的角度突出女子卷发之美，正如《郑笺》所说："士非故垂此带也，带于礼自当有余也；女非故卷此发也，发于礼自当有旟也。"朱熹《诗集传》："此言士之带非故垂之也，带自有余耳。女之发非故卷之也，发自有旟耳。言其自然闲美，不假修饰也。然不可得而见矣，则如何而不望之乎？"

《小雅·都人士》回忆的懂礼守分的贵族青年男女，是这个阶层的上升力量，根本看不到落败朽坏的样子。他们处在一个成熟的社会秩序之中，是贵族阶层礼乐隆盛的象征。如今再也看不到这样的男女，这也意味着彼都人士和彼君子女已经变得堕落，没有礼仪。诗人所处的时代，贵族子女已不再是礼乐文化的实践者和体现者，那个礼乐全盛的时代已经远逝了。

"彼都人士"，彼，远，指代词，可以指距离上的遥远，也可以指时间的遥远。如果是距离上的遥远，俊男靓女，踮起脚跟也未必能看得到；如果是时间上的遥远，人物已逝，唯有追思。如果是距离上的遥远，看不见故不能描绘其容貌；但时间上的遥远，今日不见，旧日模样却清晰可见。朱熹《诗集传》云："乱离之后，人不复见昔日都邑之盛，人物仪容之美，而作此诗以叹惜之也。"故本诗以旧时衣冠起兴，结尾归结于"我心不说""言从之迈"，内心的不悦由来已久，充满无限惆怅之情。

起句"彼都人士，台笠缁撮"，系不在眼前之人和物，故起句不是"兴"，而是直叙情感，属于"赋"。朱熹《诗集传》："赋也……盖曰是不可得见也。得见，则我从之迈矣。思之甚也。"故国衣冠早已不见，这种忧伤是多么悠长！

二、卿大夫服饰

1. 缁衣、羔裘

诸侯服狐裘，而卿大夫服羔裘。羔裘一般有豹纹装饰袖口，所谓"羔裘豹饰"，正是卿大夫的标志性服饰。羔裘由黑色羊羔皮制成，与其相配的裼衣则是缁衣。缁衣、羔裘都是诸侯上朝时穿的服装。《诗经》有四篇作品涉及羔裘，但其思想情感却不一致，其重要区别在于羔裘使用者的身份与穿着场合，因其合礼与不合礼，故存在称颂、贬刺之别。

《郑风·羔裘》称颂朝服之美好，实即称赞穿朝服的人。

羔裘如濡，洵直且侯。彼其之子，舍命不渝。
羔裘豹饰，孔武有力。彼其之子，邦之司直。
羔裘晏兮，三英粲兮。彼其之子，邦之彦兮。

【名物】

羔裘：羔羊皮做成的裘，卿大夫见诸侯或朝见天子的朝服。羔裘的袖口有豹纹装饰，即"羔裘豹饰"。

【训诂】

濡：润泽，柔软而有光泽。

侯：美。

渝：变。

司直：司，主管；直，正直。掌管正人于正道的教化。

晏：鲜明的样子。

三英：三德，指列大夫的品德众多。

彦：才德之人。

羔裘和缁衣都是卿大夫上朝之服。《礼记·玉藻》："君子……羔裘豹饰，缁衣以裼之。"上朝时，羔裘的外面一般加缁衣，此缁衣称为裼衣。无此裼衣，不能上朝。刘宝楠《论语正义》引郑注云："缁衣羔裘，诸侯视朝之服。……卿大夫朝服亦羔裘，唯豹袪与君异耳。"卿大夫的羔裘袖口有豹纹作装饰，"羔裘豹饰"实指卿大夫，服饰借代为人物。

《郑风·羔裘》第一章称颂穿羔裘的卿大夫能守善道，正直而美好，及人之英杰。羔裘代表人的身份、地位和品质，其道德和外在的服饰是匹配的。第二章称颂他们孔武有力，是国家之栋梁。春秋时期的卿大夫都是军事贵族，能文能武，这是他们的特性。称赞他们是"邦之司直"，是说他们能正人错误，他们身上体现了教化、权力，且是正直的化身。第三章称赞卿大夫"三英粲兮"，《毛传》解"三英"为"三德"，《郑笺》："三德，刚克、柔克、正直也。"有此三德，则是邦之彦者。

这首诗歌的主题历来有歧义。一曰美，一曰刺。《毛诗》小序说："《羔裘》，刺朝也。言古之君子，以风其朝焉。"意思是赞古喻今，以赞美古代君子来讽喻当代执政者。朱熹《诗集传》认为是郑人"美其大夫之辞"，即赞扬郑国名臣子皮、子产。此诗的美、刺之意皆指向现实。就《郑风·羔裘》的本义来说，羔裘是赞颂卿大夫之诗。无论是美还是刺，都没有否认此诗以羔裘赞颂卿大夫的事实。在礼乐制度里，人的服饰、外貌与他的品行相匹配，服饰等级与他的社会地位、责任义务相称，故诗作由人的服饰而及品德，由品德而及义务、责任。

《左传》记载，昭公十六年，郑国六卿饯别晋韩宣子（韩起），子产赋《郑风·羔裘》，宣子辞谢，曰："起不堪也。"《郑风·羔裘》言古之君子立身处世之道，故韩宣子辞以"不堪"，自谦不及古之君子。

《召南·羔羊》里面穿羔裘的人悠闲从容。

羔羊之皮，素丝五紽。退食自公，委蛇委蛇。
羔羊之革，素丝五緎。委蛇委蛇，自公退食。
羔羊之缝，素丝五总。委蛇委蛇，退食自公。

【训诂】

素：白绢，喻洁白。

紽：五丝为一紽。

委蛇：同"逶迤"，步履悠闲。

緎：四紽一緎。

总：四緎一总。

小者羔，大者羊，孔颖达《毛诗正义》："此说大夫之裘，宜直言羔而已，兼言羊者，以羔亦是羊，故连言以协句。""羔羊之皮""羔羊之革""羔羊之缝"，特别指向羔裘的缝制过程和优良的缝制技术。卿大夫服羔裘，要将小块的羊皮缝制在一起，耗时耗工，故羔裘在制作上颇费时日和精力，比普通人披一张整羊皮要复杂得多。

"素丝五紽""素丝五緎""素丝五总"，指缝制羔羊皮的丝线，其密度各不相同。王引之《经义述闻》卷五：五丝为紽，四紽为緎，四緎为总。五紽二十五丝，五緎一百丝，五总四百丝。王引之："五丝为紽，五紽二十五丝，五緎一百丝，五总四百丝，故诗先言五紽，次言五緎，次言五总也。"特别提及卿大夫羔裘上的丝线，这是将羔裘放在视线范围之内仔细看视的结果。看视，表示对礼服的看护和重视。

"退食自公，委蛇委蛇"。"退食自公"，自公朝退而就食，工作餐由公室提供。卿大夫入朝治事，公膳于朝，卿大夫不遑归家就食。公室为上朝的卿大夫提供膳食，这是春秋时期的礼制。《左传·襄公二十八年》记载，在齐国，"公膳日双鸡"，饔人有意降低标准，用鸭代替鸡；御车人又去除鸭肉，只剩鸭汤，使得两个卿大夫子雅、子尾对执政之卿庆封非常愤恨，最后二人驱逐了庆封。《羔羊》中的卿大夫穿着羔裘，还在官署吃了饭，这一切都是礼乐制度的范儿，看卿大夫悠闲的脚步，可见相当从容。之所以有这份从容，完全是因为诸侯实行礼乐制度。这与《郑风·羔裘》可以相互映照。

如果不明白这首诗的礼乐文化背景，则容易视其为讽刺诗。如果把委蛇理解为贬义词，也会陷入对羔裘的偏见。唯有正确理解有关羔裘、退食自公的礼乐制度，才可以正确理解这首诗。这首诗讲述卿大夫上朝的正常制度，它的内容是仪式化的，仪式的背后蕴含着礼乐文化。

《唐风·羔裘》中的羔裘同样是卿大夫所服，但诗人的情感指向却变了。

羔裘豹祛，自我人居居！岂无他人？维子之故！
羔裘豹褎，自我人究究！岂无他人？维子之好！

【训诂】

祛：袖口。

自我人：对我们。

褎：犹“祛”，袖口。

居居：即倨倨，傲慢无礼。

究究：态度傲慢，不可亲近。

仍然是羔裘，却在“羔裘豹祛”和“我人”之间有一道隔墙，“我人”即将要离“羔裘豹祛”而去。《毛诗》小序说：“《羔裘》，刺时也，晋人刺其在位，不恤其民也。”从字意来看，确实是“刺”，至于讽刺何人，则不得而知。

《桧风·羔裘》中，诗人看到现实中的卿大夫服羔裘，却禁不住悲从中来。

羔裘逍遥，狐裘以朝。岂不尔思？劳心忉忉！
羔裘翱翔，狐裘在堂。岂不尔思？我心忧伤！
羔裘如膏，日出有曜。岂不尔思？中心是悼！

【名物】

狐裘：白色。

【训诂】

逍遥：游戏。

忉忉：忧愁状。

翱翔：犹“逍遥”。

堂：诸侯路寝之堂，诸侯在此听政。

桧国为西周初期周武王封置的䵣姓侯爵小国，在今河南省新密市东北，为高辛氏火正祝融之后，历经唐尧虞舜至夏商周，文化底蕴丰厚。但高贵的出身，深厚的文化积淀，不能避免其衰亡的命运。由于统治者骄奢淫逸，国势日渐衰微，平王东迁后不久，即被郑国灭亡。

《桧风·羔裘》中卿大夫着羔裘以宴游，狐裘当朝服，不合于礼。所以当诗人看到如此情景，直言“劳心忉忉”“我心忧伤”“中心是悼”。当卿大夫逍遥、翱翔于外，太阳照在羔裘之上，如膏一般细腻光滑，诗人内心忧愤不能自已。

缁衣是朝服，羔裘也是朝服。卿大夫上朝，羔裘外面罩缁衣。狐裘不是卿大夫的朝服，而是祭服，在年末蜡祭时可以穿。

“羔裘逍遥”“狐裘以朝”“狐裘在堂”，都在说狐裘的穿着场合不对。卿大夫穿着朝服羔裘在外游戏，将朝服当作燕居之服，在外逍遥、翱翔。又将祭服狐裘当朝服，穿上朝廷，出现在诸侯路寝之堂上，这是将祭服当作朝服。如《郑笺》云：“以朝服燕，祭服朝，是其好洁衣服也。”这意味着桧国的当政者过度专注于衣服的漂亮与否。过度的服饰意味着卿大夫违背礼制，可以推想他们不能自强于政治。将朝服当作燕居服，与将祭服当作朝服一样，都僭越了服装的使用场合。《桧风·羔裘》中羔裘和狐裘的使用场合都不对，故诗人的心中充满忧悼。

“羔裘如膏”，展示的是羔裘的美好质地，与新出的太阳交相辉映；“羔裘逍遥”“羔裘翱翔”，看到的是卿大夫违背礼制，在不适合的场合服羔裘，诗人虽描绘出羔裘的美好情状，但其内心却是哀恸的。

有学者认为狐裘不是卿大夫祭服，而是诸侯的燕居之服。清代学者钱澄之《田间诗学》引《论语》为证：“《论语》‘狐貉之厚以居’，则狐裘，燕服也。……视朝而以狐裘，是临御为亵媟之场。”若狐裘是燕居之服，服之而上朝，则是视上朝为儿戏。即便是大国之君，身处盛世，不以礼视朝，犹为不可，更何况当时桧国“国小而迫”，周边大国正虎视眈眈，存亡生死危在旦夕，处境如此而不自知，不能不让人心存忧虑。“岂不尔思？劳心忉忉”，这是身处末世的臣子深切而无奈的心痛感觉。如此解释，似乎可通。

狐裘固然不是诸侯上朝之服，但《桧风·羔裘》中穿狐裘的当不是诸侯。从前后文意的统一来看，服狐裘、羔裘者为同一个人，即一位卿大夫，而未及桧国的诸侯。

服饰穿着场合不对，则是贬刺的对象，而当穿对了场合，则是称颂的对象。《郑风·缁衣》中用作朝服的缁衣破敝了，国君为之修复。

缁衣之宜兮，敝，予又改为兮。适子之馆兮，还，予授子之粲兮。

缁衣之好兮，敝，予又改造兮。适子之馆兮，还，予授子之粲兮。

缁衣之席兮，敝，予又改作兮。适子之馆兮，还，予授子之粲兮。

【名物】

缁衣：卿大夫朝人君所穿的衣服，缁布制成。缁，黑色。

【训诂】

敝：坏。

粲：鲜明，指新衣。

席：宽大舒适。

孔颖达《毛诗正义》说："卿士旦朝于王，服皮弁，不服缁衣。……退适治事之馆，释皮弁而服(缁衣)，以听其所朝之政也。"说明天子之卿士上朝见天子服皮弁，退处私朝时要换缁衣。天子的卿士到自己的官署理事(古称私朝)，要穿上黑色朝服。缁衣为黑色，是朝服之正色。孔颖达《毛诗正义》将此诗理解为周天子之卿士上朝服缁衣。如果是诸侯之卿大夫朝诸侯，均服缁衣，没有改换缁衣之说，与周天子卿士退朝改换缁衣不同。

《缁衣》这首诗的主题是赞扬天子之卿士。缁衣，是身份，也是情感所系。全诗的核心即在此缁衣。缁衣之"宜""好""席"，意味着穿此缁衣的人与此缁衣相称，正如《毛传》所说："有德君子，宜世居卿士之位焉。"而所谓卿士，即曾在周王室任职的郑武公。郑武公曾帮助周平王东迁，有功于王室，故封为卿士。春秋初期，郑庄公世袭周王室卿士之位，但郑庄公久不上朝，借周王室的军事力量东征西讨，引得王室很不待见。郑庄公还公然和周王室作战。不久，周桓王褫夺了郑庄公的卿士之职。故《毛传》认为服此缁衣的人是郑武公而不是郑庄公，此诗为美郑武公而不是郑庄公。郑庄公虽是周王卿士，服缁衣，却未必令人称赞其德。

按照周王室礼仪，天子策命诸侯、大夫，赏赐诸侯、大夫的物品中常见车马、命服，故此诗中缁衣破敝之后，为之重新改作缁衣，并且提供饭食，这个人应当是周天子。周天子为之提供服饰、饮食的人，应当是周王室的卿士郑武公。周天子对郑武公说，穿坏的朝服，我再叫人给改作一下，你去你的馆舍治事；回到你的采邑之后，我授予你饮食。《毛传》："诸侯入为天子卿士，受采禄。"《郑笺》："爱之，欲饮食之。"饮食，就是俸禄的代名词。

以上是《毛传》《郑笺》所代表的"美郑武公"之说，另有一些不同的看法。

第一，美郑国国君好贤之说。服缁衣的人是贤人，而好贤之人并不能确指为郑武公，但是郑国国君无疑。《礼记》中就有"好贤如《缁衣》"和"于《缁衣》见好贤之至”的记载。当代学者高亨《诗经今注》同意此说：“郑国某一统治贵族遇有贤士来归，则为他安排馆舍，供给衣食，并亲自去看他。这首诗就是叙写此事。”

第二，美郑桓公、郑武公说。司马贞《史记·郑世家》“述赞”中说：“厉王之子，得封于郑。代职司徒，《缁衣》在咏。”郑桓公初封于郑，很受王室宠爱，为王室司徒，受王室礼遇，得到缁衣和俸禄。朱熹在《诗集传》中说：“旧说，郑桓公、武公，相继为周司徒，善于其职，周人爱之，故作是诗。”这是在前一说上又加上了郑武公。此一说将郑桓公、郑武公视为贤人，受到天子赏赐。

第三，美郑武公进贤之说。清代的姚际恒、方玉润认为提供缁衣和饮食的是郑武公。清代方玉润《诗经原始》记载另一说，认为《缁衣》是“美武公好贤之诗”。这一说法是综合了前两种意见，而实际上与前两说均不合。依据历史文献记载，郑武公之贤，确凿可信；依据《郑风·缁衣》，将郑地风诗当作史料，则郑国有贤人受赏赐。但武公进贤之说，却没有文献支持。

此缁衣，由奴隶制成，非妻妾所制。《豳风·七月》：“七月流火，九月授衣。”天气转凉时节，奴隶就开始为公子制作衣裳。“载玄载黄，我朱孔阳，为公子裳。”布染成玄、黄、朱等颜色，为诸侯之子穿。这是周初的奴隶制，奴隶负责绩染织作等各项工作，一件衣裳绝不是单个人的能力所能制成。

2. 朱芾

芾(见图 13－1)，俗称“蔽膝”，系于腰间，垂挂在两髀之间，一般用牛皮制成，染成红色，称为“朱芾”或“赤芾”。芾是贵族身份的象征。天子、诸侯、卿大夫皆服芾，区别在于天子纯朱，诸侯、卿大夫黄朱。所谓黄朱，即其颜色不若朱色纯正，若赤色，又称“赤芾”。但是在《诗经》里，“赤芾”也称“朱芾”，朱芾与赤芾有同名的趋势。故若对举，则朱芾、赤芾有别，但单讲朱芾，则天子、卿大夫之服饰皆可称为“朱芾”。

图 13－1　芾

芾，于冕服叫作“韨”，于弁服叫作“韠”，于冠服叫作“韎韐”，其颜色、形制用以别尊卑。《礼记·玉藻》：“韠，君朱，大夫素，士爵韦。圜、杀、直。天子直，公侯前后方。大夫前方后挫角，士前后正。”《白虎通义·绋冕》：“绋(韨)者蔽也，行以蔽前者尔。”《小雅·采菽》孔疏：“古者田渔而食，因衣其皮，先知蔽前，后知蔽后。后王易之以布帛，而独存其蔽前者，重古道不忘本也。”“以人情而论，在前为形体之亵，宜所先蔽，故先知蔽前，后知蔽后，且服芾于前，明是重其先蔽而存之也。”

《小雅·车攻》讲述周宣王与诸侯一起狩猎的情景，“驾彼四牡，四牡奕奕。赤芾金舄，会同有绎”。诸侯赤芾金舄，所谓金舄，是用铜装饰的双层底的鞋。《小雅·斯干》“朱芾斯皇，室家君王”，孩子刚生下来，就给予他美好的祝愿，以后做一个服朱芾的君主。《郑笺》：“天子纯朱，诸侯黄朱。……宣王将生之子，或且为诸侯，或且为天子，皆将佩朱芾煌煌然。”从这句话看，《小雅·斯干》小序：“《斯干》，宣王考室也。”是有依据的。这首诗不是普通卿大夫之家对子孙的祝愿，而是王室在宫室落成之后对生于此宫殿的后代子孙的祝福。

赤芾被用作卿大夫的代名词，卿大夫皆服赤芾、玉珩。《曹风·候人》里“三百赤芾”，则指佩戴红色蔽膝的卿大夫。《小雅·采芑》“服其命服，朱芾斯皇，有玱葱珩。”珩是系在腰间大带上的玉饰。卿大夫服鲜艳的赤芾，绿色的珩发出清脆的声响。赤芾搭配不同颜色的佩玉，用以表明不同身份。《候人》之《毛传》：“再命赤芾黝珩，三命赤芾葱珩。”珩，《晋语》韦昭注：“佩上饰也。”珩形似磬而小，是玉组佩的其中一个。再命的卿大夫服赤芾，腰间饰黑色的珩。三命的卿大夫服赤芾，腰间配绿色的珩。

《曹风·候人》讲大夫不称其服。

彼候人兮，何戈与祋。彼其之子，三百赤芾。
维鹈在梁，不濡其翼。彼其之子，不称其服。
维鹈在梁，不濡其咮。彼其之子，不遂其媾。
荟兮蔚兮，南山朝隮。婉兮娈兮，季女斯饥。

曹是小国，现存曹风四首诗，依据《毛诗》小序，皆与曹国君臣的奢侈相关，曹国因君臣奢侈亡国。

“彼候人兮，何戈与祋。彼其之子，三百赤芾”。候人，指道路迎送之人，一般持戈或祋。祋，即殳。《说文》：“殳，以殳殊人也。礼，殳以积竹，八觚，长丈二尺，建于兵车，旅贲以先驱。”《广雅》：“殳，杖也。”候人所用戈殳，皆为礼仪，殳无刃。《卫风·伯兮》“伯也执殳，为王前驱”，此执殳之人是君王的先锋。亦即兵车上为王先驱的“旅贲”。

朝廷三百人，皆服赤芾，其身份绝非候人所能比。据礼，命服皆由天子赐命，大夫一命缊韨幽衡，再命赤韨幽衡，三命赤韨葱衡。幽，通黝，黑色。衡，即珩。《毛诗传笺通释》引《周易乾凿度》：“赤芾，天子赐大夫之服。”小国如曹，赤芾三百，无疑是曹伯私命，不经由天子。

据礼，卿大夫以上服赤芾、乘轩。《左传·僖公二十八年》记载，曹国“乘轩者三百人”，正好与《曹风・候人》所言“三百赤芾”相合。《史记・晋世家》：“晋师入曹，数之，以其不用釐负羁言，而用美女乘轩者三百人也。”晋人责曹人不用贤臣僖负羁，而乘轩者三百人，晋人与诗中候人一样，都看到了曹国统治者的不公平，晋人甚至把这当作曹国没落的一个重要表现。

第一章形成鲜明的对比。一边是肩荷戈殳，在道路上迎来送往的一个人，另一边是身着华服，出入朝廷的三百个人。以一人对三百人，数量上虽不对称，但是在道德意义上，此一贤人足以与三百人对敌。用暗含的道德意义达到了平衡，同时表达出讽刺之意。

第二章“维鹈在梁，不濡其翼。彼其之子，不称其服”，直接指出三百人不称其服、尸位素餐，犹如在鱼梁上名为捕鱼却始终不会沾湿翅膀的鱼鹰一样。

第三章“维鹈在梁，不濡其咮。彼其之子，不遂其媾”，仍以鱼鹰作喻，谓这些上朝人终将辜负君王的厚待。

末章“荟兮蔚兮，南山朝隮。婉兮娈兮，季女斯饥”，最难理解。《尔雅》：“隮，升也。”升指的是虹。《释名》：虹，“见于西方曰升，朝日始升而出见也”。马瑞辰《毛诗传笺通释》认为朝隮喻淫奔，此诗“盖以淫奔之盛如朝隮，喻小人之得志，而以婉娈之季女斯饥，喻君子之不见用也”。

3. 玉佩

古代贵族男子皆配玉，玉无故不去身。君子于行动之间都有玉佩发出声音。《礼记・玉藻》载：“古之君子必佩玉，右徵角，左宫羽，趋以《采齐》，行以《肆夏》，周还中规，折还中矩，进则揖之，退则扬之，然后玉锵鸣也。故君子在车则闻鸾和之声，行则鸣佩玉，是以非辟之心无自入也。”

之所以玉不离身，是因为玉暗示人的品德。《礼记・玉藻》：“君子于玉比德焉。”玉具有仁、智、义、礼、乐、忠、信、天、地、德、道十一种品性和象征。《太平御览》引西汉刘向《五经通义》：“温润而泽，有似于智；锐而不害，有似于仁；抑而不橈，有似于义；有瑕于内必见于外，有似于信；垂之如坠，有似如礼。”概括地说，所谓仁、义、礼、智、信五德，玉都具备了。

不仅男子佩玉，女子亦佩玉，其佩玉礼仪与男子大抵相似。佩玉不仅仅是为了美饰，它与行动的仪容有关。《卫风・竹竿》“巧笑之瑳，佩玉之傩。”《毛传》：“傩，行有节度。”《郑笺》：“美其容貌与礼仪也。”是说一个美丽善笑的女子身着玉佩，行动之间发出悦耳的声音，符合礼仪的规定，故其容貌、礼仪皆美。《郑风・有女同车》中的女子“颜如舜英”“佩玉将将”，玉佩之声与美貌一样，成为同乘之人难忘的记忆。

《卫风・芄兰》通过佩饰，刺人君德不配位。

芄兰之支，童子佩觿。虽则佩觿，能不我知。容兮遂兮，垂带悸兮。
芄兰之叶，童子佩韘。虽则佩韘，能不我甲。容兮遂兮。垂带悸兮。

【名物】

芄兰：蔓生植物，结果，俗称“羊奶子”。

觿(见图 13－2)：解结锥。

韘(见图 13－3)：扳指。

图13－2 春秋凤鸟纹玉觿(观复博物馆)

(a)西周玉韘(梁带村芮国墓出土)

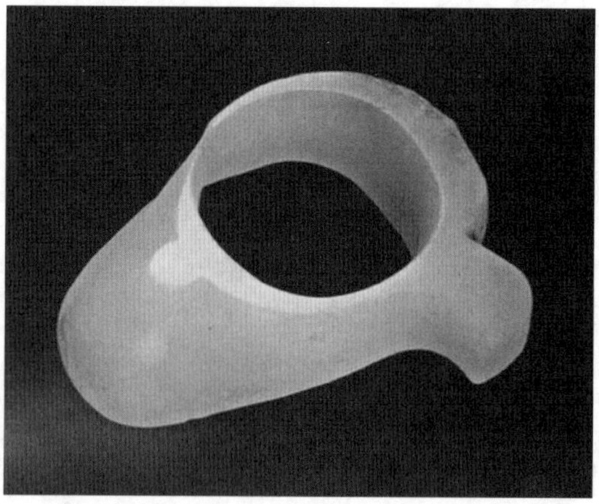

(b)战国早期玉韘(湖北省博物馆)

图 13－3 韘

【训诂】

能：无实义。

甲：狎。狎习，近习。

悸：腰带下垂的样子。

本诗以芄兰起兴，谓腰间带上垂下的装饰物有如芄兰。“童子佩觿”，虚张声势，名实不称。觿，配在腰间，用以解结。春秋时期，为使下裳不脱落，系腰带用死结，解结需要解结锥，这是成年人的佩饰。解结锥有解纷化难之意。《毛诗正义》引《礼记·内则》：“子事父母，左佩小觿，右佩大觿。”刘向《说苑·修文》：“能治烦决乱者佩觿。”童子佩戴，则是一个未成年人佩戴非他年龄该佩戴的饰品，有装腔作势之嫌。

童子佩韘，同样是装腔作势。韘，射箭时戴在大拇指上，利于拉弦。本是实用之物，男子“能射御，则佩韘”(《毛传》)，但童子佩戴则徒作装饰，有些矜夸之意了。

两章均用“容兮遂兮，垂带悸兮”结尾。《毛传》指出，这两句是说童子的服饰之可观。《毛传》：“容仪可观，佩玉遂遂然，垂其绅带悸悸然，有节度。”从《毛传》可知，他腰间的佩玉行动时发出有节奏的声响；他的腰带留有富余，垂下来作装饰，其服饰在礼仪上完美无缺。

这个童子虽未成年，但他佩觿、佩韘，是个身份高贵的人。诗人感叹的是他的德行、才能与他的服饰都不相配。“能不我知”，即傲慢无礼，不把众人放在眼里。“能不我甲”，谓其在射御方面的才能不如众人平日所狎习。

古礼，庶人二十岁加冠礼，意味着成年，人君加冠礼的时间则大为提前。周文王十二岁加冠礼，《左传》记载鲁僖公十三岁加冠礼。此诗中佩戴成年男子玉饰的童子很可能是个诸侯，其服饰礼仪皆合规定，但却对众臣骄矜；虽佩玉，但无实际才能。《芄兰》通过不相称的服饰讽刺骄而无礼的人君，既直接又含蓄。

三、女子服饰

1. 副笄六珈

贵族女子服饰之美在《鄘风·君子偕老》有集中的体现。然而诗作者借此华服讽刺女子德不配位。

君子偕老，副笄六珈。委委佗佗，如山如河，象服是宜。子之不淑，云如之何！

玼兮玼兮，其之翟也。鬒发如云，不屑髢也。玉之瑱也，象之揥也，扬且之皙也。胡然而天也？胡然而帝也？

瑳兮瑳兮，其之展也。蒙彼绉絺，是绁袢也。子之清扬，扬且之颜也。展如之人兮，邦之媛也？

历代注疏对此诗刺宣姜之意无异议。宣姜嫁给卫宣公，为使自己的儿子立为太子，害死了太子伋和公子寿。其人品固然令人诟病，但诗中对宣姜服饰之美没有任何指责、疵议。依据《毛诗》小序的解释，该篇“陈人君之德，服饰之盛，宜与君子偕老”。《郑笺》：“人君，小君也。”小君，即诸侯夫人。故诗歌对于女子盛服的描述，基于对诸侯夫人身份的认同。其身份认同最重要的一点是“君子偕老”，即与诸侯一同偕老的夫人。依据礼，夫人主持宗庙祭祀、掌管后宫，皆事关重大，德配其位方能与诸侯偕老。故有此前提，方能穿诸侯夫人的盛服。

表达此诗贬刺之意的不是服饰之美，而是服饰之错位，即服饰没有用在合适的人身上。宣姜德不配位，穿此华服则尽现贬刺。朱熹《诗集传》：“言夫人当与君子偕老，故其服饰之盛如此，而雍容自得，安重宽广，又有以宜其象服。今宣姜之不善乃如此，虽有是服，亦将如之何哉！言不称也。”

《君子偕老》涉及的贵族女子服饰首先是首饰，副笄六珈、髢、玉瑱、象揥；其次是礼服，有象服、翟服之分；再次是绉絺、绁袢、展衣等燕居之服。这些服饰皆有其适用场合，象服、燕居之服的服饰体系规定了贵族女子的仪容，隐含了其后的仪式及意义，代表的是礼制的完备。

贵族女子在祭祀的场合戴假发。副笄六珈是诸侯夫人首饰之最盛者，为祭祀时所服。“副笄六珈”指假发上横插步摇，步摇上缀六颗玉珠。副，指假发。六珈，指发簪上垂下的六颗玉珠。步摇，是诸侯夫人首饰之最为尊盛者，“服之以从王祭祀”(《周礼·追师》郑玄注)。非祭祀场合，不戴步摇。据《周礼·追师》设“追师”，“掌王后之首服，为副、编、次，追衡、笄”。笄，发簪，平日无事，便只是束发加簪。有些礼仪场合就要戴假发，假发称为“髢”(见图 13－4)，分次、编、副等若干等级，使用场合不同。次，下垂的假发，长短不齐。编，即假髻，假发作的髻。副，则是覆于头的假发，其形体尤大，两边横插步摇。王先谦《诗三家义集疏》：夫人“加服次以见君，加服编以告桑，至副为极盛之服，以从君祭祀。”

（a）玉人（故宫博物院）

（b）洛阳金村出土战国玉舞人（美国弗利尔美术馆）

图 13－4　髢

宣姜头上的饰品还有象揥、玉瑱。象揥，指用象牙骨做成的搔头，作为发饰插在假发之上。春秋时期，贵族女子多服象揥，如《魏风·葛屦》“佩其象揥”。玉瑱，发上的笄旁设衡，垂下丝线，悬玉珠于耳边，此玉珠亦称充耳。充耳的作用，“不欲使人妄听，自镇重也”(汉刘熙《释名·释首饰》)。

象服是王后祭祀时所穿礼服。“象服是宜”，指宣姜穿上此象服很合礼仪。宣姜作为诸侯夫人服王后之礼服，是因为宣姜初嫁到卫国，有摄盛之礼，其礼服加一等，服王后服。至于象服的服饰特点，《诗三家义集疏》认为象服就是后世所说的袆衣(见图 13－5)，“服之以画绘为饰者，盖袆衣也”。据《周礼》郑司农注：“袆衣，画衣。”《说文解字》云，袆衣即画袍。所谓画衣、画袍，云在帛上画物以作装饰。袆衣是王后祭祀所服，宣姜初嫁卫国，在宗庙行礼，便着此袆衣。

图 13－5　袆衣

“委委佗佗，如山如河”，指夫人穿上礼服的仪容。《韩诗》：“德容之美。”《毛传》：“山无不容，河无不润。”王先谦《诗三家义集疏》：“德不可见，于容见之，内有美德，斯外有美容，行步有仪，举止自得，故曰‘委委佗佗’。……四字德容兼释，不宜偏举。……如山凝然而重，如河渊然而深，皆以状德容之美，言论夫人必有委委佗佗、如山如河之德容，乃于象服是宜也。”

翟衣也是一种祭服，其地位低于象服。“玼兮玼兮，其之翟也”，玼，颜色光鲜亮丽。翟，指翟衣，以羽饰衣。翟衣亦王后六服之一。《周礼·天官·内司服》："内司服掌王后之六服：袆衣，揄狄，阙狄，鞠衣，展衣，缘衣，素沙。"此六服之中，自揄狄以下，王后与诸侯夫人同。狄，即翟。王后唯尊于诸侯夫人的，是袆衣，在首章宣姜已经穿过袆衣，第二章以下便讲述宣姜穿上翟衣、展衣。翟衣包括揄狄、阙狄，都是画羽饰于衣，与袆衣一样，都是祭服。郑玄认为袆衣画翚，揄翟画鹞稚之纹，阙翟绘翟稚之形，不着色。祭服的画饰不一样，所祭祀的对象也不一样。"从王祭先王则服袆衣，祭先公则服揄翟，祭群小祀则服阙翟。"(王先谦《诗三家义集疏》)宣姜初嫁，在宗庙祭祀，她穿象服(袆衣)、翟衣，是合于礼的。

展衣(图 13－6)是贵族女子燕居之服。"瑳兮瑳兮，其之展也。蒙彼绉絺，是绁袢也"。瑳，指服饰之盛。展衣，白衣，夏日所服。展衣里面服绉絺，即细葛布(絺)所做成的内衣(绁袢)，其纹路是皱皱的(绉)。内衣因受汗垢，故不加色。在细葛布做成的家居服外加展衣，便是夏日诸侯夫人的盛服，服如此，方可出去接见宾客。《毛诗正义》曰："此以礼见于君及宾客之盛服也。"《论语·乡党》曰："当暑，袗絺绤，必表而出之。"《礼记·曲礼》："袗絺绤不入公门"，"必表而出"。表，指加衣于外。燕居不裼，故可单衣葛也。若在家无别加衣，若出行接宾客皆加上衣。

此诗前两章讲宣姜穿象服、翟衣祭祀，第三章讲宣姜穿展衣招待宾客。袆衣、翟衣、展衣，皆特定场合的盛服，符合礼仪规定。这些服饰并无个性，全部按照礼仪规定，安排出现在特定的场合里。在特定的场合里，服之者表现出特定的仪容，以象征其内心德性之尊贵。与盛服相称的是副笄六珈、玉瑱等，无一不显示出服佩者美好的品行。诗歌不厌其烦地罗列各种服饰，仿佛在展示一个标准的贵族女子的礼仪文本，其发饰、服饰如此如此，每个名物之后都有相应的礼仪和礼义，一丝不苟，历历在目。

图 13－6　展衣

在仪式性颇强的盛服之下，诗歌还有关于宣姜个性的描写。"鬒发如云"，所谓鬒，是说她长了稠密、长黑的美发。"不屑髢也"，屑，洁，以别人之假发为不洁而不使用。"扬且之皙也"是说她的额头丰满、白皙，"子之清扬，扬且之颜也"，是说她的眼神明亮，容颜美丽。盛服之下，仍挡不住绝世容颜。这个贵族女子曼妙生动，从外表上看，确如天仙下凡，让人惊叹。

但在礼制中，与盛服相匹配的，不是漂亮的外表，而是内在的品德，诗歌从一开始就把这些符合礼仪的服饰错放在一个不能“与君偕老”的人身上。宣姜非嫡妻，宣姜与宣公一起残害太子伋，虽然盛服在身却德不配位，就在这错位之中体现出诗人对宣姜的讽刺。一系列丰富、复杂的礼仪，却置放在一个德不称位的女人身上，是如此岌岌可危、不堪一击。故《君子偕老》在一个不合宜的人物身上铺陈礼仪之盛，一方面体现礼仪之神圣，另一方面又体现出礼仪之脆弱，诗人对礼仪的追慕昭然若揭，对宣姜的讽刺也并非空穴来风。追慕之心愈重，讽刺之意愈深。

2. 衣锦褧衣

衣锦褧衣是贵族女子出嫁的衣服。《卫风・硕人》里庄姜出嫁便是衣锦褧衣，《郑风・丰》也出现了此服饰。

子之丰兮，俟我乎巷兮。悔予不送兮！
子之昌兮，俟我乎堂兮。悔予不将兮！
衣锦褧衣，裳锦褧裳。叔兮伯兮，驾予与行！
裳锦褧裳，衣锦褧衣。叔兮伯兮，驾予与归。

此女子出嫁时，男子亲迎于门外的巷口，又来至堂前，她却没有和这男子同行，所以后悔。后来，她想挽回这个男子，唱道：“我穿上嫁衣，你驾着马车，我跟你一同归家。”对嫁衣的描述便是“衣锦褧衣”。之所以在锦衣外面加一件褧，是因为锦纹太著，过于张扬，故而在其外加一件轻薄的纱质服装，以使其纹饰不过于外露。《郑笺》：“褧，禅也。盖以禅縠为之，中衣裳用锦，而上加禅縠焉，为其文之大著也。”孔颖达《毛诗正义》：“妇人之服尚轻细，且欲露锦文，必不用厚缯矣。”“妇人之服，衣裳连，俱用锦，皆有褧。”春秋时期的褧衣没有考古实物出土，但是马王堆汉墓出土的禅衣，整件衣服不足50克，足可见其轻盈曼妙，虽是汉代服饰，也为我们认识春秋时期的纱衣提供了一个参照。春秋时期的褧衣不用厚缯织成，讲究“必露锦文”，可以想见其工艺已至相当先进的地步，唯有春秋时期丝织品纺织的基础，汉代禅衣的出现才有可能。

第十四章

车　马

一、男子与车马

《诗经》时代，车马是重要的陆行工具。车马用于交通、作战和狩猎，亦是天子赏赐、祭祀、宴飨时所备的贵重物品。无论男子还是女子，车马都是外出的主要交通工具。20世纪50年代以来，大量的车马器出土，由此让今人清楚地了解了周代的车马形制。“商周时期的马车主要是由双轮、单舆、独辀、单衡构成，驾双马或四马”(吴晓筠《商周时期车马埋葬研究》)。战争、田猎均四马驾车，而平时的交通则有四马，也有双马。双马所驾的车称为安车，从考古实物来看，安车上可坐两人；四马所驾的战车体型高大、车厢简易，一车容纳三人，三人均立乘；田猎时的车与战争用车一样，容纳三人，皆立乘。

用于不同场合的车马对车饰、马匹的要求各不一样，车马具体而细微地体现了《诗经》的礼乐文化。《小雅·车攻》“四牡庞庞，驾言徂东”，《尔雅·释畜》：“宗庙齐毫，戎事齐力，田猎齐足”，说明祭祀、战争和狩猎时对马匹的要求各不相同。《毛诗正义》解释：“齐其毫毛，尚纯色；齐其马力，尚强壮；齐其马足，尚迅疾也。”用在宗庙等礼仪场合(如祭祀、宴飨)，为表谨敬，故马匹重同色；战争之时，车马载干戈之属，将士亦身披甲介，故马匹重力气；而田猎时，在苑囿之中追飞逐走，故马匹取其行走迅疾。

车马是先秦礼乐制度的重内容，《诗经》中出现的车马一般和乘坐人的身份紧密相关，不同等级的人所乘坐的车马也不同。马作为周代重要的家畜，“马八尺以上为龙，七尺以上为騋，六尺以上为马”(《周礼·夏官·司马》)，称名以大小为别。同时马的质量和数量都体现一定的等级规范，天子为六匹马驾车，诸侯驾五匹，卿次之为四匹，士、大夫、庶人依次递减为三、二、一匹。

车马有车马的仪容，人乘坐车马也有相应的礼容要求。《小雅·蓼萧》：“蓼彼萧斯，零露浓浓。既见君子，鞗革冲冲。和鸾雍雍，万福攸同。”鞗革，指辔首。冲冲，指辔绳下垂之貌。和鸾皆为铃，和在轼上，鸾在衡上。《韩诗内传》云：“鸾在衡，和在轼。升车则马动，马动则鸾鸣，鸾鸣则和应。”

车马行进过程中发出的鸾和之鸣，是君子的礼法，象征了某种威仪，平常君子讲求此礼，对于天子、诸侯尤其如此。贾谊《新书·容经》：“古者圣王居有法则，动有文章。……登车则马行而鸾鸣，鸾鸣而和应。声曰和，和则敬。故诗曰：‘和鸾雍雍，万福攸同。’言动以纪度，则万福之所聚也。”东汉张衡《东京赋》：“佩以制容，銮以节涂。行不变玉，驾不乱步。”薛综注：“行合容则玉声应，马步齐则銮和响，并谓君之礼法。”《周礼·保氏》郑玄注：“车马之容，匪匪翼翼”，所谓“匪匪翼翼”，即指驾车之人的恭敬、谨让。

诸侯朝觐天子，天子乘车出迎。天子乘车曰大路，诸侯乘车曰玉路。诸侯上朝，天子赠送车马。君子行役在外，带仆人和车马(《周南·卷耳》)，男子拜访朋友，乘坐车马(《秦风·车邻》)。庶人行役，乘栈车。卿士以上，乘车上有重较，《郑笺》：较，“两輢上出式者”。即车舆两侧供人倚靠的栏杆。乘车礼仪优雅的男子，成为女子思慕的对象(《卫风·淇奥》)。

春秋时期的战争以车战为主。《诗经》对战争的描写中，不乏车马的描写。战争使用的马匹种类繁多，用于战争的主要是雄马。马除了分牝牡之外，主要以毛色划分。《秦风·小戎》：“四牡孔阜，六辔在手。骐骝是中，騧骊是骖。”《小雅·采芑》：“方叔率止，乘其四骐，四骐翼翼。”某些马的特别标记成为名贵的标记。《秦风·车邻》“有马白颠”，指马的额头有白色毛发，其马品性佳。四马有八辔，然而御者手中仅有六辔。“从战国刻纹铜器上看，两骖马的内辔乃系结于相邻之服马的衔镳处，而两服马的内辔尚须在辀前交叉一次，如此，调转方向的时候才便于控制。……依始皇陵二号铜车上所见之例，服马的两根内辔，通常可以系在舆前的軓爪上，以减轻御者之劳。”(扬之水《诗经名物新证》)

战争中使用的兵车，除了四马拉的普通兵车之外，还有先导车、冲车、临车等多种车型。《小雅·六月》中“元戎十乘，以启先行”，元车指体型较大的用以冲锋陷阵的先导车。《大雅·皇矣》中“与尔钩援，与尔临冲，以伐崇墉”，“临冲”分别指临车和冲车，临车在上临下，冲车从旁冲突，两种车都是攻城的利器。《大雅·常武》中“进厥虎臣，阚如虓虎”，虎臣是一种冲锋兵车。

战争中，每辆车配兵士三人，御者在中间驾车，尊者在左。主帅的战车上设旗、鼓。每辆战车配七十二步卒，战车是将士的核心依靠，如《小雅·采薇》所称“君子所依，小人所腓”。战争以鼓为进，以钲为止。《小雅·采芑》“钲人伐鼓”，《毛传》：“钲以静之，鼓以动之。”《说文》：“钲，铙也。似铃，柄中，上下通。”

车马还可用以赏赐。

《鄘风·干旄》

孑孑干旄，在浚之郊。素丝纰之，良马四之。彼姝者子，何以畀之？
孑孑干旟，在浚之都。素丝组之，良马五之。彼姝者子，何以予之？
孑孑干旌，在浚之城。素丝祝之，良马六之。彼姝者子，何以告之？

【名物】

干：旗杆。

旄：旗杆杆头所悬挂的牦牛尾巴。此旗为卿大夫所有。

旟：此旗为州长所有，州长亦为大夫。《周礼·春官·司常》：“州里建旟。”

浚：卫邑，离楚丘二十里。《郑笺》：“周礼，孤卿建旃，大夫建物，首皆注旄焉。”

卫国的卿大夫来到郊外的浚地。从车上所载之旗，可以知其大夫的身份。“素丝纰之”“组之”“祝之”，是说素丝缝合旗饰，纰、组、祝都有缝合的意思。王先谦《诗三家义集疏》：“四马，大夫以备赠遗者。下文或五或六，随所见言之，不专是自乘。”而篇尾“彼姝者子，何以畀之”，谓将用好马赠予贤士，而要赠予何人，不得而知。

卫国的大夫在郊外置车。在车上树起竹竿，竿上设旗，装饰以牛尾，旗上或画以鸟隼，或饰以五彩羽毛(旌)，这是招贤之意。“孑孑干旄”，孑孑，旗杆耸立，特别鲜明。而良马，就是赠送给贤士的礼物。据《毛诗》小序，这首诗讲的是卫文公时期，卫国卿大夫的招贤纳士之举，可知卫亡国之后，君臣上下合力，所以卫国能复国、强大。

二、女子与车马

女子乘车出嫁，普通百姓都要备马迎接新娘。《周南·汉广》："翘翘错薪，言刈其楚。之子于归，言秣其马。汉之广矣，不可泳思。江之永矣，不可方思。"楚是灌木，砍下来做柴，束成捆，堆积于门外，以备新婚时使用。《诗经》中束薪、束楚用以喻婚姻。喂饱自家的马，以便迎接新娘，将新娘财物载入男方，《卫风·氓》"以尔车来，以我贿迁"便是此意。这是普通百姓家的做法。如果女方身份地位高贵，则女方自带车马出嫁。如《召南·鹊巢》"之子于归，百两御之"，《毛传》："诸侯之子嫁于诸侯，送御皆百乘。"说得最为明白的。由百辆车送迎，可知是诸侯嫁女。《召南·何彼秾矣》"曷不肃穆，王姬之车"，新娘贵为王姬，其车队整齐、肃穆，不失庄严，车马也是女方自带。而《周南·汉广》中的小伙子不仅要准备薪柴，还要喂饱马，去迎接新娘。

贵族女子一旦出嫁，便再难归家，《邶风·泉水》写出了远嫁的卫国女子对家的思念。

1.《邶风·泉水》

据《毛诗》序，卫女思归则不得，父母终故不得归宁父母，故作此诗。

毖彼泉水，亦流于淇。有怀于卫，靡日不思。娈彼诸姬，聊与之谋。
出宿于泲，饮饯于祢。女子有行，远父母兄弟。问我诸姑，遂及伯姊。
出宿于干，饮饯于言。载脂载辖，还车言迈。遄臻于卫，不瑕有害？
我思肥泉，兹之永叹。思须与漕，我心悠悠。驾言出游，以写我忧。

【训诂】

娈：美。

诸姬：指同嫁的姬姓女子。

饯：送行饮酒。《毛传》："祖而舍軷，饮酒于其侧曰饯，重始有事于道也。"

脂：在车轴处加油脂，以利于行车。

辖：加之于车轴之上，以防车轴脱落。

首章，卫女与诸姬一起商量如何归卫。看到叮咚的泉水，便想到泉水还能流入淇河，淇河岸有自己的父母兄弟，自己却不能如泉水回归卫国。贵族女子一旦出嫁，何时归家已无定数。《左传》记载春秋时有女子回娘家省亲，但看不出固定的礼仪规定。女子省亲的意义是归于小宗，即暂时归于出嫁之前的本宗。

若如此解释省亲，则女子回母家的机会就不会很多，则父母去世也有可能不得归宗，亡国破家则宗族不继，更不可能归宗了。《鄘风·载驰》中写，卫国灭亡，许穆夫人回去吊唁，因国灭而绝祀，不能归宗，故许国大夫阻拦许穆夫人，不让她回卫地吊唁。按照礼的制度，女子出嫁之后和原生家族的联系就弱了，但这并不能减少女子对父母兄弟之国的思念。

第二章写卫女思归，追念来嫁之时的情景。她回忆起初嫁卫国时，曾在泲地住宿，在祢地行饯礼。凡诸侯之女嫁于异国，必有大夫送之。大夫出使，那些不送嫁的大夫则设饯礼送行。饮饯礼设在道祭之后，每出行必设酒脯道祭于神，道祭毕，即于道神之侧送之者设饮酒之礼，此为饯。

第三章的“干”“言”，陈奂《诗毛氏传疏》：“干、言为送女者归国所经之地，……盖大夫反马还车至秦卫，则所嫁之国亦必有出宿饮饯之事也。”女子想象自己归宁，也在干地住宿，又在言地行饯礼。女子的车马亦在中途整束，还将车轴上的辖拆下来，加上油脂，以保证车轴正常运转，驾上车马很快就到了卫国。“还车言迈”，《郑笺》：“言还车者，嫁时乘来，今思乘以归。”表达女子想乘坐来时车马回家的愿望。女子在夫家数月之后，有“反马”之礼，即婚姻稳固再无变数，便可将出嫁时乘坐的马还给娘家。若不合适，则乘坐来时的车马回娘家。此诗中的“还车”显然不是结束婚姻回娘家的意思，不过，诗人很想利用于已不合适的礼仪——“反马”“还车”——来表达此时迫切归家的心情。

最后一章明知还家省亲不可能，于是乘车出游写忧。短短一个章节之中，出现肥泉、须、漕三个地名，皆卫地。一口气说出三个地名，从实处表明了她的思念，卫国无时不在她的脑海里。这三个地方不一定与女子有具体的关联，但却是卫国不可分割的一部分，这是对再也回不去的出生之地的思念。

2.《郑风·有女同车》

有女同车，颜如舜华。将翱将翔，佩玉琼琚。彼美孟姜，洵美且都！

有女同车，颜如舜英。将翱将翔，佩玉将将。彼美孟姜，德音不忘！

有女同行，除了令人惊艳的容颜之外，还有她身上的玉饰，给人留下了深刻的印象。“舜华”，即锦葵科木槿花。“佩玉将将”，《毛传》“将将，鸣玉而后行。”在车马之上，女子始终保持佩玉锵锵之声，这是礼仪的规定，正好显示女子端庄的品行。《卫风·竹竿》“巧笑之瑳，佩玉之傩”，也是个佩玉的女子。这个女子，面容姣好，嫣然而笑。傩，《说文》：“傩，行有节也。”行动时她身上的佩玉亦发出合乎礼节的响声。

《有女同车》中的车马，有三人乘坐。诗人与同乘的女子，加上御者，一共有三人。同车的女子，身上有佩饰，却不曾有奇怪的、不合礼仪的声响，故诗人的记忆中从未忘记该女子的“德音”。至于诗人是男还是女，则不得而知，也给后人足够的想象空间。

春秋时期，男子乘车一般无遮蔽，而女子乘车出行必加遮蔽。《卫风·氓》中被遣归家的女子，车上披了帷裳，故在过河时“渐车帷裳”。《列女传·贞顺传》称齐孝公闻孟姬贞洁，故求亲，并修礼、亲迎。有一次孟姬乘车外出，马奔翻车，“孝公使驷马立车载姬以归，姬使侍御者舒帷，以自障蔽，而使傅母应使者曰：‘妾闻妃后逾阈，必乘安车。……野处则帷裳拥蔽，所以正心一意，自敛制也。今立车无軿，非所敢受命也。野处无卫，非所敢久居也。”可见男子立乘，车无蔽体，不合孟姬的乘车要求。她最希望的是乘安车，在野外的时候挂帷裳。安车是一种小车，可以在舆内安坐，不必立乘。一般妇女或者高官告老往往乘安车。孟姬说，立车无軿，《后汉书》李贤注引郑玄注《周礼》曰：“軿犹屏也，取其自蔽隐。”清代文字训诂学者朱骏声《说文通训定声》曰：“辎軿皆衣车，前后皆蔽曰辎，前有蔽曰軿。”所谓軿，是指车前有遮蔽，而车后并没有遮蔽。齐孝公是齐桓公之子，与宋襄公同时，在春秋早期，齐孟姬不愿坐无蔽体的车，郑重其事地履行女子的出行礼仪。

《有女同车》当是一辆有遮蔽的车，诗人掀开帷布登车那一瞬间，他发现了同乘女子之美，顿时惊艳，此时诗人注目于女子的脸，车马启程之后，诗人又注意到了女子身上的佩饰。在同行一段旅程之后，他记住了这个孟姜。

《左传·襄公二十五年》记载，崔杼弑齐庄公，齐国大乱，庄公近臣、大夫闾丘婴载上他的妻子，与大夫申鲜虞同车出逃。车上没有遮蔽，闾丘婴用帷布将其妻裹住。鲜虞却以逃难为由，将闾丘婴之妻推下车，并称：“君昏不能匡，危不能救，死不能死，而知匿其暱，其谁纳之?”另有一例，也是襄公二十五年，郑伐陈，陈大夫贾获载其妻母避难，遇陈侯及其太子，贾获将车让给陈侯和太子，而自己带着妻母下车。从这里看出，即便危难之中，亦罕有男女同车之例。

《有女同车》中，诗人得以进入女子乘车的私密空间，对于诗人身份最合理的猜测就是夫妻。鉴于这对青年男女以前未见过面而男方对女方惊艳，所以他们应当是新婚夫妇。据《毛诗》，男子娶妻亲迎，故与女子同车，而有同车之礼。而据《郑笺》及《毛诗》小序，这首诗讽刺郑太子忽不娶齐女，而诗中极称的美孟姜，就是被太子忽拒绝亲迎的齐女。《毛传》指出男子亲迎时的“同车之礼”，《郑笺》则将此亲迎的人解说成郑太子忽，以想象郑太子忽迎娶齐女该是如何的惊艳。《郑笺》借此诗影射春秋史事，这样的说法可以出现在解诗当中，但未必是创作诗歌的缘起。

第十五章

婚　姻

一、婚姻形态

春秋时期，贵族女子的婚姻以政治联姻为主，以媵婚制为主要形式，贵族阶层内部还有烝婚的遗留。在民间，仍保留自由恋爱的形式，但媒妁婚逐渐成为婚姻的主要形式，同时还存在抢婚等原始婚俗。为了促进人口增长，统治阶层亦变通方法，在一定范围内允许私奔的存在。

1. 贵族婚姻：政治联姻

和周王室通婚的贵族有尹氏、姞氏。周王室通过联姻，与诸侯国结成更稳固的政治联盟。各诸侯国之间也互相联姻，联姻有时成为各种政治力量重组的一个机会。

《小雅·都人士》"谓之尹吉"，《郑笺》："吉读为姞。尹氏、姞氏，周室昏姻之旧姓也。"《左传·宣公三年》记载，"郑石癸曰：'吾闻姬、姞耦，其子孙必蕃。'姞，吉人也，后稷之元妃也。"《大雅·韩奕》"为韩姞相攸"，韩侯所娶的女子亦为姞氏。《召南·何彼秾矣》王姬嫁给齐侯之子，王室和大国联姻。王姬出嫁，车马肃雍，气派非凡。《卫风·硕人》庄姜出嫁，侍从众多。齐国和卫国在春秋初年都是大国，庄姜嫁给卫庄公，车马服饰繁盛，气势非凡。

对于小国来说，与大国通婚姻，危难时刻可以获得大国帮助。但也有小国拒绝大国婚姻，如郑太子忽。齐僖公早就想把文姜许配给他，太子忽没有答应。桓公六年，北戎伐齐，齐求救于郑。郑太子忽率师救齐，大败北戎。齐僖公又一次提出将文姜许配给他，太子忽还是谢绝了，他说："人各有耦，齐大，非吾耦也。"(《左传・桓公六年》)他的意思是，齐国是大国，不是郑国的婚姻之国。老臣祭仲却极力劝他娶齐女，他说："君多内宠，子无大援，将不立。三公子皆君也。"意思是，太子忽的父亲郑庄公多有内宠，几个公子都有可能和太子忽争夺王位，太子忽如果没有大国作为外援，将不能立于朝。郑太子忽即位，是为郑昭公。可是，祭仲受宋国胁迫，立公子突，郑昭公只好流亡在外。太子忽娶了陈国的妫姓女子，他在位不过几个月时间，不见陈国帮上什么忙。《郑风・有女同车》小序："郑人刺忽之不昏于齐。齐太子忽尝有功于齐，齐侯请妻之，齐女贤而不取，卒以无大国之助，至于见逐，故国人刺之。"据《毛诗》小序、《毛传》，《有女同车》这首诗是假想把美貌的齐女娶回家，同车而归的情景。《郑风・山有扶苏》小序："刺忽也。所美非美然。"从政治的角度考虑，当时的舆论都认为太子忽应该与齐国缔结婚姻。

另一个例子是许穆夫人。本来许穆夫人愿意嫁到齐国，以便危难之时齐国可以出手帮助。但是卫侯短视，没有看到这一点，将许穆夫人嫁到了许国。北狄伐卫，卫亡国，后来在姻亲之国宋国以及霸主齐国的帮助下，卫人渡过黄河，在曹地重建卫国。在这期间，许穆夫人回国吊唁，许国大夫却百般阻拦，让许穆夫人有"众稚且狂"，"百尔所思，不如我所之"的感叹。

2. 媵婚

《左传》记载，春秋时期贵族女子出嫁，同姓诸侯国要派两到三名女子陪嫁，这就是媵婚。媵婚是同姓诸侯国之间建立更大的政治联盟的必要手段。

《卫风・硕人》讲齐国女子庄姜嫁给卫庄公时，随从人员中"庶姜孽孽，庶士有朅"。齐姜姓，故陪嫁的女子称"庶姜"。《邶风・泉水》也提到卫国出嫁的女子"诸姬"。

除了陪嫁女子之外，随同女子嫁到夫家的，还有"师"。《周南・葛覃》："言告师氏，言告言归。"女子即将归宁，告诉师氏，我要回家。《毛传》："古者女师教以妇德、妇言、妇容、妇功。祖庙未毁，教于公宫三月。祖庙既毁，教于宗室。妇人谓嫁曰归。"师氏，就是女师，跟随女子出嫁，亦称"姆"。

3. 烝婚

烝婚是春秋时期的特殊现象，其实质即一个女子作为财产，在父子两代之间继承。如卫宣公娶庶母夷姜为妻，生太子伋。卫宣公娶夷姜，在当时即为合法，故其子能立为太子。后来卫宣公又娶宣姜，宣姜在卫宣公死后，又嫁给了卫宣公的庶子，即公子顽，生卫戴公、卫文公、宋桓夫人、许穆夫人，这四个孩子中两个儿子成为诸侯，两个女儿成为诸侯夫人。这种婚姻也是合法的。后人称卫宣公、宣姜违背伦理，这是用后世伦理规范先秦时期伦理所致。《邶风·新台》记载宣公强娶宣姜，《鄘风·载驰》是许穆夫人在卫懿公亡国之后往漕地吊唁，这些历史人物的生平都和烝婚有关系。

4. 抢婚

《豳风·七月》，一个女子出外采桑，却担心自己被公族之子抢掠回家，诗云："女心伤悲，殆及公子同归。"这应该是远古时候抢婚习俗的遗留。《周易》记录的上古诗歌中描述了这种抢婚现象："贲如皤如，白马翰如。匪寇，婚媾"（贲卦），"屯如邅如，乘马班如，匪寇，婚媾"（屯卦）。有马车飞奔而来，而马车上载走的女子不断哭泣。这一幕场景不是强盗抢劫财物，而是抢婚。一般这样的抢婚发生在黄昏时分，故古"昏"字本来就有"婚"的意思。

5. 自由恋爱

《诗经》时代，男女婚姻自由，有许多自由恋爱的诗篇，其情感炽热，不假修饰。《邶风·静女》《郑风·溱洧》皆指男女自由恋爱，一则相约在人员稀少的城阙，女子赠男女子一支"彤管"（初生的荑草），让男子欣喜若狂，而对"彤管"自言自语；一则在溱洧水边，远离聚会的人群，互赠芍药，私订终身。若只是单相思，则其炽热的情感不得抒发。《王风·采葛》："彼采葛兮，一日不见，如三月兮"，一个男子爱上一个采葛的女子，于是觉得一日有如三月，恨不能时时刻刻相见。《周南·关雎》："关关雎鸠，在河之洲。窈窕淑女，君子好逑"，"求之不得，寤寐思服"，一个单相思的男子谋求窈窕淑女而不得，但是在想象中与她琴瑟和谐，是由女子主持祭祀，在想象中获得圆满。故孔子评价《关雎》"乐而不淫，哀而不伤"（《论语·八佾》），意谓这个男子所做一切都符合礼的规定，没有过度迷恋，也没有失意后的迷失。

6. 媒妁婚

阻碍恋爱的因素出现了，一方面是父母之命、媒妁之言，另一方面是门第的高低。《郑风·将仲子》仲子（小二哥）攀爬里墙和庭院的篱笆与姑娘私相会面，离女子越来越近的时候，女子的担心却越来越多，"畏我父母""畏我诸兄""畏人之多言"，从畏惧父母、兄弟，到畏惧周围人，代表了她的内心拒斥着不合礼俗的举动。《豳风·伐柯》："伐柯如何？匪斧不克。娶妻如何？匪媒不得。"说媒已成了婚姻中不可缺少的环节，就像伐树一定要用斧头一样重要。即便自由恋爱，仍要媒人上门求婚，所以《卫风·氓》中的女子不能一口答应男子的婚事（“将子无怒，秋以为期”）。

既然父母之命成为恋爱的最大阻碍，《鄘风·柏舟》中的女子则用死来抗争父母之命，指天发誓：“髧彼两髦，实维我仪；之死矢靡它。母也天只！不谅人只！”即便是死，也不听从父母之命。“髧彼两髦”指出男子的发式，头发分披在脸旁，尚未束发，仍是个少年。

7. 私奔

虽然有了礼仪的约束，但是社会并不是总这样禁锢男女恋爱。为鼓励婚姻及时，在适当时候不禁自由恋爱和私奔。《周礼·地官·媒氏》云：“中春之月，令会男女，于是时也，奔者不禁。若无故而不用令者，罚之。司男女之无夫家者而会之。”仲春是一年之间举行婚礼的最后阶段，这个时候会有特意为未婚男女举办的聚会，其目的在于促成婚姻。《召南·摽有梅》放在这个背景之下解读，便令人莞尔。

摽有梅，其实七兮。求我庶士，迨其吉兮。
摽有梅，其实三兮。求我庶士，迨其今兮。
摽有梅，顷筐塈之。求我庶士，迨其谓之。

摽，梅子掉落的意思。梅子掉落在地，令人惊心动魄。挂在树上的梅子，从原来的七成掉到只剩三成，到最后整筐整筐地装起，时间就这样流逝了，所以还没有出嫁的女子也就越来越着急。第一章“求我庶士”，她向所有适龄男性求爱，认为现在就是个良辰吉日，第二章过渡到今天就是那个良辰吉日，第三章过渡到只要你开口，便可以成婚姻。女子的婚姻和时令如此紧密相连，故此女子有伤春之感。伤春，伤在年华已逝，归属何在？再过一年，可还是年少时的模样？故屈原《离骚》说：“日月忽其不淹兮，春与秋其代序。惟草木之零落兮，恐美人之迟暮。”

二、婚姻观念

1. 婚姻及时的观念

《邶风·匏有苦叶》“士如归妻，迨冰未泮”，意谓男子如果娶妻，则当在冰未融化之前。这应当是当时的风俗。《孔子家语·本命解》：“霜降而妇功成，嫁娶者行焉；冰泮而农桑起，婚礼而杀于此。”冰未融化，意谓农闲时节，待冰雪融化，则开始从事春耕生产，刚嫁过去的女子可以直接充当新的劳动力。女子既已说“士如归妻，迨冰未泮”，现在还远未到冰雪融化的早春季节，她在葫芦叶枯的秋天时节就等待着男方来娶她，内心一直在催促，想出了种种男子娶妻“应该”有的模样。

匏有苦叶，济有深涉。深则厉，浅则揭。
有弥济盈，有鷕雉鸣。济盈不濡轨，雉鸣求其牡。
雍雍鸣雁，旭日始旦。士如归妻，迨冰未泮。
招招舟子，人涉卬否。人涉卬否，卬须我友。

【训诂】

济：渡水。
厉：垂衣而来。
揭：提起衣襟。
牡：雄性。
卬：我。
须：等待。

【名物】

匏：葫芦。古时破匏为瓢。婚礼上，男女喝合卺酒，破匏为饮酒器。

男子应该怎样来娶她呢？“济有深涉”，意谓秋天的河水很深，即便如此，“深则厉，浅则揭”，水深的话，就垂衣而来，水浅的话，就提起衣襟过河。这架势，无论如何要过河。女子还说“济盈不濡轨，雉鸣求其牡”，水虽然很深，但不会沾湿你的车，你看，野鸡还鸣叫求偶呢，你不能带着你的车来迎亲吗？秋天的清晨，鸣雁飞过，自然勾起女子的心事，她希望男子及时来娶。这时候摆渡人向我招手，别人都渡河了，只有我还等在河边，只好谎称我在等待我的朋友。

雁，春秋时期士人相见之礼就是赠送雁。在这首诗里，雁和结婚紧密联系在一起。《仪礼·士昏礼》贾公彦疏：“昏礼有六，五礼用雁：纳采、问名、纳吉、请期、亲迎是也，唯纳征不用雁，以其自有币帛可执故也。”《仪礼》中婚前六礼中，五礼与雁相关。媒妁上女方家门，纳采、问名、纳吉、请期，都要用雁，男方亲迎时也要用雁，唯有亲迎之前纳征不用雁。因为纳征送俪皮，这是很珍贵的礼物，故不再用雁。这首诗以雁鸣起兴，有婚姻之意。

《诗》云：“匏有苦叶，济有深涉”，《郑笺》云：“瓠叶苦而渡处深，谓八月之时，阴阳交会，始可以为昏礼，纳采、问名。”又《诗》云“士如归妻，迨冰未泮”，《郑笺》云：“归妻，使之来归于己，谓请期也。冰未散，正月中以前也，二月可以昏矣。”《荀子·大略》：“霜降逆女”，《周礼》贾公彦疏引《韩诗传》云：“古者霜降逆女，冰泮杀止。”按这种说法，结婚在秋天至早春。《周南·桃夭》中“桃之夭夭，灼灼其华”，桃花标示结婚的季节就是早春。《豳风·七月》“春日迟迟”“殆与公子同归”，采桑女子在早春采桑之时害怕被抢婚。

但《卫风·硕人》的结婚时节与《匏有苦叶》不大一样。送亲队伍行走在黄河边，却看到渔人捕鱼，鱼儿活泼生动，岸边草木高盛，全无萧瑟的秋天景象，也不是早春时节，更像是仲春时节。陈奂解释为送亲队伍回齐国时所见景象，“此追叙齐大夫所见，以著还反之候，故云然”。其实，大可不必这样曲为之说。《诗经》记载仲春时节结婚，也不在少数。《召南·何彼秾矣》中“何彼秾矣，唐棣之华”，唐棣花开最盛之时为仲春，王姬出嫁。《召南·鹊巢》中“维鹊有巢，维鸠居之”，鹊在冬至时节开始筑巢，到春天巢始筑就，巢建好就开始迎娶，这也是以仲春为结婚的时限。唯《召南·摽有梅》在梅子几乎落尽之时，女子仍没有出嫁，谓嫁娶不及时。梅子落，已经入夏，时俗不把夏天当作结婚的季节。故仲春结婚是及时的，但凡到了夏天，就不适合结婚了。

《唐风·绸缪》是一首婚礼上的赞歌。其主题是“婚姻及时”。“今夕何夕”，无问而问，快乐到不知所以。

绸缪束薪，三星在天。今夕何夕，见此良人？子兮子兮，如此良人何？
绸缪束刍，三星在隅。今夕何夕，见此邂逅？子兮子兮，如此邂逅何？
绸缪束楚，三星在户。今夕何夕，见此粲者？子兮子兮，如此粲者何？

【训诂】

绸缪：缠绵、缠绕。

此诗用“绸缪束薪”起兴。束薪，指捆在一起的柴，因紧紧束在一起，交互缠绵，故称为“绸缪”。古人结婚，必束薪于屋外，故“束薪”用以象征性。

《毛传》：“三星，参也。”以“三”通“参”，以三星为参星。三星在天，指秋天东方的天空，参星正在天顶：“在天，谓始见东方也。……三星在天，可以嫁娶矣。”三星在隅，“东南隅也”，意指在庭院的东南角可以看到参星，据《郑笺》，此时节在四五月份，已完成嫁娶。三星在户，《毛传》“参星正月中直户也”，意指月中看到参星在庭院门上的天空。据《郑笺》，时令在五六朋份，此时已完成嫁娶，而有欣喜之意。马瑞辰《毛诗传笺通释》：“《传》以秋冬嫁娶为正，故谓三星为参星，而以在天、在户、在隅为得时。”“古者自九月霜降逆女，至二月冰判，为婚姻之期，正值参在天、在隅、在户之时，故嫁娶以参为候。”故依《毛传》的解释，《绸缪》与《匏有苦叶》婚姻及时的观念是相通的。

今人解此诗，多用星星的位置变化指示时间的推移。天上三星从天顶斜落至院角，又落至门，预示着时间推移，马上天亮。这样的解释方法，与张若虚《春江花月夜》的结构类似，则“三星”未可解释为“参星”。

2. 男女择偶要求

男子对女子的要求是内外兼美，而女子对德行更为看重。

《周南·关雎》“窈窕淑女，君子好逑”，提出了男子心中的女性标准：不仅有漂亮的外表，还有内在的娴淑美好。钱锺书《管锥编》认为，“窈窕”一词太过轻浮，所以必用“淑”字镇之；仅用“淑”字，又太过板滞，所以必用“窈窕”发扬它。《邶风·静女》中的女子首冠以“静”，是讲女子性格婉静，但唯恐这样的女子不美，故要讲出她外形漂亮，所以开首第一句就说“静女其姝，俟我于城隅”，性格沉静，外表漂亮，还不矫揉造作，很可爱。《陈风·东门之池》中，男子心仪的一个普通人家的女子，在东门护城河里沤麻，在男子眼里她也是一个“美叔姬”，“彼美叔姬，可与晤歌”，漂亮、娴淑的女子，我要和她对歌，这样的女子，才是男子的恋爱对象。

《诗经》中的女子非常自然地觉察到了外貌对男子的吸引力，而且接受了一个非常残酷的现实，那就是女子因色衰而爱弛，《卫风·氓》中的弃妇唱道：“桑之未落，其叶沃若”，“桑之落矣，其黄而陨”。但《卫风·氓》的女子坚持自己的品行，在失败的婚姻中，她认为自己没有过错，男子“二三其德”，要负主要责任。《邶风·谷风》的弃妇在被赶出门之际，一再肯定自己为这个家曾经操劳多年：“就其深矣，方之舟之。就其浅矣，泳之游之。何有何亡，黾勉求之。凡民有丧，匍匐救之。”她控诉男子：“不我能慉，反以我为雠，既阻我德，贾用不售。”弃妇虽命运多舛，但她能告慰自己的是自己的品行，有这一点，她不至于丧失自我。《氓》和《谷风》中的弃妇虽然性格不同，但对男人的失德给出了自己的道德标准。

《诗经》中虽有失德的男子，但仍然有坚贞的男子。《郑风·出其东门》有不为“如云”“如荼”般的女子所动的男子，《陈风·衡门》中的男子不攀附门第，而愿与相爱的人清贫以自守：“岂其食鱼，必河之鲂？岂其取妻，必齐之姜？”

男女之间最理想的爱情是你有情我有意，共同畅想美好的生活。《周南·关雎》乃“乐得淑女以配君子”(《毛诗》大传)，《小雅·车舝》则是“周人思得贤女以配君子”(《毛诗》小序)。

间关车之辖兮，思娈季女逝兮。匪饥匪渴，德音来括。虽无好友，式燕且喜。

依彼平林，有集维鷮。辰彼硕女，令德来教。式燕且誉，好尔无射。

虽无旨酒，式饮庶几；虽无嘉殽，式食庶几。虽无德与女，式歌且舞。

陟彼高冈，析其柞薪；析其柞薪，其叶湑兮。鲜我觏尔，我心写兮。

高山仰止，景行行止。四牡騑騑，六辔如琴。觏尔新昏，以慰我心。

【训诂】

间关：车轮声。朱熹《诗集传》："间关，设辖声也。辖，车轴头铁也。"戴震《毛郑诗考正》："车行则毂端铁与辖相切，有声间关然。"

娈：美好。

辖：车轴两头的铣键。

此诗为男子娶妻路途中所作。男子所驾之车是四匹马拉的车，应不是普通人家。驾车的缰绳握在手里，就像琴弦一样。马车在树林中、高冈上行进，马车的车辖发出有节奏的响声，洋溢着轻松、快乐，这时又有鸟儿在歌唱，这些声响聚在一起，有如森林中的交响乐。看到锦鸡在平林，在高冈采柴作薪，这一切都是结婚的应景之物。

男子看上的女子称为"硕女"，与《卫风·硕人》所娶的健壮、高大、漂亮的女子一样，不仅外表称人意，而且有"令德"，这与《周南·关雎》对窈窕淑女的追求一致。并且《车辖》一再强调，外表不重要，品德更重要。

婚礼上，有酒、有食、有舞。诗人说自己无"旨酒"、无"嘉殽"，但饮足够饮，食足够吃。诗人自称"无德与女"，即没有美好的品德与你相配，但仍希望"式歌且舞"，即饮食歌舞以相乐。这些话似乎是说不在乎食饮的好坏，最重要的要纵情食饮，极尽欢乐。

《左传·昭公二十六年》征引此诗"虽无德与女，式歌且舞"，谓齐国陈氏厚施于民，"陈氏之施，民歌舞之矣"。

3. 对女子多子多福的祝愿

首先看《周南·桃夭》。

桃之夭夭，灼灼其华。之子于归，宜其室家。

桃之夭夭，有蕡其实。之子于归，宜其家室。

桃之夭夭，其叶蓁蓁。之子于归，宜其家人。

【训诂】

夭夭：少壮貌。指桃花盛开之时，桃叶尚小，但将发荣壮大。

宜：合宜。

桃花盛开，正是早春时节。《桃夭》这首诗放在婚礼的场合演唱，祝愿这个女子出嫁，对其室家皆有利。婚姻不是小家庭，而是一个大家族的生活。对女子的祝愿，便是融入大的家族。起兴句从桃树艳丽的花到沉沉的果，最后是密密的枝叶，以时间递进，将女子融入大家庭的过程作了诗意的描绘。果实、枝叶似乎在预祝女子在这个家族开花结果、展开枝叶，有子孙绵延之意。

《唐风·椒聊》与《周南·桃夭》一样，都是赞婚歌，且祝愿女子多子多福。不过，这首诗以“椒聊”起兴。

椒聊之实，蕃衍盈升。彼其之子，硕大无朋。椒聊且！远条且！
椒聊之实，蕃衍盈匊。彼其之子，硕大且笃。椒聊且！远条且！

【训诂】

椒聊：花椒。聊，无实义。

匊：两手合捧。《毛传》：“两手曰匊。”

花椒树上的花椒籽繁衍盛大，很容易就装满了一升，很容易就捧了一捧，花椒就是多子多福的象征。新婚的女子“硕大无朋”“硕大且笃”，硕大指女子具有美丽的外表和美好的品德，《郑笺》：“硕谓壮貌佼好也。大，谓德美广博也。”祝愿这个女子在婚后如椒聊的枝条一样，长伸到远处，象征着她的子孙绵延远闻。

象征多子多福的不仅有花椒这一类的植物，还有螽斯这样的昆虫。《周南·螽斯》颇为成功地树立起螽斯的形象。

螽斯羽，诜诜兮。宜尔子孙，振振兮。
螽斯羽，薨薨兮。宜尔子孙，绳绳兮。
螽斯羽，揖揖兮。宜尔子孙，蛰蛰兮。

【训诂】

螽斯：蝗类。繁殖能力强。

诜诜：众多。

薨薨：众多嘈杂的声音。指螽斯的羽翼互相摩挲发出声响。

揖揖：密密麻麻的意思。

振振：光鲜、漂亮。

绳绳、蛰蛰：众多的意思。

螽斯聚集一起，诗人描写其多、其密、其声响。这首诗用螽斯作起兴，祝愿贵族子孙众多。螽斯对农业有害而无益，但螽斯在这首诗里却有祝颂的寓意，这是古代诗歌“美恶不嫌同辞”的用例。

鲁国史书《春秋》中记载了不少蝗灾事例，终春秋242年，仅《春秋》一经便有42次蝗灾记载。春秋时代的人不是不知道蝗虫为害不浅，但螽斯仍在诗中使用，螽斯成了多子多福的象征。

结婚的祝愿，除了多子多福之外，还有对女子品德的祝愿和希冀。《豳风·东山》中一对经自由恋爱结婚的青年男女，在结婚前，女方母亲“亲结其缡，九十其仪”。缡，即女子腰间系的佩巾，特指操持家务、侍奉公婆。母亲特意叮嘱女儿出入夫家的礼仪，唯有如此，才能在婚姻中进退得礼，获得美满婚姻。

三、婚姻礼仪

从女子初嫁，到女子入夫家之后，有一系列礼仪。从男方来说，有亲迎之礼，迎亲之后的祭祖之礼以及反马之礼。从女方来说，出嫁之前有祭祖之礼，出嫁有送女之礼。

《卫风·硕人》：“河水洋洋，北流活活。施罛濊濊，鳣鲔发发，葭菼揭揭。庶姜孽孽，庶士有朅。”《左传·桓公三年》：“凡公女嫁于敌国，姊妹则上卿送之，以礼于先君；公子则下卿送之。于大国，虽公子，亦上卿送之；于天子，则诸卿皆行，公不自送；于小国，则上大夫送之。”齐国和卫国地位相当，为势均力敌之国，若《硕人》真为庄姜而作，庄姜是齐侯之子，东宫之妹，则当为齐下卿送之。

1. 亲迎之礼

婚礼在周代礼制中意义重大。《礼记·昏义》开篇便说：“昏礼者，将合二姓之好，上以事宗庙，而下以继后世也。故君子重之。”因为重视，所以不管身份高低都必亲迎。《礼记·哀公问》记载，孔子曾向鲁哀公解释亲迎是为了表现人君的“敬”：“敬之至也，大昏为大。大昏至矣！大昏既至，冕而亲迎，亲之也。”为表示敬意，人君穿隆重的冕服，到女方家宗庙亲迎。

《大雅·大明》以赞颂的口吻叙述了周文王亲迎太姒的场景：“大邦有子，伣天之妹。文定厥祥，亲迎于渭。”周文王在占卜迎亲之日后，便从岐下来到洽阳，在渭水边亲迎太姒。至于普通百姓，也要准备车马到女方家亲迎。《卫风·氓》提道：“以尔车来，以我贿迁”，男方的车马将女方的财物一并带走。《周南·汉广》“之子于归，言秣其马”，在迎娶女子之前要先喂马，这马乃亲迎时所用。据

《礼记·昏义》，婿入宗调，亲受之于女之父母，“出御妇车，而婿授绥，御轮三周”。《豳风·东山》“之子于归，皇驳其马”，女家送马，婿亲御之。

春秋时期，贵族上层的亲迎之礼日益废弛。子贡也表达了疑问：“冕而亲迎，不已重乎?”穿上祭祀祖先才穿的冕服，亲迎于堂，是不是太隆重了？孔子却坚持这一古礼：“合二姓之好，以继先圣之后，以为天地宗庙社稷之主，君何谓已重焉?”(《孔子家语·大婚解》)婚姻合二姓之好，不得不说意义重大，故男方需郑重行事。

《齐风·著》陈述亲迎之礼的正确形式，字里行间流露出快乐。在女子等待男子由远及近进入家门的时刻，她的内心激动万分。

> 俟我于著乎而，充耳以素乎而，尚之以琼华乎而！
> 俟我于庭乎而，充耳以青乎而，尚之以琼莹乎而！
> 俟我于堂乎而，充耳以黄乎而，尚之以琼英乎而！

这首诗陈亲迎之礼。但经学家对亲迎之礼，有不同的解释。

《毛传》认为此诗三章分别陈述士、卿大夫、人君三个阶层的亲迎之礼。充耳是男子帽子上的佩饰，又名“瑱”，以玉石制成，垂于耳边。充耳用素、青、黄三色丝带悬挂在耳边，这个丝带叫作“纨”。悬挂充耳的素、青、黄三色丝带，《毛传》认为与身份地位无关。充耳以琼华、琼莹、琼英等不同的玉石制成，《毛传》却认为这三种玉石分别是士、卿大夫、人君所服，故此诗首章言士亲迎之礼，第二章言卿大夫亲迎之礼，卒章言人君亲迎之礼。

著、庭、堂则是女家地点。著、庭、堂，依次由庭院门口到厅堂。《毛传》：“门屏之间曰著。”“俟我于著”即不进庭院内部，在庭院门口的屏那个地方止步，在门和屏之间等待。“俟我于庭”就是经过屏来到庭院。“俟我于堂”则是穿过庭院来到堂的阶前，在此迎接新娘，这应该是离新娘最近的地方。

而汉代今文学家认为此诗三章分别讲述夏商周三代亲迎之礼。《毛诗》之“著”，三家诗皆作“户”。“著”指庭院大门，而三家诗所说之“户”则指寝室之门。

《公羊传·隐公二年》注：“夏后氏逆于庭，殷人逆于堂，周人逆于户。”《春秋繁露·三代改制质文》论夏商周三代婚礼，分别“逆于庭”“逆于堂”“逆于户”。作为亲迎地点的庭、堂、户，孔颖达《毛诗正义》以为皆女方之庭、堂、户，而陈奂以为皆男方之庭、堂、户。若以为是男方之庭、堂、户，何必曰亲迎？《著》所言，即夏商周三代亲迎之礼，第一章为周礼，第二、三章分别为夏礼、商礼。由夏、商的迎妇于庭、于堂，到周人迎妇于户，与女子的关系更亲近。故《著》之意，是称颂周人亲迎之礼。

这两派不同的意见，体现了汉代今古文相争的情形。《毛传》在充耳的颜色上辨别人物身份，这一点难于把握，琼华、琼莹、琼英三种玉石之间颜色的区别不明显。况且据《毛传》的解释，士亲迎只在庭院门口等待，而人君亲迎则在堂前阶下，这不符合事实。春秋时期，阶层地位越高就越有可能不亲迎。据《左传》记载，春秋时期，诸侯娶妻大多已不亲迎。故《公羊传》有“讥不亲迎”之说，针对的便是当时诸侯娶妻只派卿大夫迎娶回国的状况。《穀梁传·桓公三年》：“礼，送女，父不下堂，母不出祭门。”便是说男方亲迎于宗庙。《周礼·昏义》言周人送女于户牖，女方父母不下阼阶，与《穀梁传》所说不尽相同，但都要求男方亲迎。《毛诗》小序亦云：“《著》，刺时也。时不亲迎也。”《著》陈古亲迎之礼，以讽当世。

今文学派认为是夏商周三代亲迎之礼，则将《诗经》当礼书，过分理想化了。殷商时期的礼仪只存在于汉代经学书籍。漫长的历史已经过去，春秋时期的齐国诗人岂可看得到历史上殷商的亲迎之礼，且将其与周礼相比较？那么，这首诗究竟如何解释呢？

《著》所陈述的亲迎之礼只是一个较为完整的亲迎之礼。以即将出嫁的新娘的视角，亲迎的男子先来到门庭之间的著，然后来到庭，最后来到堂前阶下，离“我”越来越近，可以想见这个女子的心情是何等激动。

亲迎之时，男方所带车马之隆重，亦在《诗经》中有所呈现。《大雅·韩奕》中“百两彭彭，八鸾锵锵”，《召南·鹊巢》“之子于归，百两御之”，动辄出动百辆车马迎接新娘，虽有夸张之嫌，但可见亲迎仪式的隆重。但若女子身份高贵，则由女方自带车马，如《召南·何彼襛矣》，王姬出嫁，随行车马整齐肃穆：“曷不肃雍，王姬之车”。

2. 反马之礼

反马之礼，反，返。反马，即将女方初嫁时带来的车马返还，以示女子在夫家已经立足，不需遣返回家，同时也意味着以后不能无故回娘家。车马俱在一起，车在马在，反马，车亦不留，没有所谓留车反马之礼。

《左传·宣公五年》记载了齐国大夫高固嫁女反马的事例：“秋九月，齐高固来逆叔姬。叔孙得臣卒。冬，齐高固及子叔姬来。”杜注：“叔姬宁，固反马。”

秋季出嫁，冬季反马。孔颖达《春秋左传正义》阐释了反马之礼的具体含义：“礼，送女适于夫氏，留其所送之马，谦不敢自安于夫，若被出弃，则将乘之以归，故留之也。至三月庙见，夫妇之情既固，则夫家遣使，反其所留之马，以示与之偕老，不复归也。”

嫁女时，女方送行车马来到夫家，车马暂不返还。婚后三个月，女子入夫家宗庙祭祀，这时，夫家派人将马送回女方家。未反马之前，女方被休弃，就乘着来时所乘车马回家。孔颖达《春秋左传正义》引用《仪礼·士昏礼》，论述了该礼仪的适用范围是大夫及以上阶层："礼虽散亡，以《诗》之义论之，大夫以上其嫁皆有留车反马之礼。留车，妻之道也；反马，婿之义也。"

《邶风·泉水》中有"载脂载辖，还车言迈"之句，所说"还车"就是将出嫁时所乘之车马返还给卫国。不过《泉水》中出嫁的卫女想自己返还车马，借此再回娘家一趟，故不是真正意义上的反马。但《泉水》可以印证当时有反马之礼。

3. 婚前祭祀

婚姻的实质是女子进入夫家的宗庙，成为他人宗族中的一员。从结婚当日起，女子和本宗的联系就终结了。故在出嫁之前，女子需要告别本宗，在宗庙之中举行一次祭祀。《召南·采蘋》较为完整地讲述了一个即将出嫁的季女的祭祀过程。

于以采蘋？南涧之滨。于以采藻？于彼行潦。
于以盛之？维筐及筥。于以湘之？维锜及釜。
于以奠之？宗室牖下。谁其尸之？有齐季女。

这首诗用问句的形式，揭示女子婚前祭祀的过程。吴闿生《诗义会通》引旧评云："五用'于以'字，有'群山万壑赴荆门'之势。"字里行间洋溢着欢乐。

这个婚前祭祀，首先要去山涧、路边采蘋，而后将其盛在筐里且要将它放在锅里做好，最后将做好的食物祭奠在神主面前。诗歌末尾出现主持祭祀的虔诚的少女。《毛传》："古之将嫁女者，必先礼之于宗室，牲用鱼，芼之以蘋藻。"诗中没有出现鱼，因为鱼是男子准备。女子负责蔬菜，蘋藻经过腌制，制成菹，盛于豆登。《郑笺》："季女不主鱼，鱼俎实男子设之，其粢盛盖以黍稷。"女子出嫁之前，最后告别宗庙，所以必须作为主角祭祀先祖。

女子在婚前祭祀，实际意味着她三个月的女教已完成。《礼记·昏义》："妇人先嫁三月，祖祢未毁，教于公宫。祖祢既毁，教于宗室。……教成之祭，牲用鱼，芼之以蘋藻。"这个祭祀，在宗室的户牖之下进行。所谓牖下，是指宗庙西南的窗底下。宗庙一般在东边设门，面南；在西边设窗，同样面南。走进宗庙，西南窗户之下是最尊贵的地方，一般在此祭祀祖先。而宗庙的西北角，因屋顶有光漏下，故称屋漏。在祭祀的时候，西北角会腾出来做祭祀食物。据《郑笺》，"凡昏事，于女，礼设几筵于户外"，可知女子出嫁之前的祭祀不在室内而在室外，故"宗室牖下"是指在西南窗户之外祭祀。

女子祭礼已成，则意味着成其妇礼。苏辙《诗集传》："祭礼，主妇设羹，今使季女设焉，所以成其妇礼也。幼而习之，既嫁而奉祭祀，则终身行之，此所谓能循法度也。”这个时候的她，因为已经许嫁于人，应该戴上了发笄。蘋藻、筐筥、锜釜都是常见之物，之所以用来祭祀，是因为祭祀之人有忠信之心。春秋时期，《采蘋》忠信之义已经流播得非常广了。有一个事例，可以证明这一点。

《左传·隐公三年》记载，春秋初期，郑武公、庄公为平王卿士。“王贰于虢，郑伯怨王，王曰：‘无之。’故周、郑交质。王子狐为质于郑，郑公子忽为质于周。王崩，周人将畀虢公政。四月，郑祭足帅师取温之麦。秋，又取成周之禾。周、郑交恶。”

《左传·隐公三年》周郑交质中引君子曰：“苟有明信，涧溪沼沚之毛，蘋蘩蕰藻之菜，筐筥锜釜之器，潢汙行潦之水，可荐于鬼神，可羞于王公，而况君子？结二国之信，行之以礼，又焉用质？《风》有《采蘩》《采蘋》，《雅》有《行苇》《泂酌》，昭忠信也。”

有忠信之德，即便是蘋藻也可用于祭祀，而周、郑两个国家为解决不了的矛盾而互相交换人质，内心若无忠信，人质又有何用？君子征引《采蘋》《采蘩》等诗，就是为了表明忠信的道理。可见，在汉以前，《采蘋》即有了忠信之义。

4. 婚后祭祀

依据春秋时期的礼，亲迎之后，三月庙见，至此方可以成夫妇。春秋时期，郑太子忽娶陈女，先配而后祖，时人讥其不知礼。所谓“先配后祖”，即先成夫妇，而后在宗庙祭祖，颠倒了先后次序。新婚三月，新妇在宗庙里祭祀夫家的祖先以后，就正式成为这个家族中的一员。嫡夫人在婚后主持夫家祭祀。《召南·采蘩》较为完整地陈述了夫人祭祀的过程。

于以采蘩？于沼于沚。于以用之？公侯之事。
于以采蘩？于涧之中。于以用之？公侯之宫。
被之僮僮，夙夜在公。被之祁祁，薄言还归。

【训诂】

被(bì)：首饰，假发。
僮僮(tóng)：首饰盛貌，一说高而蓬松，一说光洁不坏貌。
祁祁：舒迟貌。时间长了之后，假发终于松散。

《毛诗》小序：“《采蘩》，夫人不失职也。夫人可以奉祭祀，则不失职矣。”这个说法大抵是不错的。《采蘩》与《采蘋》几乎相同的句法，用连续四个“于以”交代了女子婚后主持祭祀的过程。首先到沼泽、湿地去采蘩，而后用于诸侯宗庙之祭祀，最后祭祀的人夙夜在公，直到假发松弛，祭祀方告完毕。

公侯之宫，指诸侯之宗庙。诸侯夫人掌管其祭祀。《周礼·天官》："世妇掌祭祀、宾客、丧纪之事。"《周礼·春官》："世妇，掌女宫之宿戒，及祭祀，比其具。"世妇手下有女宫。《周礼》贾公彦疏，谓女宫乃有罪"从坐"、"没入县官"而供役使之女，又称"刑女"，凡宫中祭祀涉及的"濯摡及粢盛之爨"，均由女宫担任。

第十六章

战 争

西周时期，西北戎狄频繁入侵，南方荆蛮间或离叛，山东诸侯亦不时作乱，对西周王朝构成了极为严重的威胁。虽有文、武、成、康盛世威慑戎狄，有周公平叛、穆王伐戎以及宣王中兴，但周幽王还是被犬戎攻杀于骊山之下，强大起来的诸侯国亦时刻觊觎着京畿地区的丰腴土地与周天子统领天下的权威。

《大雅·常武》讲述周宣王命太师皇父征伐徐戎。皇父的先祖是南仲，文王时南仲受命为大将。皇父将六师，六师即六军，是天子之军队，诸侯国大者三军，小者一军。徐戎是淮夷最强大的一支，在今安徽泗县北。此诗描写与徐戎的战争场面，“王旅啴啴，如飞如翰。如江如汉，如山之苞，如川之流，绵绵翼翼，不测不克，濯征徐国。”

文王伐昆夷，事在《大雅·绵》。宣王中兴，北征玁狁，南征荆蛮，事在《小雅·六月》《小雅·采芑》。西周晚期，秦人与西戎战，故有《秦风·无衣》《秦风·小戎》。《诗经》写周王室的战争，强调的是礼仪。诸侯的战争，则对礼仪的描写较弱，突出士气、武器的重要作用。而战争诗中所谓礼仪，主要表现在车马和服饰上。

一、战争的车服之盛

1. 以车服之盛讲述战争之胜利

周宣王时，玁狁入侵，尹吉甫率师伐之，至于大原(今甘肃省固原县)。《小雅·六月》赞颂文武双全的尹吉甫，同时赞颂宣王中兴。

六月栖栖，戎车既饬。四牡骙骙，载是常服。猃狁孔炽，我是用急。王于出征，以匡王国。

比物四骊，闲之维则。维此六月，既成我服。我服既成，于三十里。王于出征，以佐天子。

四牡修广，其大有颙。薄伐猃狁，以奏肤公。有严有翼，共武之服。共武之服，以定王国。

猃狁匪茹，整居焦获。侵镐及方，至于泾阳。织文鸟章，白旆央央。元戎十乘，以先启行。

戎车既安，如轾如轩。四牡既佶，既佶且闲。薄伐猃狁，至于大原。文武吉甫，万邦为宪。

吉甫燕喜，既多受祉。“来归自镐，我行永久。”饮御诸友，炰鳖脍鲤。侯谁在矣，张仲孝友。

六月忙碌紧张，周王室与猃狁的战争开始了。按照常理，六月不应该发动战争，司马穰苴《司马法》：“冬夏不兴师。”但是猃狁入侵王室腹地，“侵镐及方，至于泾阳”，镐和方均指周地，其中“镐”通“鄗”，并非都城镐京；泾阳乃现今陕西的中心地带。猃狁威胁到周王室，故周宣王为保卫“王国”，不得不战，在此显示出战争的正义性。

《六月》着意描绘的是周王室此次出征的车服之盛。

首先是戎服之盛，即第一章的“常服”。常服即戎服，又称韦弁，乃红色的皮制服装。周代君臣的戎服又称袀服，君臣是完全一样的，不像礼服那样在纹饰、颜色上区分尊卑。“既成我服”“我服既成”，反复述说，字里行间洋溢着荣耀。此戎服与战车马同时出现，其出现的空间背景是战场，将戎服穿在身上，于是将士便被赋予了战争的神圣使命。“有严有翼，共武之服。共武之服，以定王国”，“武之服”即戎服，同穿武服的将士威严而又整齐，他们担负着平定叛乱的职责。

一辆战车载三个人，将士戎服一样，区分将士尊卑的是位置。在战车上，一般御者居中驾车；左边是卿大夫，身份稍高；右边的人称为车右，负责保护左边卿大夫的安全。如果是诸侯为主帅，则诸侯居中指挥，御者在左。《左传》记载，成公二年齐晋鞌之战，齐顷公与御者交换位置，当齐顷公的车被晋韩厥追赶上时，“御者”齐顷公借故去取水，趁机逃跑了，而韩厥自以为抓住的人是齐顷公，没想到他只是个御者。战争戎服没有区分，反映出周代贵族共同统治国家，平等相处的原则。在贵族统治的社会里，是贵族这个阶层负责管理国家，而诸侯不过是贵族阶层推选出来的代表，当时诸侯尚无专制集权。

其次是车马之盛。决定战车高下的是战马。“戎车既饬”“四牡骙骙”，戎车已经整顿待发，驾车的四马都很强壮。“比物四骊”则说到战车套马的特点。“比物”是说将颜色和力气相同的马套在一起，四骊是四匹清一色的黑色战马。战马尚力气，一般情况从力气状况考虑，把力气相同的马套在一起才能保证战马的整齐和战车的速度。力气和毛色完全相同的战马是相当难找的，王室的战车“比物四骊”，战马力气和毛色皆同，既有威武之貌，又有威猛之实力，故可想见此战车在战场上驰骋时的壮观和美感，尽显周王室车马之盛。分开来看单匹战马，“闲之维则”，闲，指训练；则，有法度。战马均训练有素，故行动迅速，足堪大任。从体貌上看，“四牡修广，其大有颙”，四匹马都是又高又大的公马，头部也宽广勇武。战车与戎服在身的将士每日行军三十里，这都合于礼的规定。

战车上的旗帜也充分显现出威严。春秋时期的旗帜一般置放于主帅的车上，师之进退皆跟从主帅的旗帜。“织文鸟章，白旆央央”，主帅车上打着“织文鸟章”，即画有鸟隼的旗帜，这种旗帜叫作“旟”。周礼，战旗上绘鸟隼，即凶猛的禽类。而旆，指旗的末端所缀垂旒。央央，鲜明的样子。白色飘带随风飘动，预示着战争的恢宏和将士士气的高昂。朱熹《诗集传》：“建此旌旗，选锋锐进，声其罪而致讨焉。直而壮，律而臧，有所不战，战必胜矣!”“元戎十乘，以先启行”，这是用于冲锋陷阵的十辆兵车，这十辆“元戎”开启了一场盛大的战争。

讲完车服之盛，就到了战争结尾，猃狁被赶跑，战争英雄尹吉甫现身：“薄伐猃狁，至于大原。文武吉甫，万邦为宪”。至于战争的冲杀过程，全无一字交代。车马充分体现了周王室的礼乐文化之盛。周王室的战争以车马为中心配置将士，故称颂车马便是称颂战事的有条不紊以及必胜的结果。猃狁等少数民族虽有车，但没有大规模地运用于战争，车只是以运输为务，整个战略布局以步卒为主。诗中对车服之盛的描写，表现的是对周代礼乐文化的信心和骄傲。“文武吉甫”是这个礼乐文化中的核心人物，其文武双全，朱熹《诗集传》：“非文无以附众，非武无以威敌。能文能武，则万邦以之为法矣。”

因此战时间久长，故大战成功之后，尹吉甫举行燕礼以犒劳随行诸友。“饮御诸友，炰鳖脍鲤”，燕礼上，尹吉甫为诸位进献饮食。诸位一起饮酒，烹鳖脍鲤，不亦乐乎，座中就有周宣王卿士张仲，他是个孝友之人。“同志为友”，以张仲为“孝友”，则尹吉甫燕礼上诸位都具有此品质。

周宣王时期，周王室能复文王、武王之故事，征讨入侵的外族而获成功，这是王迹不衰的强有力表现。进入春秋，周王室东迁，再无能力征讨戎蛮，征讨之责便落到了春秋霸主身上。故《诗经》战争诗中的军事胜利，成为周王室强盛的象征。

《小雅·采芑》同样用车马的服饰象征战争的正义性及其必胜的结果，不过和《六月》大不相同，《采芑》更多地涉及战车的佩饰，以显示其雍容的身份及不可侵犯的特点。此诗描绘周天子卿士方叔出兵征战南楚，为我们提供了车马、服饰之样貌。

薄言采芑，于彼新田，于此菑亩。方叔莅止，其车三千，师干之试。方叔率止，乘其四骐，四骐翼翼。路车有奭，簟茀鱼服，钩膺鞗革。

薄言采芑，于彼新田，于此中乡。方叔莅止，其车三千，旂旐央央。方叔率止，约軧错衡，八鸾玱玱。服其命服，朱芾斯皇，有玱葱珩。

鴥彼飞隼，其飞戾天，亦集爰止。方叔莅止，其车三千，师干之试。方叔率止，钲人伐鼓，陈师鞠旅。显允方叔，伐鼓渊渊，振旅阗阗。

蠢尔蛮荆，大邦为仇。方叔元老，克壮其犹。方叔率止，执讯获丑。戎车啴啴，啴啴焞焞，如霆如雷。显允方叔，征伐猃狁，蛮荆来威。

【名物】

骐：《说文》："马青骊文如博棋也。"

簟(diàn)茀(fú)：遮挡战车后部的竹席子。

鱼服：鲨鱼皮装饰的箭袋。

钩膺(yīng)：马之美饰，又称樊缨，指带有铜制钩饰的马胸饰。

鞗(tiáo)革：皮革制成的马缰绳。

约軧(qí)：用皮革约束车轴露出车轮的部分。

错衡：在战车扶手的横木上饰以花纹。

【训诂】

芑：如苦菜一样的野菜。

有奭：红艳艳，指战车漆成鲜艳的红色。有，形容词词头；奭，赫。

玱(qiāng)玱：象声词，金玉撞击声。

讯：间谍。

获：通"馘"。春秋时人割敌人的左耳，计量杀敌之数。

丑：敌人。

首二章以"采芑"起兴。方叔在"新田""菑亩"田猎阅兵。新田指耕种两年的田，菑亩指初耕的田。他所巡阅的军队有战车三千，车上的"旐"旗装饰有龟蛇。《周礼·春官·司常》郑玄注："龟蛇，象其扞难辟害也。"段玉裁《说文解字注》：

“大司马职，仲秋教治兵，郊野载旐。”旐画龟蛇，而龟蛇是北方之物，九旗当中唯独旐是黑色的(其他为绛色)。方叔所驾车称路车，是红色的，设有簟茀，即细席制成蔽体。驾车的马是四匹有青黑色棋盘状花纹的马。其所用箭袋，用鲨鱼皮制成。马上的钩膺和皮制缰绳，都配备完整。车之长毂、车衡之纹饰、衡上的八个铜铃，都极尽豪华。整齐合一的清脆铃声带出方叔出场，铃声也为车马威仪做了很好的铺垫。

关于战马的装饰品，《采芑》涉及较多。首先是“钩膺鞗革”，《郑笺》：“钩膺，樊缨也。”《毛诗正义》：“马则有金钩之饰，其膺亦有美饰，谓樊缨也。”孙诒让《周礼正义》引《孔子家语》王肃注：“马缨当膺，似索裙。”《续汉书·舆服志》刘钊注引傅玄《乘舆马赋》注“繁缨饰以旄尾，金涂十二重。”认为樊缨是一种缀在马颈下软革上的索裙或穗状的装饰物。根据前人所述，可做如下判断：樊缨悬挂在马的胸前，其具体位置有当膺、当胸、马的大带、马鞅等；樊缨的质地有五彩罽、绦丝、旄毛尾、削革、彩色韦等；樊缨的形状如索裙。

在礼制上，周天子乘坐五种车马，分别是玉路、金路、象路、革路、木路，唯金路配钩、樊缨。天子会将这些车马赏赐给诸侯。《毛诗正义》：“以此言钩是金路。”《周礼·春官·巾车》曰：“金路，钩，樊缨九就，建大旂，以宾，同姓以封。”只有天子和诸侯的战马才允许佩戴钩膺和樊缨。此诗方叔所乘坐的车有钩膺，这是因为他代表天子征战，故用天子之车。

方叔的身份是天子三命之卿，是卿大夫命服的最高等级。其命服是朱芾、葱珩。此朱，应是黄朱，即赤色。《礼记·玉藻》：“三命，赤韨葱衡。”赤韨，即朱芾。葱衡，即葱珩。赤色的蔽膝配绿色的腰间玉佩。

《周礼·春官·司常》：“鸟隼为旟。”王夫之《诗经稗疏》卷二：“广充幅，长八尺为旐；下以他帛继，而裁似燕尾为旆。其制狭而长，如今之高招是也。旗、旟、旞、旌皆如旆，而竿首各有所注，因以所注者为别。注之以熊虎之皮为旗，……注之以合剥鸟隼之皮毛为旟，……注龟蛇之甲皮为旐，注革鸟而全其羽为旞，析其羽为旌……旐、旟、旗、旞，狭小而长，以便戎车，为武旌。”

第三章写战争，包括出征前的准备、战争过程以及战争凯旋。“钲人伐鼓，陈师鞠旅。显允方叔，伐鼓渊渊，振旅阗阗”，“鞠旅”是誓师，方叔出征前陈兵而誓师，钲人、鼓人各司其职，以助其威。钲和鼓俱用于战争，“钲以静之，鼓以动之”(《毛传》)，钲、鼓互言，谓钲、鼓各有其人。至于战争过程，仅用“显允方叔，伐鼓渊渊”两句诗高度概括。“伐鼓渊渊”显然是战争最为激烈的一个场景，鼓声密集，兵车冲杀、士卒进击。那些壮大的场面就涵括在这四个字里。紧接“伐鼓渊渊”后的就是班师入城，“振旅阗阗”了。所谓“振旅”，指将士凯旋时列队入城，“阗阗”是说军队洋溢着祥和安逸的气息。《春秋公羊传·庄公八年》：“出曰祠兵，入曰振旅，其礼一也。”军队出城和入城，一在战争之前，一在战争之后，均有相应的礼仪，而其礼仪是截然不同的。治兵贵勇，故年轻勇力者在队伍之前列。入城振旅则贵长，故年长者走在队伍前列，以示长幼之节。无论是战争之中还是战后，方叔率领的军队皆有礼仪。

第四章写战后“蠢尔蛮荆，大邦为仇。方叔元老，克壮其犹。方叔率止，执讯获丑”，写明这次作战的对象是楚国。周代，楚国因受南方土著文化影响较深，与中原礼乐文化相去甚远，故被视为“蛮”。楚国军事力量强大，屡次进犯周王室的领地，故方叔率师南征。而南征用兵，被视为周王室中兴的见证。周王室在西周时期仍未丧失其军事能力，能派兵出征猃狁、蛮荆、淮夷，东迁之后便主要仰赖霸主对戎狄作战，来维护中原诸侯国的安全了。与楚国作战，则要向周王室献战争俘虏。方叔抓了间谍(讯)，将所获之俘虏(丑)献上。

《小雅·出车》在车马之盛的描述之外，还加上了强烈的忧患意识的表达。

我出我车，于彼牧矣。自天子所，谓我来矣。召彼仆夫，谓之载矣。“王事多难，维其棘矣。”

我出我车，于彼郊矣。设此旐矣，建彼旄矣。彼旟旐斯，胡不旆旆？忧心悄悄，仆夫况瘁。

王命南仲，往城于方。出车彭彭，旂旐央央。天子命我，城彼朔方。赫赫南仲，猃狁于襄。

昔我往矣，黍稷方华。今我来思，雨雪载涂。王事多难，不遑启居。岂不怀归，畏此简书。

喓喓草虫，趯趯阜螽。未见君子，忧心忡忡。既见君子，我心则降。赫赫南仲，薄伐西戎。

春日迟迟，卉木萋萋。仓庚喈喈，采蘩祁祁。执讯获丑，薄言还归。赫赫南仲，猃狁于夷。

【名物】

旐(zhào)：画有龟蛇的旗。

旄(máo)：装饰有牦牛尾的旗。

旟(yú)：画有鹰隼的旗。

旂(qí)：绘有蛟龙的旗，旗杆上有铃。

【训诂】

牧：郊外。

棘：急。

仆夫：驾车的人。

旆(pèi)旆：旌旗末端状如燕尾的垂旒。

襄：即“攘”，平息，扫除。

简书：周王传令出征的文书，书写在竹简上。

趯(tì)趯：蹦蹦跳跳的样子。

阜螽：蚱蜢。

诗人受天子之命，跟从南仲攻伐猃狁，在朔方建城，之后凯旋。此为周宣王初年之事。诗歌首章和第二章都描写车马之盛，分别表现城郊待命、建旗，将要攻伐猃狁的忧虑之情。第三章借车马之盛讲述朔方建城时的威武以及战胜猃狁的心情。第四章借花草、雨雪讲述征战的艰辛和忧虑。第五章借草虫、阜螽讲述夫妻久别重逢的喜悦、战胜西戎的喜悦。第六章叙春日之景，讲凯旋献俘之事。

车马之盛来自车上旗帜，显示出战争的正义性。“设此旐矣，建彼旄矣。彼旟旐斯，胡不旆旆?”在车上设有龟蛇图案的旐、鸟隼图案的旟，还有旗杆饰牛尾的旄。旐和旟都是战争使用的旗帜，旗帜挂上垂旆，意味着即将开战。全诗未有战车行列的全景写照或将士脸部的近距离聚焦。周人出征、整装束发的情景，表现在旗帜上。“出车彭彭，旂旐央央”，驾车四马强健，车上旗帜招展，旗杆设铃，画有蛟龙图案的旂和画有龟蛇的旐，都鲜明地标示主人身份之尊贵，宣示着王权不可侵犯。

诗人的忧患来自对王室忧患的体认，这种忧患意识贯穿首尾。首章一开始诗人便套车、召唤仆夫驾车，来到了郊外军队的集结地点。之所以要来郊外，是因为王室受到外侵，处于急难之中，“王室多难，维其棘矣”。第二章“忧心悄悄，仆夫况瘁”，借仆夫之忧反衬卿大夫之忧。第四章“王事多难，不遑启居。岂不怀归，畏此简书”，谓将士奔波于战场，虽有怀归的意愿，但是“王事多难”，不能弃王室安危于不顾。“畏此简书”，指周王室将告急简书传至诸侯，诸侯因之生畏，同仇敌忾，行动起来。沈钦韩《春秋左氏传补注》：“国有急难，不暇连简为策，单执简往告，犹今之羽檄矣。”王室的简书不同于后世大一统国家的调兵遣将，而是基于血缘亲情，向同一宗族的人请求支援。《左传·闵公元年》记载，狄人伐邢，管仲引“岂不怀归，畏此简书”这句诗，劝谏齐桓公伐狄，以救中原诸侯国邢国。管仲称：“简书，同恶相恤之谓也。”在宗法社会里，同恶相恤，一国有恶，他国同以为恶，此为“同恶”；一国有急难，他国同以为忧而往救之，此为“相恤”。故诸侯的救助，不是对于统一国家的认同，而是宗族内部成员共同对抗外侮的表现，共同御侮是原始氏族社会的维系原则，周王室与诸侯之间仍保留了原始社会的某些传统。

诗人的忧患因为南仲的赫赫战功而演化成了胜利的喜悦。“赫赫南仲，玁狁于襄”“赫赫南仲，玁狁于夷”，玁狁终于被攘除，其乱趋于平静。“执讯获丑”，将间谍抓获，又将战俘的左耳割下来，即将班师回朝。这些战利品是要交给周王室的。《左传·成公二年》记载，晋国对齐国作战胜利，也向周王室献战利品，受到当时人的反对。因为在周礼中，献俘用以炫耀王室武力，用以威慑夷狄。显然，诸侯国之间的战争显示的是血肉残杀，在周礼中是不受肯定的。

献俘还出现在《大雅·常武》《鲁颂·泮水》等诗歌里。《大雅·常武》：“四方既平，徐方来庭。徐方不回，王曰还归。”《鲁颂·泮水》：“明明鲁侯，克明其德。既作泮宫，淮夷攸服。矫矫虎臣，在泮献馘。淑问如皋陶，在泮献囚。”分别讲述了周王室和鲁公室打败徐国和淮夷之后的献俘。鲁国献俘的地点在泮宫。广义的献俘礼包括庙社告祭、献俘、宴饮等一系列庆功仪式；而向祖先、君主敬告捷报并献上战利品，主要的流程有告献、讯酋、折酋、献馘、燎祭、告成、饮至、禘祖、献俘获、赏赐。举行献俘礼时，天子及臣属的位置也遵循严格的规范，但诗歌里记叙得较少，在此不详细述说了。

2. 以车服之盛赞颂出征之将士

以《秦风·小戎》来看。

小戎俴收，五楘梁辀。游环胁驱，阴靷鋈续。文茵畅毂，驾我骐馵。言念君子，温其如玉；在其板屋，乱我心曲。

四牡孔阜，六辔在手。骐骝是中，騧骊是骖。龙盾之合，鋈以觼軜。言念君子，温其在邑。方何为期？胡然我念之。

俴驷孔群，厹矛鋈錞。蒙伐有苑，虎韔镂膺。交韔二弓，竹闭绲縢。言念君子，载寝载兴；厌厌良人，秩秩德音。

【名物】

辀：车辕。春秋时期的车辕多为单辕。

游环：马胁驱上可以活动的金属环，用以控制骖马。

胁驱：套在马胁两旁的皮套。

阴靷：连接车厢和驾马的皮带，从车厢底部穿过，一端系在衡上，一端系在车轴上。阴，车轼前横板，皮带经过横板之下。靷，引车前进的皮带。

鋈：白铜。

续：环。指皮带(靷)用铜环续接。

毂：车轴上的辖。

骐：毛色青白相间的马。

馵(zhù)：脚上长白毛的马。

骝：红黑色的马。

騧(guā)：黑唇的黄马。

觼(jué)軜(nà)：用以牵连辔绳的器物。

厹(qiú)矛：又称酋矛、仇矛。车上配备的武器，矛头有三棱锋刃。

錞(duì)：指兵器的杆下面的金属环。

伐：通"瞂"，盾。

苑：花纹。

虎韔：虎皮做的装弓的袋子。

竹闭："闭"通"柲"。竹柲用竹制成，是矫正弩的工具。

绲縢：用绳捆绑。

【训诂】

俴收：很浅的车厢。俴，浅。收，车后横木。

五楘：交叉的皮带。五，古文字作两笔交叉状。楘，指皮带。

文茵：指纹饰漂亮的虎皮垫子。文，后来写作"纹"。

镂膺：雕刻镂空花纹。

《小戎》第一章描写战车，第二章描写战马，第三章写兵器，极尽车马、兵器之精良华美，以突出车马作为战争利器的战略性意义，彰显秦人兵强马壮的盛况。这样的描写颇具历史性意义。战国时，秦人吞并六国，其军事实力不可小觑，而其先进的武器制造、精良的武器性能，是取得军事胜利的有力保证。现今出土的秦人箭镞由青铜制成，具有三个棱面，而三个棱面的切割有如机器流水线上生产出来的一样，颇为精准，这保证了箭镞的命中率和杀伤力。

这首诗写车马、兵器，却极少对男子有正面的描写，实是用车马、兵器之盛来写男子的勇武。

这首诗经由女子口中唱出，她怀念远方的丈夫。首章"言念君子，温其如玉；在其板屋，乱我心曲"来直接表现对远戍在外的丈夫的思念。板屋，即以木头做成的屋，这是秦地的风俗。瓦片会因寒冷而折断，故春秋时期，今甘肃一带秦人居住的地方都建板屋。出征在外的将士入乡随俗，也砍伐树木建板屋以事休息。

秦人尚武，故女子对车马亦非常熟谙。举凡作战车辆的各个细节一一道明，显示出秦地剽悍的民风。首章陈述战车的形制，“小戎俴收，五楘梁辀。游环胁驱，阴靷鋈续。文茵畅毂，驾我骐馵”。此车称为小戎，普通的作战车，“小戎俴收”是说它配有很浅的车厢。春秋战车都是立乘，一车三人，为减少负重，车厢用柴木编成，比较简陋，所以车厢浅是战车的典型特点，便于快速行动。“五楘梁辀”是说如梁一般的车辕上缠有皮带，缠得密密麻麻，皮带交织，故称“五楘”。车辕上缠皮带，是为了加强车辕的韧性。车辕一般为独木，粗壮，长约2.2米，马拉车完全靠车辕拉着车厢行进。为避免车辕受外力的作用而发生变形，故在车辕外面要加皮带，以维持它的稳固性。现今出土的车辕，其上便缠有一圈又一圈互相倾轧的皮带。“游环胁驱”是指马胁驱套了游环，可以很好地控制骖马。“阴靷鋈续”则指车厢底下伸出一条皮绳，牵连到马颈上的衡，这条皮带上用白铜制的环扣续接。有了轻浅的车厢、加固的车辕、拉车的皮带，战车便有了稳固而可靠的性能。“文茵畅毂”指车厢上配有精美的虎皮垫子，车轴上伸出长长的毂。虎皮垫子象征着车主人身份等级之高，长毂代表这辆车杀伤力很强。战车立乘，故虎皮垫子不用来坐，只是装饰，而虎皮是最为珍贵的装饰。车马的毂较长，毂上装横片稳固车轮，有阻止车轮滑脱的功用。战争车马更有意加长了车毂，以便在冲撞中形成杀伤力，并与敌方车辆保持距离。有时车毂上还加了长长的刀，一旦车轮滚动，刀就可以近距离捣毁对方车辆。首章把战车的形制、装备一说出来，此战车在战场上的冲杀便立马可见，故写战车就是写此车主人的英勇无畏。

第二章陈述战马。这首诗中出现的战马，毛色颇不整齐，有黑色的，有黄色的，有青白色花纹交织的，有紫红色的，还有蹄上毛色带白的。因为战马崇尚力气，所以毛色不必整齐，在这些战马的身上，我们看到的是秦人最原始的冲击力。“四牡孔阜”是说这四匹马高大，结合第三章“俴驷孔群”说驾车的四马步调一致，可见四马便足以形成一个战斗团队。车上放置的盾画了龙形图案，画图精美，称之为龙盾。一车两个龙盾合在一起，处于静止状态，尚未显示出战争的紧迫和一触即发。

第三章陈述武器及配件。武器的第一个特点是华美。厹矛有三棱刃，矛杆底部套了白铜做的环，盾上也画了美丽的花纹；弓袋用虎皮做成，上面有镂空的花纹。武器及配件的第二个特点是隐忍不发。两把弓箭交叉着放进弓袋里，用以矫正弓弩的竹柲也是用绳捆绑着。这与第二章两个盾合在一起陈而不用是一致的。武器的呈现是静态的、审美的，而非实用的、功用的。这样一种陈述方法，将武器从战争的环境背景中解脱出来，置于礼乐文化的空间之中。武器无声地陈列，赋予了武士礼仪身份。并非所有的矛底部都装饰了铜环，并非所有将士都有虎皮做的弓袋。一般人只有羊皮做的弓袋，只有“君子”才配以虎皮做的弓袋。故陈述武器的华美，是对君子身份的界定和对其品行的赞颂。

这首诗对于战争，不是描写其残酷、血腥，而是从礼乐文化的视角对武器做了审美式的描述，从中可以看出秦人强大的武力。这首诗在矜夸战车、战马、武器华丽的背后，是女子对彬彬有礼的君子的思念。

3. 以战车武器之装备讲战争的士气

战争诗如果不描写车服之盛，那么会描写什么？《秦风·无衣》提供了答案。

岂曰无衣？与子同袍。王于兴师，修我戈矛，与子同仇！
岂曰无衣？与子同泽。王于兴师，修我矛戟，与子偕作！
岂曰无衣？与子同裳。王于兴师，修我甲兵，与子偕行！

此诗出现的背景是春秋初年，秦人为与西戎作战而共同走向战场。秦人在对待西戎的战争上，全民支持，毫无半点躲闪退却。如《无衣》所示，与周王室的贵族作战准备车服不同，秦国普通军士没有统一的戎服，但却有同仇敌忾之心。秦人虽无车服之盛，但有武器之精良。

“岂曰无衣？与子同袍”，《礼记·丧大记》郑注：“袍，亵衣。”东汉刘熙《释名》：“袍，丈夫著，下至跗者也。袍，苞也。苞，内衣也。”“袍”是长及脚踝的内衣。秦人虽无整齐的穿在外面的戎服，但却有相同的内衣，这也是服饰另一种形式上的统一。袍在先秦时期是燕居衣服，只在家里穿，自汉以后，袍才变为外衣、朝服。

“与子同袍”“与子同泽”“与子同裳”，袍、泽、裳并举，皆指穿在里面的衣服。泽指贴身内衣，裳则指外衣里面的内裳。虽然穿在外面的服装各不相同，但是穿在里面的内衣却是相同的。白天服饰不同，晚上服饰相同；外面的戎服不同，里面的内衣却相同。这样的说法，似有意附庸贵族男子统一戎服这一特点。如果说整齐的戎服意味着战争的威严、胜敌的决心，那么《无衣》中内衣服饰整齐的士兵也怀着必胜的信心，时刻准备走向战场！《无衣》任性地将秦人内衣与东方六国的贵族戎服作比附，实际上消解了戎服对战争胜负的决定性意义。

决定战争胜负的是手中的戈矛、矛戟、甲兵，秦人对此特别重视。秦人虽没有车服之好，武器却准备充足。戈、矛、戟是进攻性武器，甲是防御性武器。春秋时期的甲一般由犀牛皮制成，质地坚硬。《左传·宣公二年》记载，宋华元战败，筑城者唱歌讥笑他：“睅其目，皤其腹，弃甲而复，于思于思，弃甲复来。”他让骖乘回应：“牛则有皮，犀兕尚多，弃甲则那！”犀牛皮尚多，弃盔弃甲不算什么。可见春秋时宋国尚多犀牛。甲由内外七层皮革叠加在一起，谓七札。

《吕氏春秋·爱士》叙晋惠公之车右以殳击秦穆公，已破六札，唯一札未破；《韩诗外传》叙齐景公射穿七札；《列女传》谓晋平公亦射穿七札。

“修我戈矛”“修我矛戟”，可以看出他们对自家武器的珍视。戈矛、矛戟都不是农具，戈是长柄横刃的武器，矛是冷兵器时代的重要武器，戈矛常连用，是近战格斗的兵器。戟是矛和戈的合成体，融合二者的优点，在作战时具有很大的优势。秦始皇陵兵马俑中，秦国兵士手中有拿棍棒的，亦有兵士未穿盔甲。但是产生于春秋初年的《无衣》中，秦士兵手持戈矛戟，身披盔甲，可知秦人把最精良的装备写进了诗中。修理兵器，准备走向战场，这代表了秦人必胜的信心。元刘瑾《诗传通释》引宋人谢枋得说：“《无衣》一诗，毅然以天下大义为己任，其心忠而诚，其气刚而大，其词壮而直。”

秦人学习周人的礼乐文化，始有车马宴乐、锦衣狐裘，但是军队的服饰却没有统一。普通军士没有周人的车服之盛，但戈矛在手，这是最大的务实，同样能取得战争的胜利。故秦人战争诗无车马礼仪之盛，却有刀剑出鞘的锐利与势不可挡。《无衣》的气势无须任何铺垫，直接铺叙便是好诗。

二、战争与日常生活的背离

1. 战争破坏了日常生活

不同于诸侯、贵族，普通百姓对战争的参与度不高。西周时，战争是贵族的特权，普通百姓不能做兵士。进入春秋，战争是贵族的游戏，保护的是贵族阶层的利益，与普通兵士无关。孟子说，春秋无义战。在此背景之下，《诗经》中的战争诗表现出反战的情绪。

《邶风·击鼓》作于鲁隐公四年，在《左传·隐公四年》中有明确记载。

击鼓其镗，踊跃用兵。土国城漕，我独南行。
从孙子仲，平陈与宋。不我以归，忧心有忡！
爰居爰处？爰丧其马？于以求之？于林之下。
“死生契阔”，与子成说。执子之手，与子偕老。
于嗟阔兮，不我活兮！于嗟洵兮，不我信兮！

卫国州吁弑君自立，为转移国内矛盾，他发动对外战争，以求赢得诸侯的支持，稳定他在国内的地位。他蛊惑宋国发动对郑国的战争，而自己带陈蔡两国来助战。宋国和郑国之间的矛盾，根源于宋嫡子争位失败。宋宣公让位于其弟宋穆公，宋穆公又让位于宣公之子与夷，是为宋殇公，于是宋宣公之子公子冯出奔郑，郑人纳之。州吁认为公子冯终将是宋国的祸患，所以煽动宋殇公与郑国一战。《春秋·隐公四年》："宋公、陈侯、蔡人、卫人伐郑。"《击鼓》即作于卫国士兵即将奔赴他国作战之时。

"击鼓其镗，踊跃用兵。土国城漕，我独南行。从孙子仲，平陈与宋。不我以归，忧心有忡！"镗，鼓声，象声词。鼓声响起来，使众兵士都集结在一处。"踊跃用兵"，踊，下蹲并站起。跃，双脚跳。"踊跃用兵"即兵器上上下下，在手里把持比试的意思。"土国城漕"，土、城活用为动词，从事土役、修建城墙之意，春秋时期，城邑皆有城墙。国，都城。漕，卫邑，在卫懿公亡国时，卫国君民曾借住过此地。有百姓在国内从事土役，而诗人却要向南行进，要去作战，所以这是最为艰苦的事。"平陈与宋"，《郑笺》："平陈于宋，谓使告宋曰：'君为主，敝邑以赋与陈蔡从。'"不告诉我归期，所以忧心忡忡。

"爰居爰处？爰丧其马？于以求之？于林之下"，是想象中的战后情景。爰，于。那些死伤者、丧马者，在哪里居处？到哪里去找？到山林中去找吧。行军打仗，如果是战车驱驰，都在平地，而战后搜索山林，是为了寻找死伤者。前一章的忧心忡忡在这一章得到了露骨地呈现。

"'死生契阔'，与子成说。执子之手，与子偕老"。这一章仍然在讲述"忧心忡忡"。战乱背景之下，回想起夫妻二人的誓言。契，在一起。阔，分别。死生契阔，无论死生都要在一起，拉着你的手一起变老。用紧握的双手，对抗时间的流逝。时间能改变容颜，但是又有什么关系，只要手是在一起的。结婚誓言这一幕如在目前，可是"执子之手"成了空，不得不感慨系之。

于是有了最后一章："于嗟阔兮，不我活兮！于嗟洵兮，不我信兮！"于嗟，哎呀。哎呀那个分别，不让我和你见面。哎呀那个久啊，让我的誓言成空啊。活，通"佸"，见面。洵，久。战争持续时间长，已让人久不见面。

这个兵士对待战争的态度前后一致，是彻底地反对。一则战争有可能不归，寓意着肉体的损伤或消灭；二则战争破坏了个人美好的家庭；三则战争破坏了夫妻之间的诚信。战争没有理由凌驾于个人、家庭、夫妻伦理之上。换句话说，在普通士兵的价值观里，这场战争不能获得对个体、家庭、情感的优先权，百姓不拥护这场战争。

2. 战后回归日常生活

百姓对平和生活的向往，当看《豳风·东山》。

我徂东山，慆慆不归。我来自东，零雨其濛。我东曰归，我心西悲。制彼裳衣，勿士行枚。蜎蜎者蠋，烝在桑野。敦彼独宿，亦在车下。

我徂东山，慆慆不归。我来自东，零雨其濛。果裸之实，亦施于宇。伊威在室，蟏蛸在户。町畽鹿场，熠耀宵行。不可畏也，伊可怀也！

我徂东山，慆慆不归。我来自东，零雨其濛。鹳鸣于垤，妇叹于室。洒扫穹窒，我征聿至。有敦瓜苦，烝在栗薪。自我不见，于今三年！

我徂东山，慆慆不归。我来自东，零雨其濛。仓庚于飞，熠耀其羽。之子于归，皇驳其马。亲结其缡，九十其仪。其新孔嘉，其旧如之何？

《毛诗》序："《东山》，周公东征也。周公东征，三年而归，劳归士。大夫美之，故作是诗也。"周公东征是为了平武庚、管叔之乱。平定之后，战士解甲归田，其喜悦之情溢于言表。

在一个零雨的日子里，士兵走在回家的路上，彻底与战争告别。首先，从此不用"行(衔)枚"急走。所谓衔枚，是指嘴里衔一支竹制的枚，这个枚两头有绳，戴在耳上。晚上行军时衔枚，禁止喧哗之意。其次，再不用宿在车下。"敦彼独宿，亦在车下"，指战时士兵晚上睡觉，将车反覆下来，用车厢作为遮挡，身子宿在车下，因空间有限，身子必须蜷缩成一团。士兵形容自己在战场上像一只虫："蜎蜎者蠋，烝在桑野"，蠋是蝴蝶或蛾子的幼虫，色青，又叫青蛱。这是说自己像一只爬行在野外的蠕虫，很久没有进家门了。还有一个相似的比喻是"有敦瓜苦，烝在栗薪"，像一只悬挂在窗外柴火垛上的瓜，偏偏不能走入家门，命实在是苦。所以，家具有巨大的魔力，一旦到家，一切非人的生活都将结束，这是如何快意。

但是士兵想象的家，却有些出人意料。"果裸之实，亦施于宇。伊威在室，蟏蛸在户。町畽鹿场，熠耀宵行。"房檐下挂着野生的果子，植物入侵人的生活空间；鼠妇爬入内室，长腿蜘蛛就挂在门上；自家的田地因为没有男主人在家变得荒芜，成为野鹿出没的场所，一到晚上，鬼火闪烁。这个家太缺少生气，甚至有些恐怖！但是在想家的士兵眼里，这也是足可怀念的地方。"不可畏也，伊可怀也！"家里有人在等待他，自己的不期然而至，该是多么惊喜！他甚至揣想妻子多年不见，是否已变了模样。士兵幻想的是一个破败不堪的家，门檐下的爬藤、屋内屋外的昆虫、田地里的野兽，都是因为男主人不在家而出现。这些生物只是意味生活简陋，都不构成对生命的威胁，更何况，自己一旦回家，这些生物都得让位，而出入家门，耕种田地，这个家就有了生气，就有了希望。想到此，士兵无疑是精神抖擞的。这也是这首诗洋溢着喜悦的原因。

《小雅・采薇》与《豳风・东山》一样，都是描写回家，《采薇》却悲戚至极："昔我往矣，杨柳依依；今我来思，雨雪霏霏。行道迟迟，载渴载饥。我心伤悲，莫知我哀!”何以至此，恐怕是因为士兵“靡室靡家”。因为战争，不遑结婚，没有小家；长久的战争，大家亦无人生存，这就是“靡室靡家”的悲剧。行走在归家的路上，“载渴载饥”，基本的生理需要得不到满足；回到家里，回归族群的安全需要得不到满足。这个士兵终将要游离在社会之外，又失去对将来的希望，无怪乎他说“莫知我哀”。回家，但再也回不到过去的田园生活，这一切都是战争引起的。

第十七章

田　猎

据春秋礼制，天子、诸侯一般亲自四时田猎。《公羊传·桓公四年》记载："春曰田，秋曰蒐，冬曰狩。"何休注："禽兽多则伤五谷，因习兵事，又不空设，故因以捕禽兽，所以共承宗庙，示不忘武备，又因以为田除害。"《白虎通义》："四时之田，总名为田。"

田猎的目的在于习兵。《周礼》贾公彦疏引《书传》云："战者，男子之事，因蒐狩以阅之。"上至天子、诸侯，田猎皆出于礼的需求，为战争做预演，选拔人才。而司马主管的田猎活动，还发动了国人共同参与，熟悉战阵、钲鼓，为将来有可能的战事做准备。

一、天子田猎的盛况

1.《小雅·车攻》

《小雅·车攻》描述了诸侯会同，与天子一起田猎的情景。

我车既攻，我马既同。四牡庞庞，驾言徂东。
田车既好，四牡孔阜。东有甫草，驾言行狩。
之子于苗，选徒嚣嚣。建旐设旄，薄狩于敖。

驾彼四牡，四牡奕奕。赤芾金舄，会同有绎。
决拾既佽，弓矢既调。射夫既同，助我举柴。
四黄既驾，两骖不猗。不失其驰，舍矢如破。
萧萧马鸣，悠悠旆旌。徒御不惊，大庖不盈。
之子于征，有闻无声。允矣君子，展也大成。

诸侯的狩猎车已经修缮，车子坚固，整装的四匹马奔跑的速度不相上下。“我马既同”，《毛传》：“宗庙齐毫，尚纯也。戎事齐力，尚强也。田猎齐足，尚疾也。”诸侯助祭天子，所驾四马贵在毛色纯一而整齐；若从事战争，则贵在力气齐一；若田猎，则贵速度相同。诸侯朝见天子之后，调整好车马，准备跟随天子田猎。“四牡孔阜”“四牡庞庞”“四牡奕奕”，指由四匹高大、有力、漂亮的雄马驾车。

田猎的地点在东都洛阳东面的甫田，属郑国领地。“东有甫草”，即指郑国的甫田有草。“搏兽于敖”，则指郑国的另一地方，在今河南荥阳附近。

诸侯所穿衣服为“赤芾金舄”，芾指蔽膝，赤色的蔽膝为诸侯所服；舄，指双层底的鞋，金舄，则是装饰金属的舄，亦为诸侯所服。孔颖达《毛诗正义》：“此云金舄者，即礼之赤舄也。故《笺》云：‘金舄，黄朱色，加金为饰，故谓之金舄。’”所谓黄朱，即赤色。朱熹《诗集传》：“赤芾，诸侯之服。金舄，赤舄而加金饰，亦诸侯之服也。”舄有三等，赤舄为上。诸侯服赤芾赤舄，穿上最为尊贵的服饰随同打猎，这从一个侧面写出周王室的礼仪之盛。

田猎过程中，需要展示射御技术。“决拾既佽，弓矢既调”，指弓箭都已调适好。决，射箭用的扳指，一般用兽骨或象牙制成。拾，射箭人佩戴在左臂上的皮制护袖。佽，按顺序排列好。扳指和护袖依次排列，实即寓含着拉弓的动作，决以勾弦，拾以护臂，先勾弦再满弓，弓弦触碰到左臂，诗人为我们呈现了射手满弓持射的情景。“射夫既同，助我举柴”，这是周宣王说的话。同，指周宣王和另外的射手同时射向同一猎物，他们还帮助周宣王取被射杀的猎物。柴(zì)，或作“胔”，堆积的动物尸体。“不失其驰，舍矢如破”，《郑笺》：“御者之良，得舒疾之中；射者之工，矢发则中，如椎破物也。”

田猎之后，整个队伍井然有序。“萧萧马鸣，悠悠旆旌。徒御不惊，大庖不盈。之子于征，有闻无声。”用马鸣和旌旗展示大队人马壮观而悠闲的景象，随从、驾车人皆安闲下来；参加田猎的人，个个有声闻在外，但无喧哗之声。“大庖不盈”，不盈即盈。田猎归来，天子的厨房应充满肉食佳肴，这些厨房里的食物是供自己食用的。天子田猎的目的，“一曰乾豆，二曰宾客，三曰充君之庖”，这是说田猎所获，一则可以做成干肉(乾)供祭祀，盛之于“豆”；二则用以接待宾客，用之于宗庙或朝廷；三则可以为人君提供肉食。这段话同时出现在《毛传》《公羊传》与《礼记·王制》等文献中，这是在礼乐制度中对于田猎功能的具体说明。而《车攻》整首诗便是在礼乐制度的背景之下，展开对天子田猎的描写。

虽然《车攻》文本说田猎只是为了自己食用，但《毛诗》序又说出了田猎另一个相当重要的功能。《毛诗》小序指《车攻》表彰宣王“修车马、备器械，复会诸侯于东都，因田猎而选车徒焉”，即在田猎中择选射御之人，为战争储备人才。《左传·桓公四年》记载，桓公年间，晋国新作二军，任命新的将领，就曾经举行过一次田猎。田猎有竞争性质，射手们射杀的是同一猎物，故有中有不中，但是此诗对射手之间的竞争关系不做强调，而是强化他们之间的和谐关系。我们仍不能否认田猎对于射手射御技术的全面考验，田猎为军事而储备人才，这是完全可以理解的。

2.《小雅·吉日》

吉日维戊，既伯既祷。田车既好，四牡孔阜。升彼大阜，从其群丑。
吉日庚午，既差我马。兽之所同，麀鹿麌麌。漆沮之从，天子之所。
瞻彼中原，其祁孔有。儦儦俟俟，或群或友。悉率左右，以燕天子。
既张我弓，既挟我矢。发彼小豝，殪此大兕。以御宾客，且以酌醴。

此诗以一个跟随天子田猎的猎人口吻，写出天子田猎的情景。不过，这次田猎的场所不在郑地，而在周岐故地。“漆沮之从，天子之所”，他们在漆水和沮水之间狩猎，这广阔的地域都是天子的地方，字里行间不无骄傲。

在这片土地上，有众多母鹿，也有小猪、犀牛。田猎归来，田猎所得都用来招待宾客，“以御宾客，且以酌醴”，这个酌醴，实即天子招待诸侯的飨礼。诸侯每隔几年一次的会同、春秋时节的朝觐，天子都要在宗庙设飨礼招待。西周时期的飨礼用于王室，后扩及诸侯及卿大夫。诸侯与卿大夫所用飨礼，一般是仿照天子待宾客之礼仪。飨礼，陈设酒食，但不喝不饮，注重的是仪式过程。

春秋伊始，诸侯、卿大夫的飨礼便成为权谋会簇的场所，各种阴谋、杀戮轮番上场。春秋时期，霸主取代天子征伐天下，霸主的飨礼上开始出现“赋诗言志”等礼乐彬彬的场面，飨礼的仪式性减弱，而具备一定的娱乐性质。霸主开启的“赋诗言志”之风扩展到各个诸侯国。春秋后期，当霸主权势减弱，“赋诗言志”之风则衰歇，飨礼亦流为单纯的饮酒。春秋时期的礼乐制度渐趋消亡。

二、作为军事演习的田猎

1.《周南·兔罝》

肃肃兔罝，椓之丁丁。赳赳武夫，公侯干城。
肃肃兔罝，施于中逵。赳赳武夫，公侯好仇。
肃肃兔罝，施于中林。赳赳武夫，公侯腹心。

【训诂】

罝：捕兔的网。

逵：九通八达之道。

干：盾。

城：城墙。

猎人在狩猎兔子，他们在大路中间打木桩，张起捕兔的网。网张开之时，肃肃有声。兔与菟音通，在楚地称虎为“於菟”，但兔罝和虎无关。《尔雅·释器》：“鸟罟谓之罗，兔罟谓之罝，麋罟谓之罞，彘罟谓之羉，鱼罟谓之罛。”罝，就是捕兔的网。先秦时大型的兽亦用网捕之。《鬼谷子·反应》：“其犹张罝网而取兽也，多张其会而司之。”

捕兔的武夫，其身份是大夫，其职责是抵御外侮。作为公侯之干城，他们是盾、是城墙，足以为公侯的腹心。干、城都是防御性武器或工事，武士不以攻取为务，而以御守为责，体现出中国古代的礼乐文化。对于一个诸侯国来说，重要的事不是入侵，而是防御。按照礼的规定，田猎所获动物用于祭祀、待宾客、御庖厨，亦未强调其军事功能。

春秋时期的男子，时有打猎习射，如《郑风·女曰鸡鸣》中的男子一样。但《兔罝》称猎兔的人为“武夫”，而且说此武夫是“公侯干城”，如何理解？这实际上可以从田猎作为诸侯的军事演习这一点得到解释。

春秋时期，诸侯分季节狩猎，春田、夏苗、秋蒐、冬狩。狩猎之时，司马召集百姓共同协作，实即军事演练。《周礼·夏官·大司马》曰：“中春，教振旅。司马以旗致民，平列陈(阵)，如战之陈。辨鼓铎镯铙之用，……以教坐作、进退、疾徐、疏数之节，遂以蒐田。”《论语·子路》记载孔子云：“以不教民战，是谓弃之。”

军事演习调用大量民众，而"武夫"是其中佼佼者。《周礼·春官·大宗伯》："大田之礼，简众也。"郑注："古者因田习兵，阅其车徒之数。"这样的狩猎是大型的，田猎本身就带有军事演习的性质，故此诗称狩猎之人是"赳赳武夫"，而有"公侯干城"之叹。

2.《召南·驺虞》

彼茁者葭，壹发五豝。于嗟乎驺虞！
彼茁者蓬，壹发五豵。于嗟乎驺虞！

《广雅·释兽》："兽一岁为豵，二岁为豝，三岁为肩，四岁为特。"

驺虞是传说中的神兽。《山海经·海内北经》："林氏国有珍兽，大若虎，五彩毕具，兄(尾)长于身，名曰驺吾，乘之日行千里。"驺吾即驺虞。驺虞是仁兽，并不能轻易为人所见，只有在王道成时出现。《毛诗》小序称："人伦既正，朝廷既治，天下纯，被文王之化，则庶类蕃殖，蒐田以时，仁如驺虞，则王道成也。"

周代掌管鸟兽的官员被称为驺虞。诗中的驺虞一发一箭能射中五只猪。豝是两岁的猪，豵是一岁的猪。不管是一箭射中五只大猪，还是五只小猪，都算是神射手，这大概是说驺虞对鸟兽的掌控力吧。

《驺虞》是著名的礼仪用乐。《周礼·春官·钟师》："凡射，王奏《驺虞》，诸侯奏《狸首》，卿大夫奏《采蘋》，士奏《采蘩》。"

3.《郑风·叔于田》

叔于田，巷无居人。岂无居人？不如叔也，洵美且仁。
叔于狩，巷无饮酒。岂无饮酒？不如叔也，洵美且好。
叔适野，巷无服马。岂无服马？不如叔也，洵美且武。

据《毛传》，诗里所说"叔于田"，指郑庄公的弟弟共叔段。共叔段英俊、勇武，当他驾车田猎，经过里巷外面的街道，所有人都跑出里巷来观看，故曰"岂无居人"。因为这个猎手，整个里巷都黯然失色，该女子眼里再无别人，即便是宴饮之上的宾客，也不如猎人"美好"，即便有人乘御车马，也不如猎人技艺高超。此猎人外貌、内在俱无人可比，足以成为暗恋的对象。

4.《郑风·大叔于田》

叔于田，乘乘马。执辔如组，两骖如舞。叔在薮，火烈具举。袒裼暴虎，献于公所。"将叔无狃，戒其伤女。"

叔于田，乘乘黄。两服上襄，两骖雁行。叔在薮，火烈具扬。叔善射忌，又良御忌。抑磬控忌，抑纵送忌。

叔于田，乘乘鸨。两服齐首，两骖如手。叔在薮，火烈具阜。叔马慢忌，叔发罕忌。抑释掤忌，抑鬯弓忌。

【训诂】

掤(bīng)：箭筒盖。

鬯(chàng)：假借为“韔”，弓囊，此处用作动词，把弓收入弓囊。

第一章直接描写猎人打猎以及打猎后进贡猎物的情景。猎人乘四马驾的车去狩猎，驾车的时候辔绳在手，就如女人手中的丝线那样，一只手操控，马匹都被有序地控制在辔绳的那一端。狩猎的时候，猎人和其他一同狩猎的人都举起了火把，将老虎逼得现身，猎人赤手空拳和老虎搏斗，将老虎制服。田猎之后上献诸侯。诸侯亲切地跟他说：“兄弟，以后再也不要赤手空拳和虎斗了，小心老虎伤着你。”

首章叙事，将狩猎之前、狩猎之中与狩猎之后的情形尽悉展现，而第二章、第三章则主要展现猎人的御车技术和射箭技术。从第二章看，猎人所驾之车由四匹毛色整齐的黄色马拉着。猎人驾车，服马中间驾车，两边的骖马像雁行一样跟随服马一起飞奔。“叔善射忌，又良御忌”，他不仅御术高超，还有高超的射术。“抑磬控忌，抑纵送忌”，磬，使马狂奔；控，止马；纵，发箭；送，追赶野兽。猎人自如地操纵马匹，时而纵马奔驰，时而完美地停住马车。在马车上，他从容发箭，或是紧紧跟随猎物狂奔追捕。

第三章仍然称颂猎人的射御技术，稍微有所改变的是，猎人所驾之车是四匹毛色黑白相间的马拉车，虽然与第二章马的颜色不同，但同样是整齐划一，同样尊贵、威严。描述猎人驾车技巧，用了大体相似的句子：“两服齐首，两骖如手”，两匹服马并头前进，两骖如自己的手一样在掌控之中。猎人的狩猎也到了尾声：“叔马慢忌，叔发罕忌”，驾车慢下来，猎人发的箭稀疏下来，这个时候的射箭以命中率为高了。“抑释掤忌，抑鬯弓忌”，猎人打开了箭袋，把弓收进了弓囊。第二章与第三章中猎人射御场面的重复，将狩猎中精彩的射御画面不断复现。

《大叔于田》每章都讲到火炬，“火烈具举”“火烈具扬”“火烈具阜”，这给猎人的射御增加了画面感。众人手举火把，来到薮泽之上，火焰飞扬，火光盛大，猎人就是在这样的场景中奔突射御。《左传·隐公五年》：“秋狝、冬狩”，《尔雅·释天》：“火田为狩”，猎人田猎在冬天，冬天的田猎方式是火田。“叔在薮，火烈具举”，指狩猎发生在低洼的沼泽地带，猎人们以火焚烧草木而田猎。冬天草木枯萎，易燃，草木焚烧之后变为肥料，故冬狩对环境不会造成负面的影响。冬狩点火，则借枯草隐身的野兽不易藏身。《大叔于田》的“火烈”交代了田猎的礼仪特征。

据《毛诗》小序，《叔于田》《大叔于田》皆与郑庄公的弟弟共叔段有关。《叔于田》小序：“叔处于京，缮甲治兵，以出于田，国人说而归之。”此指共叔段借田猎而大搞军事演习，众多百姓跟随。《大叔于田》小序：“叔多才而好勇，不义而得众也。”则指共叔段狩猎好勇，而众多百姓跟随。之所以说共叔段“不义”，是因为狩猎仅是诸侯的行为，共叔段只是镇守京邑，却搞大规模的狩猎。《左传·襄公三十年》记载，郑国大夫丰卷因为要祭祀，向执政的子产请求田猎，子产回绝了他，并说：“唯君用鲜，众给而已。”用鲜，即用狩猎得来的生兽，只有天子、诸侯祭祀才用得上生兽，而大夫祭祀用豢养的动物。子产所说系田猎之礼，大夫不得田猎。丰卷即便召集人马攻击子产，也没能获逞，还被逐出郑国。而往前推180多年，那时的郑国，郑庄公的弟弟共叔段在京邑大事田猎，虽说可能有郑庄公的纵容，但也足可以想见共叔段的飞扬跋扈。《大叔于田》成功呈现了共叔段纵横驰骋的狩猎画面。

5.《秦风·驷驖》

驷驖孔阜，六辔在手。公之媚子，从公于狩。
奉时辰牡，辰牡孔硕。公曰左之，舍拔则获。
游于北园，四马既闲。輶车鸾镳，载猃歇骄。

西周末年，秦襄公因助平王东迁有功，平王封其周岐旧地，秦始成为诸侯国。《秦风·驷驖》讲述秦襄公被封诸侯之后田猎之乐事。《毛诗》小序：“《驷驖》，美襄公也。始命，有田狩之事、园囿之乐焉。”

诸侯田猎，可以想象其声势浩大，但这首诗没有过多的场面描写，仅从车马及佩饰、随从、猎犬等显示其不同寻常。

秦襄公所乘之车，套着四匹铁色的马，此马系良马；御马之人亦良士。“驷驖”，一个普通名词，强调马统一的毛色，如铁一般的光泽和气质，显示马的品质，这是非同寻常的黑马，而将六辔置于手中的人，亦有非凡之品质。《郑笺》云：“四马六辔，六辔在手，言马之良也。”诗歌在不露声色中夸耀车乘的奢华。

除了御车之良士，还有跟随秦襄公一起田猎的众多随从，被称为“媚子”。所谓媚子，指能干的臣子，《毛传》：“能以道媚于上下者。”《郑笺》：“媚于上下，谓使君臣和合也。”他们跟随襄公田猎，可以间接证明秦襄公爱贤。

至于田猎场面，则突出襄公一人精准的射艺，且将田猎归之于礼乐制度。掌管山林园囿的虞人奉上时令野兽，“奉时辰牡”之“奉”，特指虞人将野兽捕搜在一处，襄公田猎之时将野兽放开以供围猎。襄公大声地喊：“从左边射!”话音刚落，机括松开，野兽即被射中、擒获。襄公从左边射兽，这是善射之人才能做到的事，是上杀。《毛诗正义》：“凡射兽，皆逐后从左厢而射之。”《毛传》云：“自左膘而射之，达于右腢，为上杀。射右耳本，次之。射左髀，达于右髃，为下杀。”上杀即从左边小腹射入其心脏，达于右边肩头，野兽快速死亡，尸体不会被肠胃污秽污染，且身体完整，可以用来祭祀。诸侯田猎的目的在于祭祀、待宾客、充庖厨，猎物上杀用于祭祀，中杀用于招待宾客，下杀用来充庖厨而已。故简单的一句“左之则获”，不仅说出了襄公射艺水平的高超，而且说明襄公的田猎满足了祭祀礼仪的需要。田猎不仅是一次园囿之乐事，而且是一次重大的礼仪活动。汉代辞赋中的田猎，最终都要归之于祭祀，实际就是强调田猎的礼仪象征意义，以及田猎在礼乐制度中的合理性。秦襄公田猎，证明秦国从此成为一个礼制国家，田猎最重大的意义亦即在此。

田猎之后，秦襄公与众臣子一同游览北园。此时，诗人将注意力放在随行的车马之上。“輶车”即田狩之时用以围猎的轻车，此时驾輶车的马安闲地走着，系于镳上的铜铃发出有节奏的声响。马车上载着的猎犬，有长嘴的猃、短嘴的歇骄，二者都是田猎专用之犬，勇猛善战。围猎之时它们追逐、搏斗、厮杀，现在终于悠闲地待在马车之上，伴着马车的铜铃声，构成一个富有诗意的特写场景。这样的安详场面实际寓含着刚刚发生的激烈的战斗场面，又从一个侧面突出秦襄公田猎的威严。

6.《齐风·卢令》

卢令令，其人美且仁。
卢重环，其人美且鬈。
卢重鋂，其人美且偲。

【训诂】

卢：黑色的猎犬。

鋂：猎犬佩戴的铜铃。现今出土的铜铃一般都有内外两个环，与“重环”“重鋂”的说法一致。

这首小诗三章六句，每章都是首句写猎犬，次句写人。虽则简单，但有声有色。以猎犬起兴，犬佩戴铜铃，发出“令令”的响声。猎犬佩戴的铃发出响声，表明这是一只在狩猎过程中尽全力飞奔的猎犬，而猎人在车上跟随猎犬疾驰。狩猎场面紧张而刺激，但诗人却用闲笔，写其人“美且仁”“美且鬈”“美且偲”。鬈，勇壮。偲，多才。春秋时人把射、御当作男人的重要技能，善射御是男人多才的表现，这与《郑风·大叔于田》小序“叔多才而好勇”是一致的。田猎过程中能体现一个人的射御才能，故诗人称此猎人多才。

诗句没有用逻辑性强的语句展现整个狩猎过程，而是截取其中最为激烈的一个画面，描绘出猎犬和猎人，一在车下，一在车上，二者皆快速飞奔，这个画面动感十足，用飞奔的猎犬旁衬男人的射御水平高超，言简意赅，回味隽永。

7.《齐风·还》

子之还兮，遭我乎猺之间兮。并驱从两肩兮，揖我谓我儇兮。
子之茂兮，遭我乎猺之道兮。并驱从两牡兮，揖我谓我好兮。
子之昌兮，遭我乎猺之阳兮。并驱从两狼兮，揖我谓我臧兮。

【训诂】

猺(náo)：齐国山名，在今山东省青州市，近淄博市临淄区。

肩：三岁的猪。

牡：公牛。

这首诗中，猎人之间互相称赞，所用词为“还”“儇”；“茂”“好”；“昌”“臧”。这六个字其实是成双成对的，“还”与“儇”相应，都是身手敏捷之意；“茂”与“好”相应，皆指善猎；“昌”与“臧”相应，都是勇武之意。一方称赞，对方必回报相同的称赞，这完全是棋逢对手的意思。

最关键的是这两个人是田猎时无意中遇到，于是并驱合作，一起狩猎，互相称赞，英雄对英雄，惺惺相惜。二人在猺山之中相见，而不是相见于朝廷或宴饮的场合，但仍有相见的礼仪。你夸我好，我必揖手辞谢，可谓善于酬唱。不谄媚，不卑让，不虚应，一切都是势均力敌。

春秋时期，身份地位相同的人，相见便是作揖，如果互相赠送礼物，则是等值的东西，自然没有君臣相见时的尊卑之别。朱熹《诗集传》谓此诗猎人互相称誉(“以便捷、轻利相称誉”)，刺“其俗之不美”，这又从何而来？古代田猎有竞争的意味，诸侯借田猎的活动发现人才，士人在射礼当中分贤与不贤，而这两个猎人并没有因猎物而互相竞争，却共同合作，这确实不同寻常。诗淡化了二人的竞争关系，说两个猎人“并驱从两肩”“从两牡”“从两狼”，将他们追逐的猎物设想成两只，如果逮到，可以平分。但是，如果不能同时获得两只猎物，一只猎物该如何分呢？诗中没有直接说狩猎最终的成果，但从歌唱的内容看，两人并没有因猎物而起争执，而在平和的揖让之下掩藏了很多故事。此诗借完美的相遇、完美的狩猎，传达出男子狩猎应有的礼仪。

第十八章

行　役

一、周代交通

周建立了以都城丰镐为中心的全国交通道路网。《诗经》多次出现“周行”“周道”，即指周代在统治地域内修建的标准化的宽阔道路。《小雅·大东》称“周道如砥，其直如矢”，周道如磨刀石一样平，又如箭一样直。《周颂·天作》“岐有夷之行，子孙保之”，告诫子孙保护岐地平坦的岐道。《周南·卷耳》中，一个采摘卷耳的女子因思念而放下手中的筐，放置于大道旁：“嗟我怀人，置彼周行”，“周行”是与“微行”相对的道路，指又直又平的大路。

《逸周书·大聚解》记载筑建道路的原则：“辟开修道，五里有郊，十里有井，二十里有舍，远旅来至关，人易资，舍有委。”道路开辟后，便聚集人群，因道路而有城邑、市井、旅行、住宿之便。周道是周统治者与其分封诸侯之间政治经济交往的重要途径，周道标志着周王室的统治在全国得以确立。

周道在考古遗迹及器物上亦得以证实。制作于周厉王时期的《散氏盘》之上的铭文记载了周道。散、夨两国发生了领土纠纷，两国议和的结果是封于单道、封于原道、封于周道，周道成为两国之间的疆界，以此解决道路纠纷。1999 年，在今陕西省宝鸡市扶风县岐山县一带的周原遗址上发现了周道，道路呈西北—

东南走向，路面宽十米，中间略高，两边略低，并列八条车辙，可容四辆马车并行。这条道路的东南方通往丰镐，西北方通往岐山县凤雏宫殿遗址。很明显，它是连接周人旧地与都城丰镐的交通枢纽，被认为是“世界道路史上首次出现的优质国道”(《西安古代交通志》)。

周迁都丰镐之后，岐仍然是举行重大典礼活动的场所。周人最早在岐周和丰镐之间修筑道路，后来又修筑了丰镐通往其他各城邑的道路。东周建立时，又进而以洛阳为中心，修筑道路到各诸侯国，覆盖到黄河中下游和淮河流域，最终建立起辐射全国的交通网络。

《小雅·鹿鸣》“人之好我，示我周行”，《毛传》：“周，至行道也。”《郑笺》：“周行，周之列位也。好犹善也。人有以德善我者，我则置之于周之列位，言己维贤是用。”《毛传》尚以周行为道路，《郑笺》则以周行为周之爵位，“周行”由此具备了抽象的含义。

周道是周代政治文化的典型代表，在后世文学作品中多次出现。《墨子·兼爱》：“《周诗》曰：‘王道荡荡，不偏不党。王道平平，不党不偏。其直若砥，其易若底。君子之所履，小人之所视。’”墨子所引周诗不见于今之《诗经》，但是可以看出周道是王道的象征。《小雅·四牡》“四牡騑騑，周道倭迟”，《毛传》解释说：“周道，岐周之道也。倭迟，历远之貌。文王率诸侯，抚叛国，而朝聘乎纣，故周公作乐，以歌文王之道，为后世法。”王道指向“文王之道”，足可为后世法。

1.《小雅·大东》

有饛簋飧，有捄棘匕。周道如砥，其直如矢。君子所履，小人所视。眷言顾之，潸焉出涕！

小东大东，杼柚其空。纠纠葛屦，可以履霜？佻佻公子，行彼周行；既往既来，使我心疚。

有冽氿泉，无浸获薪！契契寤叹，哀我惮人。薪是获薪，尚可载也。哀我惮人，亦可息也。

东人之子，职劳不来；西人之子，粲粲衣服。舟人之子，熊罴是裘；私人之子，百僚是试。

或以其酒，不以其浆。鞙鞙佩璲，不以其长。维天有汉，监亦有光。跂彼织女，终日七襄。

虽则七襄，不成报章。睆彼牵牛，不以服箱。东有启明，西有长庚。有捄天毕，载施之行。

维南有箕，不可以簸扬。维北有斗，不可以挹酒浆。维南有箕，载翕其舌。维北有斗，西柄之揭。

【名物】

簋(guǐ)：食器，盛黍粟。

匕：勺，象形字。有长柄。棘匕，用酸枣木做的匕。

杼：用以织布之梭。

柚：织机之大轴。织布就是在杼上缠线，不停地在织机上穿梭，柚上才能挂上织好的布。杼柚其空，其意为织机上空无所有，都被西人征收了。织机上“不成报章”，指即使梭子在织机上来回不停地移动，也织不成布帛。

鞙鞙：指佩饰很醒目的样子，其形状是圆形或长形的。

璲：衣带上的装饰物宝石。

这首诗将东人之子与西人之子做了鲜明的对比。西人之子指周代贵族，东人之子指原殷商部族的后代。周道于周人固然彰显了胜利者的权力，对于被征服的东人却是一个伤心的所在。看见西周贵族走在周道上，便禁不住悲从中来。西周贵族穿着华丽的裘衣，而东人在秋冬只能着葛藤编织的鞋。西人只管征收财物，而东人则终日辛劳，从事各种苦役。看到如此不公，东人甚至怨恨天上的北斗，徒有“斗”之名而无其实。

2.《桧风·匪风》

匪风发兮，匪车偈兮。顾瞻周道，中心怛兮！
匪风飘兮，匪车嘌兮。顾瞻周道，中心吊兮！
谁能亨鱼？溉之釜鬵。谁将西归？怀之好音。

【训诂】

匪：彼。

偈(jié)：疾驰的样子。

嘌：轻疾，无节制。

亨：“烹”的古字。

《毛诗》小序称《匪风》为思周道而作，“国小政乱，忧及祸难，而思周道焉。”两次“顾瞻周道”，内心有不可排解的悲伤，大概是因为欲离桧国回归周，却不得成行。所以诗人只能寄希望于桧国能像旧时的周一样实行宽容和缓的政治政策。

风呼呼地刮，车马疾驰在周道上。但风不是旧日之风，车也不是旧日之车。

“匪风发兮，匪车偈兮”，《毛传》：“发发，飘风，非有道之风。偈偈，疾驱，非有道之车。”在狂风之中驾飞蓬一样的车，是否能到达西方的周，这恐怕是个未知数。故在诗人的眼里，桧国固然不可居，然而此时的周亦不再是旧日之周，周已经回不去了。故《毛诗正义》云：“由周道废灭，故风、车失常。此周道在于前世，既已往过，今回顾视此周道，见其废灭，使我心中怛然而伤之兮。”

最后一章用烹鱼比喻政治。烹鱼前将大锅小锅洗干净，《毛传》：“亨（烹）鱼烦则碎，治民烦则散，知亨（烹）鱼则知治民矣。”那西归的人将处于周的朝廷，而诗人“怀之好音”却好音“周之旧政令”（《郑笺》）。他向往的是有道之周的政令。瞻望周道，便是翘首以盼旧时的周代政令。周道成了乱世之中怀古之人的政治理想。

二、行役之时令

筑城、行军皆需男子出外行役，行役之人可以是士兵、普通百姓，某些下层官吏公务繁忙，奔走于外，亦可称为行役。

若士兵、普通百姓行役，皆需在农闲之时。战争一般在秋季，三个月之后结束。若迁延到春季，则属违礼。若筑城，亦在农闲之时，岁末应结束。行役在外乘役车，亦称服车。每到年底，役车亦停止使用，方为正当；如果不停止，则是过度使用。

《左传·庄公二十九年》记载：“凡土功，龙见而毕务，戒事也；火见而致用，水昏正而栽，日至而毕。”这是用龙、火、水等星宿标示土建工程的时间。龙，指东方七宿的总称——苍龙。在夏正九月之时，苍龙星宿开始在早晨出现于东方，此时所有农事已毕，故开始做土建的准备工作，此称“戒事”。火，指心宿，它在夏正十月之初的早晨出现于东方。这个时候，就要将各种建筑用具，如板、臿、畚、梮等运送到场地，这是“致用”。水，指定星，又叫营室星，顾名思义，营室星出现就要开始营建土功了，《国语·周语》所谓“营室之中，土功其始”。定星每年夏历十月十五至十一月初的黄昏时分出现在正南方的天空。“水昏正而栽”，栽即筑土、打夯。“日至而毕”，指冬至日役事结束。

春秋时期，礼乐文化所建立的文明，其最显要的特征是人与自然、野兽区别开来。但是，长时期行役在外，竟让人有人不如草木竟像禽兽一般之感。

1.《鄘风·定之方中》

卫懿公亡国，卫文公带领卫国人在楚丘营建宫室、重建家园，颇得季节之候，《定之方中》对此颇多赞赏。《毛诗》小序："《定之方中》，美卫文公也。卫为狄所灭，东徙渡河，野处漕邑。齐桓公攘夷狄而封之，文公徙居楚丘，始建城市而营宫室，得其时制，百姓说之，国家殷富焉。"

定之方中，作于楚宫。揆之以日，作于楚室。树之榛栗，椅桐梓漆，爰伐琴瑟。

升彼虚矣，以望楚矣。望楚与堂，景山与京，降观于桑。卜云其吉，终然允臧。

灵雨既零，命彼倌人。星言夙驾，说于桑田。匪直也人，秉心塞渊，騋牝三千。

卫懿公亡国之后，宋桓公帮助卫人渡河，在漕邑"野处"只不过有几处茅草屋(《毛传》："庐于漕")，"国人分散露于漕邑"(《鄘风·载驰》小序)，其君为卫戴公。齐桓公助卫文公在楚丘修建城墙、宫室，于是卫文公复国。卫国复国成就了卫文公的一段佳话，也成就了齐桓公"攘夷封卫"的霸业。

《定之方中》颂美卫文公在齐桓公的帮助下建都、劝农、养马，国力逐渐强大。

卫文公所建宫室称为"楚宫"，又名"楚室"，"楚"是楚丘之意；宫，即宗庙；室，即居室。按照礼制，营建宫室，先建宗庙，次建厩库，最后建居室。

第一章，"定之方中""揆之以日"是互文关系，指营建楚宫(宗庙)、楚室(宫室)之前，都需要在"定之方中"之时"揆之以日"。"定之方中"，指兴建土木的时间以定星为准，当黄昏时分定星正好处于南方天空的正中之时，也就是夏历的十月，就要开始营建诸事宜了。"揆之以日"，指依靠日出日入定东西南北的方向，以保证房屋的朝向没有偏差。宫室周围种上榛、栗、椅、桐、梓、漆六种树木，长成以后就可以砍伐，用来做琴瑟。国家灭亡，礼乐之器随之消散，种植树木等于重新规划，重新出发。

第二章，文公营建楚丘之前选址。登上漕邑的高处，望向楚丘。从远处望，楚丘这个地方旁边有堂邑，楚丘本身有高山(景山)和高丘(京)，下又有平原，宜种桑。文公将这些高高下下的山丘、平原考察了个遍，于是郑重占卜营建之事，得到的结果是吉。第一章已言建宫室，此章回到过去察看地形、占卜的情形，意在说明建此宫室慎之又慎，一切符合礼仪。

第三章，文公视察田桑之事。灵雨，《郑笺》："灵，善也。"有用即善。当有益于农事的雨降落之时，文公给主驾的"倌人"下命令，等雨停即驾车前往桑田。雨停在夜间星见之时，雨刚一停止，文公便命令驾车人一大早就去察看桑田，于此可见文公殷勤躬劝农桑之意。此时，诗歌有一句话评价文公，“匪直也人，秉心塞渊”。直，只的意思。“匪直也人”，意即不只是一个人，而是一个“秉心塞渊”的人，其心实诚而且深厚。这是为人之君能得到的一个相当高的评价，他心胸宽厚忠诚，心里有百姓。有这样的君主故国力昌盛，“騋牝三千”便是明证。七尺以上的雄性马曰騋，加上牝马，一共有三千匹。据《郑笺》，国马之制，天子有马三千四百五十六匹，诸侯有马一千二百九十六匹。卫国三千匹马超过了礼制范围。虽则如此，卫国灭而复兴，国力强大，百姓仍表达了对卫文公的爱戴。卫国从亡国到卫文公执政，初始只有齐桓公送给卫国的马匹，但是在兴建卫国宫室不久便有了三千多匹马，卫文公功不可没。此诗成功之处在于刻画出一个披星戴月、夙兴夜寐、劬劳国事的国君形象。

千乘之国，在春秋时期是中等诸侯国。《郑笺》所谓诸侯有马千余匹，应当是西周初年的数量，到春秋时期这个礼数不断被突破，卫国拥有三千匹马不是大问题。春秋时期，卫国虽然没有霸主国那般强大，但其富庶有目共睹。

《定之方中》对“人”有一个近乎理想主义的期待。依据《毛传》，人之“德音”包括九种才能：“建邦能命龟，田能施命，作器能铭，使能造命，升高能赋，师旅能誓，山川能说，丧纪能诔，祭祀能语。君子能此九者，可谓有德音，可以为大夫。”这九种才能都和文辞有关，故曰“德音”。这些才能由兴建邦国、铸造礼器到田猎、出使、战争、丧祭等方面，是说大夫能力强，足堪驱使。而《定之方中》里的国君，无疑也不是简单的人（匪直也人），他具备作为国君的品行，诗以“秉心塞渊”来概括，足以服民众，这是最重要的。

2.《小雅·何草不黄》

何草不黄，何日不行。何人不将，经营四方。
何草不玄，何人不矜。哀我征夫，独为匪民。
匪兕匪虎，率彼旷野。哀我征夫，朝夕不暇。
有芃者狐，率彼幽草。有栈之车，行彼周道。

【训诂】

玄：黑色。
栈：高。有栈之车，指高高的役车。
矜：无妻曰矜，与“鳏”义同。
芃：兽毛蓬松。

行役在外的人以草木、野兽起兴，以比喻自己的境况。前两章以草木玄黄起兴。草木玄黄，指草木枯萎，掉落泥土辗作泥。直到岁暮，行役之人仍然在四方外奔走，没有哪一天不在外面，没有哪一个不是鳏夫。

后两章用野兽起兴。终日在野外奔走的是犀牛、老虎，草地里兽毛蓬松的狐狸出没，对比一下可知，征夫如犀牛、老虎终日在旷野奔走；征夫亦如狐狸，不修边幅地在幽草中出没。征夫最深的感受是“独为匪民”，生而为人，偏偏没有人的样子；生而为人，却被当作野兽看待。

征夫所乘之车为役车。据《周礼·春官·巾车》，“庶人乘役车”。庶人以力役为事，故其车称为役车。役车一般为方箱，里面装载着器具以供劳役，郑玄注：“役车，方箱，可载任器以供役。”这辆役车行走在周道，就犹如野兽奔走在野外，穿行在草丛。役车本是人制造出来的助人行役的器具，却被不人道地使用，便成为非人的器具。按照周代的礼制，岁暮时节“役车其休”(《唐风·蟋蟀》)，但这辆役车仍然“何日不行”；征夫本该解役归家，但他们仍然“经营四方”。这样的日子没有尽头，亦无希望解救，故征夫说“何人不矜”，《郑笺》：“无妻曰矜”——这辈子大概都别想回家结婚生孩子了。由此可以想到统治者加于征夫身上的徭役之重。

这首诗最令人瞠目的是“独为匪民”的怨怒之语。方玉润《诗经原始》：此诗“纯是一种阴幽荒凉景象，写来可畏。所谓‘亡国之音哀以思’也。诗境至此，穷仄极矣。”所谓穷仄，就是人已到无路可走，唯有悲苦之音。

但即便《何草不黄》的“穷仄”、人而匪人的怨恨之语，终究未将原有社会秩序打破，故这首诗仍然可称为“温文尔雅”。春秋时期的士大夫阶层久役在外，则会生事端，酿大祸。据《郑风·清人》小序，郑文公命高克屯兵在边境，久不召回，最终众人散去，高克奔陈。又据《左传·庄公八年》记载，齐襄公使连称、管至父戍守葵丘。二人瓜时而往，齐襄公答应他们“及瓜而代”，意即七月瓜熟的时候有人替换他们二人戍守。但第二年没人来替代二人，故二人联手作乱，回到都城，冲进宫城，杀了齐襄公。《何草不黄》中的庶民没有军事政变的能力，他们虽有怨语，却仍被驱使。他们的怨怒之中蕴含着一些不安的信息，聪明的统治者应该引以为畏。

不仅是久役在外人变成非人，战争亦使人不复为人。《豳风·东山》讲一个久役在外的人终于要归家，其欣喜雀跃之情溢于言表。最为动人的一点是，他即将结束“匪民”的生活，回归田园，耕种田地，将日子幸福地过下去。全诗用“零雨”烘托出凄清的景象。西归之前，仍然伤悲。伤悲的是回想过去的经历，终日行军，口中衔枚，犹如牲口口中置枚。除此之外，“蜎蜎者蠋，久在桑野。

敦彼独宿，亦在车下”，人久在野外，像爬在桑野的一只蠋虫。晚上住宿在车下，缩成一团，跟其他动物席地而眠亦无区别。可是现在终于穿起正常的衣裳，再不要衔枚，也不要像蠕虫爬行在野外，也不要像动物栖息在地上，终于可以回家，喜如之何！

走在归家的路上，战士想象没有男主人的家是如此破败，但他仍感觉亲切；他想象没有男主人耕种的田地，野鹿出没、鬼火闪烁，但是他仍然怀念。